デットフォードのネズミたち

1 闇《やみ》の入口

ロビン・ジャーヴィス
内田昌之＝訳

ハリネズミの本箱

早川書房

デットフォードのネズミたち　①闇《やみ》の入口

THE DEPTFORD MICE
THE DARK PORTAL
by
Robin Jarvis

Translated by
Masayuki Uchida
First published 2004 in Japan by
Hayakawa Publishing, Inc.
This book is published in Japan by
arrangement with
Hodder and Stoughton Limited
through Tuttle-Mori Agency, Inc., Tokyo.
さし絵：ジョン・シェリー（John Shelley）

両親に

もくじ

ネズミ

アルバート・ブラウン　愛情《あいじょう》あふれる父親、献身《けんしん》的《てき》な夫。良識《りょうしき》があり、ふつうは軽はずみなことはしない。

アーサー・ブラウン　ふとっていて、陽気で、けんか好《ず》きだがいつもひどいめにあう。

オードリー・ブラウン　夢《ゆめ》見がち。おしゃれで、レースやリボンを身につけている。口論《こうろん》になると、本音《ほんね》をおさえられず、いわなくていいことまでいってしまう。

グウェン・ブラウン　アルバートのやさしい妻《つま》、アーサーとオードリーの思いやりある母親。その愛情が強いきずなとなって、家族をむすびつけている。

アラベル・チター　くだらないうわさ話が大好きで、いつも幅木《はばき》村のネズミたちをいらいらさせる。

オズワルド・チター　アラベルの息子《むすこ》の白ネズミ。体が弱く、荒《あら》っぽい遊びには加《くわ》わることができない。

ピカディリー　町から来た、なまいきな若《わか》いネズミ。両親がおらず、とても独立心《どくりつしん》が強い。

トマス・トライトン　引退《いんたい》した船乗りネズミ。勇《いさ》ましく、経験《けいけん》ゆたかで、おろか者の相手をするのは好きではない。

ウィリアム・スカトゥル（トウィット）　野ネズミで伯母《おば》のアラベル・チターをたずねてきた。とても〝むじゃき〟で、めったにほかのネズミの悪口をいわない。

エルドリッチとオルフェオ　兄弟のコウモリで、遠い未来まで見とおすことができる。だが、見たもののほんの断片《だんぺん》しか教えてくれないので、助言《じょげん》をもとめるのはとても危険《きけん》。

グリーンマウス　ネズミの神話にあらわれる謎《なぞ》の存在《そんざい》。春と新《あら》たな命の精霊《せいれい》。

ドブネズミ

マダム・アキクユ　モロッコからやってきた黒いドブネズミ。あちこち放浪《ほうろう》して、だまされやすい客に薬やおまもりを売りつけている。
フィン　ずるがしこい年寄《としよ》りの作業員《さぎょういん》。片耳《かたみみ》がないが、なんでもしっかり聞いている。
フレッチ　口がくさくて鼻に斑点《はんてん》がある。不潔《ふけつ》な年老《としお》いたドブネズミ。
片耳のジェイク　人気者のドブネズミで、モーガンをその地位《ちい》から追いはらおうと狙《ねら》っている。
ジュピター　下水道の偉大《いだい》なる闇《やみ》の王。暗い門の奥《おく》にひそみ、とてつもない力をもっている。だれからもおそれられている。
やぶにらみのマッキー　ひどい斜視《しゃし》のドブネズミ。むっつりピートとは古い仲間。

モーガン　コーンウォール出身のまだらのドブネズミで、ジュピターの副官《ふくかん》。だれも信用《しんよう》せず、ジュピターのよごれ仕事を残《のこ》らず引きうけている。
スキナー　切り落とされた片腕《かたうで》の先に皮はぎナイフをとりつけているドブネズミ。
スマイラー　坑道《こうどう》で働《はたら》いている、たくましい巨漢《きょかん》のドブネズミ。
むっつりピート　けっして笑《わら》わないドブネズミ。いつも不機嫌《ふきげん》な顔をして、やぶにらみのマッキーとつるんでいる。

鉄格子《てつごうし》

ネズミは、生まれるとすぐ、生きるために闘《たたか》わなければならない。敵《てき》はたくさんいる――フクロウ、キツネ、もちろんネコ。けれども、ネズミたちにいちばんひどいことをしているのは人間だ。やさしく、おとなしいネズミの一家が、毒入《どくい》りの餌《えさ》を食べてみんな死んでしまったという話がある。四世代が全滅《ぜんめつ》し、赤《あか》ん坊《ぼう》だけが生きのびた。まだ小さくて、かたい餌を食べられなかったからだ。

ネズミたちは、もとをただせば田舎《いなか》の出《で》なので、どこに住んでいても古いしきたりを忘《わす》れない。人間もむかしはそうしていたように、土地の緑の精霊《せいれい》をうやまい、春になると、一年のはじまりを祝《いわ》って、小麦がつつがなく育つよう〝グリーンマウス〟におねがいをする。

ロンドンの、デットフォードと呼《よ》ばれる地区《ちく》に、とあるネズミの群《む》れが暮《く》らしていた。古い空《あ》き家《や》を住《す》みかとし、快適《かいてき》な生活をしていた。人間がしかける罠《わな》もなかったし、窓《まど》は板《いた》でおおわれていたので、ネコなんか見かけることさえなかった。

おかげで、ネズミたちはとてもしあわせだった。冬になると、目の見えないおばあさんが住んでいるとなりの家に出かけて、食品戸棚《しょくひんとだな》にあるものを食べた。おばあさんは気にしなかった。甥《おい》たちがよくケーキやチョコレートをもってきてくれて、ひとりでは食べきれないくらいだったのだ。それに、ネズミたちは必要《ひつよう》なぶんしかとらなかった。家のまわりの木々にはベリーが実《みの》っていたので、思いきって外に出てそれをとる若《わか》いネズミもいた。

そんな気ままな暮《く》らしに、ひとつだけ暗い影《かげ》を落としているのが下水道だった。というか、そこに住むドブネズミたちだった。ドブネズミたちの多くは、弱いものを痛《いた》めつける略奪者《りゃくだつしゃ》だ。やせていて、みにくくて、ネズミを夕食にすることを考えては舌《した》なめずりをしている。殺《ころ》して、毛皮をはいで――好《この》みのうるさいドブネズミなら、さらに焼《や》いて――食べようというのだ。もっとも、ドブネズミたちは下水道から出てくることはない。ゴミや泥《どろ》がたくさんあるから、それだけで満足《まんぞく》している。そう、ネズミたちがほんとうにこわがっているのは鉄格子《てつごうし》だ。

このヴィクトリア朝《ちょう》時代のみごとな鉄格子は、空《あ》き家《や》の地下室にあり、そのむこうにのびるトンネルがまっすぐ下水道につながっていた。ネズミたちにとって、鉄格子は悩《なや》みの種《たね》だった。ネズミたちと、残酷《ざんこく》なドブネズミ一族やその闇《やみ》の王とをへだてているのは、この木《こ》の葉模様《はもよう》の鉄格子だけなのだ。幅木《はばき》村――玄関《げんかん》広間の幅木にならぶネズミ穴《あな》――で暮らすネズミならだれでも、鉄格子のことを知っている。それは、闇の世界への入口であり、生と死の境《さかい》にある防壁《ぼうへき》だった。

下水道について話をするときには、ふしぎな力が目をさましたりしないように、声をひそめなければならない。ネズミたちは、鉄格子《てつごうし》の奥《おく》の、地下のずっと深いところに、ドブネズミさえこわがる力があることを知っていた。幅木村《はばき》では、だれもその名を口にしようとはしなかった。みんなが黙《だま》りこみ、お祭り騒《さわ》ぎがいきなりしらけてしまったりするからだ。

それでも、鉄格子はネズミたちを引きつけるようだった。片方《かたほう》の隅《すみ》には、鉄がさびてぼろぼろになった小さな穴《あな》さえあいていて、ネズミならどうにかとおりぬけることができた。そんなことをしたいと思うような、おろかなネズミがいればの話だが。

アルバート・ブラウンも、そんなネズミだった。どんなに考えてみても、自分がどうしてあんなにばかげたことをしてしまったのかは謎《なぞ》だが、ともかく鉄格子を抜《ぬ》けてその奥へとむかったのだった。

アルバートには、妻《つま》のグウェンと、アーサーとオードリーということもがいる。危《あぶ》ないことをする理由はどこにもなかった。しあわせだったし、家族も満足《まんぞく》していた。それだけに、自分を蹴《け》とばしたい気分だった。アルバートは身ぶるいしながら、こどもたちをいましめたことを思いだした。「鉄格子には近づくんじゃないぞ！」

勇敢《ゆうかん》なわけでもなく、とりたてて好奇心《こうきしん》が強いわけでもないのに、あの春の朝、なぜ鉄格子に引き寄《よ》せられてしまったのだろう？　あんなに探検《たんけん》したくてたまらなくなったのはどうしてなのだろう？

1　ジュピターの祭壇《さいだん》

　下水道は暗くて、せまくて、なによりにおいがひどかった。アルバートは、かなり奥《おく》まで進んだところで、ふとわれにかえり、自分がどこにいるかに気づいた。腹《はら》からせりあがってきて口からとびだしそうになった悲鳴をあわててのみこみ、すわって、あたりの様子《ようす》をながめた。

　幅《はば》も高さもあるトンネルの、せまい足場の上だった。見おろすと、黒々とした下水が流れていた。アルバートは、なにかにとりつかれるようにして危険《きけん》な場所へ駆《か》けこんでしまった自分をののしった。

「だが、来てしまったわけだ」悲しい気持ちで、どれくらい奥まで来たのだろうかと考えた。ところが、いつ幅木《はばき》村をはなれたのかさえ思いだせなかった。暗闇《くらやみ》のなか、ひとりきりでレンガの足場にすわりこみ、わきあがる恐怖心《きょうふしん》をしずめようとした。手で腹をおさえて、できるだけゆっくりと深呼吸《しんこきゅう》をした。

「ここから出よう！　引き返すんだ！」アルバートはつぶやいたが、のどがつまってキーキー声になり、それがトンネルのなかでぶきみに響《ひび》きわたった。これはなによりもこわかった。ここにはドブネズミが住んでいるのだ。やつらはつぎの角をまがった先で待ちかまえていて、アルバートのおかしな声を聞き、そのうろたえぶりを笑《わら》っているのかもしれない。ひょっとしたら、ナイフや棍棒《こんぼう》をもっているかもしれない。もしも、だれを皮はぎ係にするか、もう決めているとしたら？　もしも……？

もういちど深呼吸をして、ひたいの汗《あせ》をぬぐった。とにかくおちつかないと。恐怖《きょうふ》に負けたら、ここから動けなくなって、まちがいなくドブネズミたちに見つかってしまう。立ちあがり、口をきっとむすんで、自分にいい聞かせた。

「おちついて、頭を使うんだ。足跡《あしあと》をたどって鉄格子《てつごうし》へ引き返せばいいんだから」

何時間もすぎたころ、アルバートはべつの場所でレンガの足場にすわって頭をかかえていた。ずっと外へ出る道をさがしているのに、いまのところ、正しい方向へ進んでいるとは思えなかった。こんな調子で家族のもとへ帰れるのか？　ため息をつき、いまは何時だろうと考えた。ひょっとして、つぎの日になってしまったのか？　ふと、あることを思いだして、そうではないことを祈《いの》った。きょうは春の大祭りだ。このままではなにもかもパアになってしまう。ゲームも、ダンスも、授与式《じゅよしき》も。アルバートはうめいた。今年はアーサーとオードリーが式に出る。成年《せいねん》に達《たっ》したから、それぞれ真鍮《しんちゅう》のおまもりをさずかることになっているのだ。きょうは、あの子たちにとって特別《とくべつ》な日だというのに、アルバートはその場にいられそうもない。また涙《なみだ》が出てきた。

悲しみに暮《く》れながら、首からひもでぶらさげた自分のおまもりにふれてみた。

手のひらにすっぽりとおさまる、まるいかたちをした小さな真鍮のおまもり。金色に輝《かがや》く輪《わ》の内側《うちがわ》で、三本のネズミのしっぽが中心へむかってのびている。それは命のしるしであり、家族の象徴《しょうちょう》でもあった。指でその模様《もよう》をなぞると、新《あら》たな希望《きぼう》がわいてきた。こんな暗い下水道よりもずっと明るい場所があることを思いだして、帰り道を見つけるか、命を落とすまでは、あきらめずにさがそうとかたく心に決めた。

足場に沿《そ》って歩きだした。ピンク色の足はほとんど音をたてなかった。慎重《しんちょう》な足どりで、危険《きけん》はないかと気をくばり、しめったレンガの壁《かべ》からはなれないようにした。ふいに、角のむこうからパタパタというかすかな音が聞こえてきた。なにかが近づいてくる。

さっとふりかえって、隠《かく》れる場所をさがしたが、むきだしの壁がつづいているだけで逃《に》げようがなかった。心臓《しんぞう》をどきどきさせながら、レンガにぴったりと体を押《お》しつけて、影《かげ》のなかに溶《と》けこもうとした。息をころし、不安を胸《むね》にじっと待った。

角をまがって、まず影があらわれた。影は足場の上に長くのびて、トンネルの闇《やみ》のなかへとびこんだ。アルバートは、その影の主《ぬし》を見て、思わずあえいだ。ネズミだったのだ。

恐怖《きょうふ》も不安も消えて、ほっとしたアルバートは、その見知らぬネズミを抱《だ》きしめた。

「はなせよ！」ネズミはもがいた。

アルバートは身を引いたが、つかんだ手はそのままふりつづけた。「同じネズミの仲間に会えて、きみには想像《そうぞう》もつかないくらいうれしいよ」

見知らぬネズミは、ほうっとため息をついた。「おれもだよ、えらくびっくりさせてもらったけどさ。ピカディリーってんだ。よろしくな」手を引きはなし、ひたいにかかった髪《かみ》をかきあげる。「あんたは？」

「アルバートだ。きみはどうやってここへ来たんだ？」

話をするピカディリーの姿《すがた》を、アルバートはざっとながめた。まだ若《わか》いが、アルバートのこどもたちよりは年上らしく、すでに真鍮《しんちゅう》のおまもりをつけている。幅木《はばき》村ではあまり見かけない灰《はい》色《いろ》の毛皮で、なまいきなしゃべりかたをする。おそらく両親がいないせいだろう——地下鉄にひかれて死んだらしい。

ピカディリーは、町で食料《しょくりょう》の調達《ちょうたつ》をしていたときに仲間とはぐれて、アルバートと同じように、下水道にさまよいこんだのだった。

「で、ここにいるわけだ」ピカディリーはしめくくった。「ただし、ここってのがどこなのかはよくわからないけどな」

アルバートはため息をついた。「わたしもだよ、残念《ざんねん》ながら。グリニッジかルイシャムか、そのあたりの地下だろうが……」口をつぐんで、考えこむ。

「なんかまずいことでも、アルビー？」

「ああ、まずいどころじゃない！」アルバートは耳をぽりぽりとかき、まじめな顔で若《わか》いネズミを見つめた。「こどもたちのおまもりの授与式《じゅよしき》に出られないのはともかくとして、いままでドブネズミの影《かげ》もかたちも見かけていないということは、やつらにばったり出くわすのは時間の問題だ」

ピカディリーは声をあげて笑《わら》った。「ドブネズミだって！　泥《どろ》まみれの！　あんなやつらがこわいってのかい？」腹《はら》をおさえてことばを切る。「だったら、かわりにおれが相手をしてやるよ、じいさん。うまくことばを選《えら》んで話をすれば、簡単《かんたん》に追いはらえるから」

アルバートは首を横にふった。「ここのドブネズミはちがうんだ。町で見かける、ベーコンの端《はし》をかじってるなさけない連中《れんちゅう》じゃない。はるかに危険《きけん》なんだ。われわれを食べるだけじゃなく、とも食《ぐ》いまでする。残忍《ざんにん》な黄色い目をぎらつかせ、あらゆる生き物への燃《も》えるような憎《にく》しみに駆《か》りたてられているんだ」

「おれがやつらを駆りたててやるよ！」ピカディリーはあざけった。「なんにもちがいやしない、どこにいようとドブネズミはドブネズミさ！」

アルバートは目をとじて、声をひそめた。「ジュピターだ。ドブネズミにはやつがいる」

若いネズミは口をあけたが、なまいきなことばは出てこなかった。「町でもジュピターのうわさは聞いた」たどたどしい口ぶりだった。「ドブネズミの偉大《いだい》なる神とか、腐《くさ》った闇《やみ》の王とか……そいつがここに？」

「どこかにいる」アルバートは不安そうにこたえた。

「じゃあ、やつにまつわる伝説《でんせつ》はほんとうなのか？　大きなみにくい頭がふたつあって、ひとつには赤い目、もうひとつには黄色い目がついてるって？」

「ジュピターを見たネズミはいない。ドブネズミたちも見たことはないんじゃないかな。やつは暗い穴《あな》に住んでいて、そこから出てこないらしいから。モーガンだけは会ったことがあるだろうが」

「だれだい、そいつ？」

「ああ、モーガンはジュピターの腹心《ふくしん》の部下で、とてつもなくわるがしこいやつだ。ジュピターのよごれ仕事のほとんどを引きうけている」

ピカディリーはあたりを見まわした。急に暗闇《くらやみ》がこわくなってきたようだ。「じゃあ、ドブネズミたちもここではずっと乱暴《らんぼう》なのかな？」

アルバートはうなずいた。「外へ出る道を見つけるべきだと思うだろう？」

ふたりはいっしょに出発した。トンネルを歩きまわり、暗い場所の奥深《おくふか》くをのぞきこんだ。手と手をつないでいると、ひとりぼっちではないと感じて元気づけられはしたが、ひどくこわいことに変《か》わりはなかった。聞こえるのはしずくがぽたぽたと落ちる音と、ときおり、水面でなにかが跳《は》ねるバシャッという音だけ。においがあんまりひどくなって、ひげがむずむずしてくると、しかたなく引き返すこともあった。やがて、トンネルが急に行き止まりになったので、ふたりは自分たちの足跡《あしあと》をたどって最後《さいご》にまがったところまでもどった。

下水道の足場は歩きにくく、暗闇《くらやみ》にはありとあらゆる罠《わな》がひそんでいた。穴《あな》や、石や、ぬるぬるしたコケ。アルバートとピカディリーは、ゆっくり、そろそろと前進していった。

ふたりのずっと上では、五月のほそい月が夜空にのぼっていた。オレンジ色のまばゆい町明かりのせいで、とても明るい星しか見えなかった。アルバートの家族は、ベッドにはいっても心配で眠《ねむ》れずにいた。

「また行き止まりだ！」アルバートがいらいらといった。

ピカディリーは、行く手をふさぐ壁《かべ》に手をすべらせて、目をこすり、静《しず》かにいった。「いつかは外に出られるかな？」

真《ま》っ暗闇《くらやみ》のなかでも、ピカディリーが目をうるませ、早くもべそをかきはじめているのがわかった。アルバートは年下のネズミの手をとり、いっしょにすわりこんだ。「あたりまえさ！　もっと困《こま》った状況《じょうきょう》からみごとに脱出《だっしゅつ》したネズミを何匹《びき》も知ってる。たとえばトウィットだ――いい実例《じつれい》だよ！」

「トウィットって？」

「わたしのこどもたちの友だちだ。まだ若《わか》いが、きみと同じくらいの年だろう――真鍮《しんちゅう》のおまもりをつけていたからね。三日月を背《せ》に麦の穂先《ほさき》がのびている模様《もよう》だ」

「じゃあ、田舎《いなか》のネズミなんだな」ピカディリーはすこし明るい顔になった。外の世界やチャンスの話をすれば元気が出る。アルバートはとても賢《かしこ》くて機転《きてん》のきくネズミなのだ。

「ああ、トウィットは野ネズミだ。真鍮《しんちゅう》のおまもりをつけているのにあんなに小さいやつは見たこともない。冬のさなかに、いとこに会うために幅木村《はばきむら》へやってきたんだ」

「冬だと、雪とかいろいろたいへんなのに？」

「そうだ。きつい旅で、予想《よそう》もしなかったことがたくさんあったらしい」アルバートは効果《こうか》を出すためにことばを切った。「キツネやフクロウやイタチにも出くわした。『キツネ君は気持ちのいいやつ』なんだそうだ。ほんとに変《か》わったやつだよ――そのキツネのことは〝筆《ふで》しっぽ〟と呼《よ》んでいた」

ピカディリーは声をあげて笑《わら》った。「トウィットって妙《みょう》な名前だなあ」

アルバートはうなずいた。「頭のチーズがからっぽだといわれてる。意味わかるかな」

「ほんとにそうなのかい？」

「そこが油断《ゆだん》のならないところでね。ぱっと見るとそうだが、じつはちがう」アルバートはしばらく考えこんだ。「あえていうなら、トウィットはむじゃきなんだな。考えているのはよいことばかり。でも、頭が弱いわけじゃない――さもなければ、田舎からはるばるたどり着くことはできなかったはずだ。たぶん、ほかの動物たちはなにかを感じて、トウィットにはちょっかいを出さなかったんだろう。このうえなくよい意味で、トウィットは…… 緑《グリーン》なんだ。まるで夏の野原のように、まるで……」

「グリーンマウスのように」

「そのとおり！　こういうことを考えるほうが楽しいだろ。木《こ》の葉《は》と果実《かじつ》を身にまとったグリーンマウスだ」

「会ってみたいような気がする。まあ、ここから出られたらの話だけど」

「それに、トウィットとオズワルドは似《に》たものどうしでね」

「オズワルド？」

「トウィットのいとこだよ」

「そいつのことも話してくれよ」

「またべつの機会《きかい》にな」アルバートは立ちあがった。ふいに自分たちの置《お》かれた状況《じょうきょう》を思いだし、これでは危険《きけん》すぎると気づいたのだ。暗闇《くらやみ》がひしひしと迫《せま》ってくるようだった。

「立つんだ、ぼうず。出発するぞ。道さがしはこれで最後《さいご》にしようじゃないか」アルバートはピカディリーを引き起こした。胸《むね》のうちで不安が高まっていたが、それを年下のネズミには悟《さと》られたくなかった。

ふたりはふたたび歩きだした。ピカディリーは手を壁《かべ》のレンガにすべらせていた。「ちょっとした冒険《ぼうけん》みたいなもんだよな。できるだけ楽しまないと」それから、足を止めて叫《さけ》んだ。「アルビー！　ここになにかあるぞ。ほら、レンガのあいだに小さな穴《あな》があいてる」

アルバートは、ピカディリーが見つけた穴をのぞきこんだ。空気はそよとも動かず、ぜんぜんにおいがないのが妙《みょう》だった。ひげをピクピク動かして、奥《おく》にあるものの手がかりになるにおいをつかまえようとした。なにも感じない。

その穴は、トンネルの暗闇《くらやみ》よりも深くて真っ黒だったが、見すごすわけにもいかなかった。とにかく、これはひとつの変化《へんか》だ。もう下水道の足場をさまよい歩くのはうんざりだ。たとえこの奥が行き止まりだとしても、引き返してくればいいだけのことだ。

入口は、ネズミたちがなんとか体を押《お》しこめるくらいの大きさだった。なかにはいってしまうと、ふつうに立って歩くことができたが、真《ま》っ暗闇《くらやみ》に不安がつのり、見えない障害物《しょうがいぶつ》で何度もつまずいた。

アルバートは先に立ち、ピカディリーの手をしっかり握《にぎ》って歩いたが、だんだんおかしな考えがうかんできた。底知《そこし》れぬ、深い真っ黒な穴へくだっているような気がしたのだ。自分の手さえ見えない漆黒《しっこく》の闇のなかで、いろいろなまぼろしが目のまえにあらわれた。妻《つま》のグウェンや、アーサーやオードリーの姿《すがた》がずっと手まねきしているのに、いつまでたっても近づくことができない。アルバートは絶望《ぜつぼう》しながらも、泣《な》き言《ごと》はいわずに黙《だま》って歩きつづけた。

ピカディリーは、なにも見えないまま、ひたすらアルバートの手にすがりついていた。こんな暗闇《くらやみ》は経験《けいけん》したことがなかった。町の地下鉄のトンネルだって、ここまで暗くはなかった。五感がまったくきかない。なにも見えないし、なんのにおいもしないし、音さえ息のつまるような闇にのみこまれている。味覚《みかく》のことは考えないほうがいい――ずいぶん長いあいだなにも食べていないのだ。残《のこ》るは触覚《しょっかく》だが、これだけは、つま先を石にぶつけてざらざらしたしっくいの上でよろめくたびに、いやというほど感じることができた。闇そのものが、敵意《てきい》をもった生き物のようだった。こうしているいまも、その生き物ののどをふらふらとくだっているような気がした。

アルバートの手だけが現実《げんじつ》だった。石の痛《いた》みや壁《かべ》の手ざわりは、混乱《こんらん》した、あいまいなふれあいでしかなく、頭がくらくらするばかりだった。

長いあいだことばをかわしていなかったので、アルバートがいつのまにか怪物《かいぶつ》にすりかわって、自分を未知《みち》の恐怖《きょうふ》へみちびいているのではないかと不安になってきた。その思いはだんだん大きくなり、パニックとなって押《お》し寄《よ》せてきたかと思うと、凍《こお》りつくような恐怖に変《か》わった。ピカディリーは手をふりほどこうとした。それはいまや、ピカディリーを破滅《はめつ》へ引きずりこむ鉄のかぎ爪《づめ》のようだった。

ふいに手がはなれて、ピカディリーはひとりきりになった。ひとりぼっちに。

はじめはほっとしたが、見知らぬ世界で、たったひとつの現実から切りはなされると、すぐにこわくなってきた。間《ま》もなく不安はおさえがたくなってきた。パニックでいまにも爆発《ばくはつ》しそうだ。目をとじても変《か》わらぬ暗闇《くらやみ》で、まるで心のなかへしみこんでいるかのようだった。

「ピカディリー?」アルバートのおだやかな声がどこからともなく流れてきて、恐怖《きょうふ》がすっと消えた。「手はどこだ? ほら、ぼうず、あそこに光の点が見えるような気がするんだが」

トンネルの終点に見える、薄暗《うすぐら》い、灰色《はいいろ》の、ぼやけた光をめざして、ふたりはいそいそと足をはこんだ。

「グリーンマウスを信《しん》じないとな、ピカディリー。なんとかなると思ってたよ」

トンネルの終点で、ふたりは目をぱちぱちさせながら外をのぞいた。そこは大きな部屋《へや》で、暗《くら》闇《やみ》へつうじる穴《あな》がいくつもあいていた。すぐ近くのでっぱりで二本のロウソクが燃《も》えていた。ネズミたちはトンネルのなかにとどまって、目が光になれるのを待った。

二本のロウソクのあいだで、なにかがひれふすようにうずくまっていた。ドブネズミだ。大きな、みにくい、まだらのドブネズミは、耳から輪《わ》をぶらさげ、ひきつった笑顔《えがお》をうかべていた。小さなビーズのような赤い目を、せわしなく左右へ動かしている。

アルバートたちは、心臓《しんぞう》をどきどきさせながら、トンネルの奥《おく》へ体をひっこめた。ドブネズミのしっぽは切《き》り株《かぶ》みたいに途中《とちゅう》で切れていて、先っぽにはいやなにおいのするぼろきれがむすびつけてあった。そのしっぽが、じたばたとぶかっこうにゆれた。

モーガンだ――最果《さいは》ての地と呼《よ》ばれるコーンウォール出《で》のドブネズミで、ジュピターの腹心《ふくしん》の部下だ。

アルバートは、どうしようもなくこわかったけれど、ドブネズミがなにをしているのか見きわめようとした。モーガンは、なにかのまえでかしこまっているようだった。ロウソクのオレンジ色の炎《ほのお》のむこうへ目をやると、レンガの壁《かべ》にアーチ形の門があり、その暗がりのなかで、ありえないほど大きくて邪悪《じゃあく》なふたつの真っ赤な目がぎらぎらと光っていた。アルバートはおそろしい現実《げんじつ》を悟《さと》って、手を口に押《お》しあてた。ふたりは、ドブネズミ帝国《ていこく》のどまんなかに踏《ふ》みこんでしまったのだ。すぐそこにあるのはジュピターの祭壇《さいだん》だ。

アルバートは、自分たちのにおいをかぎつけられてはならないと思いつつも、音をたててしまうのがこわくて身動きできなかった。〝皮はぎ〟の話を思いだすと体がふるえた。ピカディリーも、燃《も》えるふたつの目の正体《しょうたい》をたずねたりはしなかった。押し寄《よ》せるすさまじい悪《あく》の力を感じただけで、それがジュピターだとわかったのだ。

モーガンが頭をあげ、影《かげ》にむかってしゃべりだした。声はかぼそく、しゃがれていた。

アルバートは耳をすまして聞きとろうとしたが、むずかしかった。ジュピターの声は、なだめるようでもあり、脅《おど》すようでもあった。

「で、なぜ穴掘《あなほ》りは遅《おく》れているのだ?」ジュピターが闇《やみ》の奥《おく》からたずねた。

モーガンはまた頭をたれて、あわれっぽくいった。「王よ！　連中《れんちゅう》がどんな調子かはごぞんじでしょう。『なんでこんなことを』とか『ネズミをくれ』とか文句《もんく》ばかり。ようするに、うんざりして、腹《はら》を立てているのです。行動をもとめているのです――いますぐに」ドブネズミは顔をあげて、炎のようなまなざしに目をほそめた。「てっとりばやく、かっぱらいでもやって――そのあいだに、ちょっとした戦《たたか》いでもあれば」

「わが民《たみ》は、わしが望《のぞ》むとおりのことをせねばならぬ」ジュピターはにべもなくいった。「民《たみ》はわしを愛《あい》していないのか？」

「親愛《しんあい》なる闇《やみ》の王よ、敬意《けいい》とあこがれをこめて、自分たちを愛する以上《いじょう》に愛しています」

「それにしては、簡単《かんたん》な仕事をひとつ頼《たの》んだだけで、泣《な》き言《ごと》ばかり聞かされている。民はわしのことがあまり好《す》きではないのではないか」ジュピターの声はすこし高くなり、不機嫌《ふきげん》そうになった。

「とんでもありません、陛下《へいか》！　好きだからこそ、みんな貢《みつ》ぎ物《もの》をするのです。先週はチーズビスケットが半パックも。それに、あの腐《くさ》りかけたベーコン！　手ばなすのはひどくつらかったはずなのに。すべては愛のあかしなのです、偉大《いだい》なる王よ！　あなたにより大きな栄光《えいこう》をもたらすためなのです、闇の声よ」

　モーガンは、最後《さいご》のしあげとばかりに手をこねあわせ、おおげさにおじぎをした。

「愛だと！」ジュピターはあざけるように吐《は》き捨《す》てた。「ほんとうはおそろしいからだろう」

おだやかな声が、大きな部屋《へや》いっぱいに響《ひび》きわたった。ふたつの目はほそくなったが、その輝《かがや》きが薄《うす》れることはなかった。

「わしはジュピターだ！　民が目ざめているときには邪悪《じゃあく》な思考《しこう》となり、夢《ゆめ》にはいりこんでは恐《きょう》怖《ふ》をもたらす！　わしは夜そのもの、すぐ先にひそむ恐怖、背後《はいご》で響くこだまだ！　民はわしをおそれているのだ！」

　モーガンは床《ゆか》に這《は》いつくばった。ロウソクがぱっと燃《も》えあがり、炎《ほのお》が天井《てんじょう》を焦《こ》がした。

　ピカディリーはトンネルの壁《かべ》にへばりついた。いまが逃《に》げだすチャンスだったが、目のまえの光景《こうけい》に心を奪《うば》われて、ふたりともその場を動くことができなかった。

　ジュピターが話をつづけた。「ひれふすがよい。おまえはわしの強さを忘《わす》れ、そのこずるい舌《した》から流れだすおべんちゃらで、うまくごまかせると思っているのだろう。わしのしもべという立場を忘れるな！」

　ロウソクの炎がふいに乱《みだ》れて地獄《じごく》のような赤い色に変《か》わり、モーガンの姿《すがた》が血まみれになったように見えた。

「王よ、おゆるしください！」モーガンは金切《かなき》り声《ごえ》をあげ、きたない両手で鼻づらをおおった。「連中《れんちゅう》はしめしあわせて不平《ふへい》をもらしていて、わたしは板《いた》ばさみになっているのです。どうすればいいのですか？」

　ロウソクの炎が小さくなり、ふつうの色にもどった。

「問題を起こすやつらを、二、三匹《びき》わしのところへ連《つ》れてこい。この暗黒《あんこく》のなかで、このロウソクのこちら側《がわ》で、つとめをはたさせてやる。ほかのやつらについては不平を聞いてやろう。わしの心はしもべたちとともにあるのだ」

　モーガンは立ちあがり、退出《たいしゅつ》のゆるしを待った。

ジュピターがふたたび口をひらいた。

「いっそのこと、全員ここへ連《つ》れてくるがいい。わしの怒《いか》りを見せつけてやれば、連中《れんちゅう》の反抗的《はんこうてき》な気持ちもしずまるだろう。仕事をしたくなるような目標《もくひょう》をあたえてやる。さがっていいぞ」

モーガンはおじぎをし、祭壇《さいだん》の部屋《へや》にあいている穴《あな》のひとつへちょこちょこと駆《か》けこんでいった。ふたつの目は暗いくぼみの奥《おく》へと消えた。だが、ジュピターがぶつぶつと計画をねる声だけは、かすかに聞こえていた。

ピカディリーがアルバートのひじをひっぱり、小声でいった。「いまのうちに行こうぜ」

アルバートはロウソクのむこうに目をこらし、影《かげ》の奥をのぞき見ようとしていた。「なにをたくらんでいるんだろう？」

「おれの知ったこっちゃないし、あんただってそうだろう」ピカディリーはささやいた。「みんなドブネズミの問題だ——おれたちには関係《かんけい》ない——どうせなにかの悪《わる》だくみだよ——下水道やなんかの」

「ちがう」アルバートは一歩踏《ふ》みだした。「ここにはなにかおそろしいわざわいがあって、それはみんなに影響《えいきょう》をおよぼすんだ——ドブネズミだけじゃなく、わたしたちネズミや、ほかのものたちの住む世界にまで」年下のネズミに目をむけたが、じっさいに見ているわけではなく、思いはどこか遠くにとんでいた。つらい運命《うんめい》が忍《しの》び寄《よ》っているのを感じたが、くじけるわけにはいかなかった。アルバートはさっと顔をあげた。「ジュピターがなにをいっているか聞かないと。きみはここにいるんだ」

ピカディリーはぞっとした。アルバートは、祭壇《さいだん》のある部屋《へや》へ這《は》いだして、一本めのロウソクをとおりすぎ、闇《やみ》の門のすぐ下まで進んだ。手を耳にあてて、ジュピターのたくらみを聞きとろうとしている。

ピカディリーはトンネルのなかをうろうろと歩きまわった。あいつは頭がおかしいのか？　いまにもドブネズミの大群《たいぐん》がこの部屋《へや》に押《お》し寄《よ》せてくるかもしれないってのに。ばりばりと頭をかいて、アルバートに目をむける。どうやらドブネズミの王のことばが聞こえているようだが、それはあきらかに悪い知らせだった。

アルバートの、信《しん》じられないという表《ひょう》情《じょう》が、激《はげ》しいショックをうけた顔へと変《か》わった。ピカディリーは警告《けいこく》しようとしたが、首をしめられたようなキーという声しか出なかった。もはや手《て》遅《おく》れだ。

アルバートは両肩《りょうかた》に強い痛《いた》みをおぼえた。するどい爪《つめ》でつかまれたのだ。

モーガンが、がっちりとアルバートをつかまえていた。

「おお、わが王よ！」ドブネズミは叫《さけ》んだ。「このモーガンが見つけたものをごらんください――スパイです！」

モーガンに両肩をつかまれて、アルバートの体は宙《ちゅう》ぶらりんになっていた。

「アルビー！」ピカディリーは叫び、トンネルから駆《か》けだした。

「スパイがもう一匹《ぴき》！」モーガンが歯をむいた。

アルバートが両肩《りょうかた》をつかまれたままもがいていると、さらに数百匹のドブネズミが部屋《へや》になだれこんできた。ジュピターも引き返してきたようだ。もはや逃《に》げるすべはない。アルバートの首には、モーガンの熱《ねっ》くてくさい息があたっていた。

「ピカディリー！　ばかなことはするな！」アルバートは叫《さけ》んだ。「思いきり走るんだ」身をよじり、首にかけた真鍮《しんちゅう》のおまもりを引きむしる。「グウェンに！」そういって、若《わか》いネズミにおまもりを投げつけた。

「ぐずぐずするな、ぼうず！」アルバートは呼《よ》びかけ、それからモーガンにむかっていった。「あいつの歯がどんなにするどい

か知らないだろう！　おまえたちみんな、ひどいめにあうぞ！」

ピカディリーはおまもりをつかみとった。心臓《しんぞう》は口からとびだしそうだったし、足にはおもりがついているみたいだった。それでも、ドブネズミの一団《いちだん》が押《お》し寄《よ》せてくるのを見て、ピカディリーは走りだした。

「ふりかえるな、ピカディリー。グウェンに愛《あい》していると伝《つた》えてくれ！」

混乱《こんらん》のなか、ふいにジュピターの声がとどろいた。「あのネズミをつかまえて、ここへ連《つ》れてこい！」

獲物《えもの》を追うのが大好《だいす》きなドブネズミたちのあいだから、叫び声と歓声《かんせい》があがった。

「さあ」ジュピターはモーガンに顔をむけた。「そっちのスパイをよこせ。わしがこの手で毛皮をはいでやる」

ピカディリーが真っ暗なトンネルをやみくもに走っていると、追いかけてくる敵《てき》のやかましい物音のむこうから、アルバートの悲鳴が聞こえ――すぐに消えた。

泣《な》きじゃくりながら、ピカディリーは波打つ胸《むね》に真鍮《しんちゅう》のおまもりをぎゅっと押《お》しつけた。

2　オードリー

　オードリーはささやかな朝食にとりかかった。きょうはなんだか食欲《しょくよく》がない。クラッカーをぼんやりとかじり、これからのことを考えた。幅木村《はばきむら》はにぎやかな一日になる。春の大祭りの準備《じゅんび》はもうはじまっているのだ。頬《ほお》づえをついて、ため息をつく。にいさんのアーサーは朝食をおかわりして、さっさと飾《かざ》りつけの手伝《てつだ》いに出かけてしまった。オードリーはそんな気分ではなかった。とうさんはどこにいるの？

　アルバートが姿《すがた》を消してから、まる一日たっていた。鉄格子《てつごうし》の奥《おく》へ行ったことはだれも知らなかったので、どこからさがせばいいのか見当もつかなかった。

　この日の朝、グウェンはいつものようにこどもたちを起こして、なんでもないというふうをよそおった。アルバートの話が出ると、ちょっと口をつぐみ、たぶん餌《えさ》とりに出かけただけで、みんなにすてきなプレゼントをもって帰るつもりなんでしょう、と説明《せつめい》した。けれども、オードリーは、ゆうべかあさんが泣《な》いていたのを知っていた。その重苦しいすすり泣きのせいでずっと眠《ねむ》れず、いまはくたびれてみじめな気分だった。

「さあ、オードリー」かあさんがいった。「たいせつな日なんだから、ちゃんと食べなさい」

グウェン・ブラウンは品《ひん》があって、若《わか》いころにはかなりの器量《きりょう》よしだったことがわかる。毛皮は濃《こ》い栗色《くりいろ》で、巻《ま》き毛《げ》の髪《かみ》は茶色だ。けれども、きょうだけは、明るいハシバミ色の瞳《ひとみ》はくもり、顔はやつれ、両肩《りょうかた》もがっくりと落ちていた。

「おなかがすいてない」オードリーは食事を押《お》しやった。「とうさんはいつ帰ってくるの？」

グウェンは娘《むすめ》のとなりに腰《こし》をおろし、両腕《りょううで》でその頭を抱《だ》きかかえた。「そうね、とうさんがこんなに長く帰らなかったことはないわね。ひょっとしたら、つらい知らせを聞くことになるかもしれない――でなければ、まったく知らせがないかも」グウェンはオードリーの髪をなでて、その体をぎゅっと抱きしめた。

「きょう、わたしは真鍮《しんちゅう》のおまもりをもらうのよ」オードリーはかあさんの目を見つめた。「おとなのネズミになるの」

オードリーは口をつぐみ、かあさんの首にかかっているおまもりをいじくった。家ネズミの立派《りっぱ》なしるし――金《きん》の輪《わ》の内側《うちがわ》にチーズの模様《もよう》が見える。「かあさん、わたしのしるしがどんなのになるか知ってる？」

「いいえ、それはだれも知らないの――おまもりを手わたしてくれる〝緑のなかのネズミ〟でさえ。それはあなたの運命《うんめい》だから。どんなしるしでも、あなたにふさわしいものなのよ」

「だったら、かあさんのとはちがうのがいいな。家ネズミとしてずっと身をおちつけるなんていやだもの」

「じゃあ、あなたはそういうネズミだということね。さあ、ここはかたづけておくから、広間へ行ってアーサーたちの飾《かざ》りつけを手伝《てつだ》いなさい」

オードリーはテーブルをはなれ、にいさんといっしょに使っている部屋《へや》にはいった。自分のベッドに腰《こし》をおろして、隅《すみ》の柱からピンク色のリボンをとり、髪《かみ》にむすびつけた。まるで頭のてっぺんに花が咲《さ》いているみたいだった。

オードリーは体つきがきゃしゃで、ちっちゃな妖精《ようせい》のように見える。もしも妖精ネズミがいるとしたら、きっとこんなふうだろうが、そんなことをいわれてもオードリーはよろこばないだろう。目は大きくて美しい。鼻もすっとのびているし、小さな口のへりからのびる長いひげは、ちゃんと気をくばっているからゴミひとつついていない。いつもむさくるしい格好《かっこう》のアーサーとはおおちがいだ。

オードリーはとうさんに会いたくてたまらなかった。にいさんよりも、とうさんのほうと仲がいいのだ。

「どうしていないのよ?」オードリーはきつい声でいった。家をはなれているとうさんに腹《はら》が立った。そんなふうに感じたことなどなかったので、自分がはずかしかった。でも、ほんとにどこにいるんだろう？　この日を、このたいせつな日をずっとまえから楽しみにしてきたのに。とうさん抜《ぬ》きでは、なんの意味もなくなってしまうのに。

ネズミたちはみんな広間に出て、せっせと飾《かざ》りつけをしていた。庭からは花と葉のしげったサンザシの枝《えだ》をはこびこみ、「白はレディのために、緑は大地の精霊《せいれい》たちのために」ととなえながら、花輪《はなわ》へと編《あ》みあげていく。広間の隅《すみ》には〝夏の小屋〟と〝冬の小屋〟があった。毎年、そこはきれいに掃除《そうじ》され、真鍮《しんちゅう》のおまもりの授与《じゅよ》式《しき》にそなえて飾りつけがなされる。きょうは、おまもりをつけたおとなのネズミたちだけが作業《さぎょう》をしていて、こどもたちは立ち入りを禁《きん》じられていた。

おばさんネズミが二匹《ひき》、木《こ》の葉《は》でつくられた〝オーク少年〟と〝サンザシ少女〟の肖像《しょうぞう》に、色あざやかな景品《けいひん》を縫《ぬ》いつけていた。三匹《びき》のたくましいネズミたちは、汗《あせ》だくになりながら五月柱《メイポール》を広間の中央《ちゅうおう》へとはこんでいた。ダンスのときにつかむリボンは、すでに柱のてっぺんにくくりつけられていた。

のしのしとふたつの小屋へはいっていったオルドノウズ氏《し》は、奇妙《きみょう》なわらのかごをかかえていた。すぐあとにつづいたトウィットは、すっかり興奮《こうふん》して、葉と花の大きな束《たば》をやっとのことではこんでいた。

アーサーはすばらしいときをすごしていた。にぎわいのまんなかで、花のついたサンザシの大《おお》枝《えだ》の飾《かざ》りつけをしていたのだ。花の香《かお》りに、早くもわくわくしてきた。その甘《あま》い香りは、寒々とした季節《きせつ》が終わる合図であり、間《ま》もなくおとずれる夏の先ぶれでもあった。

オズワルド・チターは、アーサーの手伝《てつだ》いをしようとしていたが、たいていはじゃまになるだけだった。

「そのピンをとってくれないか、オズワルド？　いてっ！」アーサーがひりひりする指をなめると、おさえていた枝が落ちてしまった。

「あ、ごめん」

「気にするなよ、オズワルド」アーサーはため息をついた。

オズワルドは白ネズミだ。つまり、ピンク色の目をのぞくと、全身どこにも色がない。それは同時に、体力もないということなので、荒《あら》っぽい遊びにはあまり加《くわ》われない。ただ、背《せ》はとても高かった。ネズミにしては高すぎるくらいだ。オズワルドはそのことをひどく気にしているので、どうしてもまえかがみになってしまい、母親のいらだちの種《たね》になっていた。

「アーサー、きみはどんなおまもりをもらうと思う？」オズワルドはたずねた。

「さあ。たぶん、そんなにすごいやつじゃないだろうな」

「グリーンマウスはなにを用意しているんだろうね」オズワルドは熱心《ねっしん》にいった。「自分の番が来るのが待ちきれないよ。まだ一年も先なのに」

「グリーンマウスはどうでもいいけど、オルドノウズじいさんがカチャカチャ音のする袋《ふくろ》をかかえてあそこにはいるのは見たよ」

「オルドノウズ氏《し》は、しょせんグリーンマウスの代役《だいやく》でしかないから」

「だけど、真鍮《しんちゅう》のおまもりを用意しているのはオルドノウズだし」

「そんなことないよ！」

「そうだって！　仕事場で金《かな》づちをふるったりみがきをかけたりしているのを見たんだから」

「かもしれないけど、オルドノウズ氏はだれがなにを手に入れるかは知らないんだ！　こっちが袋《ふくろ》に手を入れて勝手にとりだすのに、ぜったいにはずれはない。いつだって、そのネズミにふさわしいものがあたえられる。だから、やっぱりなにかあるはずだよ」

アーサーは、サンザシをピンでとめおえた。「さあ、トウィットをさがしにいこう」

オズワルドは首を横にふった。「いとこのトウィットはオルドノウズ氏といっしょに小屋へはいっていった。でも、きみのかあさんとオードリーが来たよ」

「たいへんだ」アーサーは警告《けいこく》した。「おまえのかあさんが突進《とっしん》していくぞ」

ミセス・チターは、グウェン・ブラウンが到着《とうちゃく》するのを見て、一目散《いちもくさん》にそちらへむかった。

「ねえあなた」ミセス・チターは息を切らしながらいった。「さぞつらいでしょうねえ」

オードリーはまゆをひそめた。ミセス・チターのことはどうしても好《す》きになれないのだ。

「つらいって、なにがですか？」オードリーはかたい声でいった。

オズワルドの母親は、さらにヘマをつづけた。「もちろん、あなたのたいせつなおとうさんのことよ——こんなに長く留守《るす》にするなんて」手をのばして、グウェン・ブラウンをなぐさめようとする。

オードリーがふと見ると、かあさんはまた目をうるませていた。このいかれたおばさんはなにをしようとしているの？

「チターさん、とうさんはそれほど長く留守にしているわけじゃないから、悲しんでもらわなくてけっこうです。もちろん、わたしだって悲しむつもりはありません」オードリーはきっぱりといった。

「そうね、きっとそうでしょうね」ミセス・チターはひげをピクピクさせて、ちょっとばつの悪そうな顔をしてから、近づいてきたアーサーとオズワルドに声をかけた。「あら、いま話していたんだけど——」

「かあさんってば」オズワルドは話をさえぎった。「ゆうべ聞いたことをブラウンさんに伝《つた》えたの？」

ミセス・チターは、ぱっと顔を輝《かがや》かせた。新しいおしゃべりの種《たね》ができたのだ。「まだだったわ！　グウェン、まさか聞いていないはずはないわよね？　あの旅ネズミがまたあらわれたの——去年もやってきた、ショールをまとったドブネズミの女よ——耳なれない名前の」

アーサーはオードリーをわきへひっぱった。「いいぞ。おばさんはマダム・アキクユについてえんえんとしゃべりつづけるはずだ——かあさんもいやなことを考えなくてすむ」

「ほんとに鈍感《どんかん》でバカなおばさん！」オードリーはぷんぷんしていた。「聞いてよ、あのさえずり声。かあさんはどうしてがまんできるのかしら。わたしだったら、穴《あな》に突《つ》き落として、あの銀《ぎん》髪《ぱつ》の上にとびのってやるのに。だいじょうぶよ、聞こえないから。とにかく、とうさんが帰るまで待ちましょ！」

アーサーは妹に目をむけた。「オードリー、とうさんの留守《るす》はいくらなんでも長すぎる。とうさんのことは大好《だいす》きだけど、きょうになっても帰ってこないんだぞ。ほかの日はともかく、きょうだけはぜったいここにいるはずなのに。なにがあろうと、これだけは見のがすはずがない」

「きっと帰ってくるわ。わたしにはわかってる」

やがて、すべての準備《じゅんび》がととのった。花輪《はなわ》も飾《かざ》られ、メイポールもまっすぐに立てられて、〝夏の小屋〟と〝冬の小屋〟の完成が告《つ》げられた。トウィットはトリオの楽隊《がくたい》を結成《けっせい》して、自分は牧笛《まきぶえ》、アルジー・コルトフットがひげのバイオリン、トム・コクルは木の皮の太鼓《たいこ》をうけもっていた。三匹《びき》が陽気な演奏《えんそう》をはじめると、片方《かたほう》の小屋からオルドノウズ氏《し》があらわれた。ふだんはこどもたちの教師《きょうし》をつとめているが、きょうだけは〝緑のなかのネズミ〟なのだ。かぶっているわらのかごは、葉と花におおわれていて、そこかしこにぶらさがる小さな鈴《すず》が、おどりにあわせてチリンチリンと鳴っている。グリーンマウスの扮装《ふんそう》で、オルドノウズ氏は集まったネズミたちのあいだを歩き、こどもたちを追いかけまわした。だれもが手を叩《たた》き、うたっていた。お祝《いわ》いがはじまったのだ。

オズワルドの母親は、グウェン・ブラウンを広間の隅《すみ》へひっぱっていった。「たしかに、あのドブネズミには特別《とくべつ》なところがあるわ。いろいろなものが見える水晶玉《すいしょうだま》をもっているし、ほれ薬やらなんやらいろんな薬を売っているの。ふつうだったら、ドブネズミのにおいが届《とど》くようなところまでは近寄《ちかよ》ったりしないんだけれど、下水道にいる連中《れんちゅう》とはちがうでしょ。外国から来たんだから、ああいう連中とはちがうのよね」

「とにかく」おしゃべりはさらにつづいた。「あなたもマダム・アキクユに会いにいってみたら、グウェン。きっとアルバートの居所《いどころ》を教えてくれるわ」

「どうかしら」グウェンはいった。「ドブネズミとかかわったことはいちどもないし、いまさらそんな気にはなれないのよ」

「そんなのもったいないわ。いまもいったとおり、マダム・アキクユは下水道タイプじゃないんだから」ミセス・チターはあきらめなかった。

「でもねえ、もしも未来を知りたいのなら、コウモリと話すほうがいいと思うの」

「そんなことしたって、だれにも理解《りかい》できない謎《なぞ》めいた返事がどっさりかえってくるだけじゃない。あたしはごめんだわ！」

オードリーは、集まったネズミたちの端《はし》のほうに立っていた。友だちが楽しそうにしているのを目にしても、仲間入りする気にはなれなかった。アーサーは、オズワルドのぎこちないステップをかわしていた。楽隊《がくたい》の演奏《えんそう》はどんどん速くなっていく。ミセス・チターさえ足を踏《ふ》みならしていた。ネズミのしっぽがいたるところでピンク色の麦のようにゆれていた。

トウィットが牧笛《まきぶえ》から顔をあげ、オードリーのぼんやりした顔に目をとめた。にぎやかな曲が終わると、トウィットは牧笛をアルジー・コルトフットにわたして、みんなをがっかりさせた。

「もう一曲やってくれよ!」だれかが叫《さけ》んだ。

「〈エグランとその恋人《こいびと》〉を頼《たの》む」べつのだれかがいった。

「いや、〈求愛《きゅうあい》のダンス〉だ」

「〈おぼれたおいぼれネコ〉だよ」

トウィットは、そろそろひげをぬらしたいし、アルジーだってちゃんと演奏できるからといって、こうしたリクエストを礼儀《れいぎ》正しくうけ流した。ぶつくさいう不平《ふへい》の声は、アルジーが〈謎《なぞ》のコウモリ〉を演奏しはじめると、たちまち消え失《う》せた。

「こんちは!」トウィットは、オードリーの思いに割《わ》りこんだ。「ダンスにまざらないの?」

「え? ああ、ごめんなさい、ちょっと考えごとをしてたから……なんていったの?」

「ダンスにまざらないの?」

オードリーはことわった。「たぶん、あとで」

「まだゲームがあるし、そのあとは真鍮《しんちゅう》のおまもりの授与式《じゅよしき》だからね」

トウィットは、ふとなにかを思いついたらしく、にっと笑《え》みをうかべた。そして、ちょっとごめんといって、おどっているネズミたちのなかへ駆《か》けこんでいった。

小柄《こがら》なトウィットの赤みがかった金色の体が、おどるネズミたちの波のなかでひょこひょこと浮《う》き沈《しず》みするのを見て、オードリーは思わずにっこりした。トウィットはすぐにオードリーのところへもどってきた。その手のなかには、小さな銀の鈴《すず》がふたつおさまっていた。

「オルドノウズ氏《し》の衣装《いしょう》から拝借《はいしゃく》してきた。気に入るかなと思って」トウィットは、てれくさそうに目をぱちぱちさせながら、鈴をオードリーにわたした。

「ありがとう、トウィット！」オードリーは歓声《かんせい》をあげた。「とってもすてき！　聞いて――星って、こんな音をたてるんでしょうね」

オードリーはトウィットを抱《だ》きしめようとしたが、両耳を真っ赤にしたトウィットは、こくんとうなずき、すぐにアルジーとトムのところへ引き返していった。

オードリーは自分をたしなめた。とうさんが行方《ゆくえ》不明になってからは、ほかのことを考えられなくなっていた。とうさんはどこかでぶじにいて、家族のもとへ帰ろうとしているのだ。いまから悲しんだりしたら、ミセス・チターと同じになってしまう。オードリーは、きょうという日を楽しむことに決めた。

トウィットが牧笛《まきぶえ》をうけとった。

「ほら、見て」ミセス・チターが、グウェン・ブラウンをつついた。「オードリーがやっと出てきたわ」

にぎやかなダンスが終わると、年かさのネズミたちは息を切らして輪《わ》をはなれていった。「メイポールだ！」若《わか》いネズミたちが叫《さけ》んだとき、オードリーの声もそのなかにまじっていた。ネズミのこどもたちが、おのおの手でリボンをつかみ、ポールのまわりをめぐりながら編《あ》みこんでいくと、ポールは織《お》りあげられたリボンにすっぽりとつつまれた。大きな笑《わら》い声がわきあがり、年かさのネズミたちも元気をとりもどして、つぎのゲームをもとめる声をあげた。

二匹《ひき》のおばさんネズミが、にぎやかに笑いあいながら、木《こ》の葉《は》の肖像《しょうぞう》をはこんできた。オークの葉でつくられた少年と、サンザシでつくられた少女の実物大《じつぶつだい》の肖像だ。景品《けいひん》はゆるく縫《ぬ》いつけられているので、簡単《かんたん》にむしりとることができる。目隠《めかく》しをしたこどもたちが、合図とともにいっせいに駆《か》けだし、先を争《あらそ》って小さな景品を手に入れようとした。

アーサーは、見えないネズミたちの体にじゃまをされて、うまく景品を見つけることができなかった。オズワルドのほうは、だれよりも先にひとつ見つけた。オズワルドは、いつでも、なにがどこにあるかわかっている。ほかのいろいろな弱点をおぎなう第六感みたいなものがあるのだ。オードリーは、にいさんとすこしとっくみあいをして景品を勝ちとったが、おたがいに相手がだれなのか気づいてはいなかった。こぜりあいがおさまって、景品がなくなると、アーサーは目隠しをとり、木の葉の肖像をぽかんと見つめた――なにも手に入れられなかったのはアーサーだけだったのだ。

「かっこわるい！」オードリーが声をあげて笑った。

だれもが、つぎはなんだろうと思いをめぐらしていた。興奮《こうふん》がすこしずつ高まり、小声のおしゃべりがずっとつづいていた。オルドノウズ氏《し》の合図をうけて、楽隊《がくたい》がおごそかな曲を演奏《えんそう》しはじめた。

「準備《じゅんび》ができた者は、グリーンマウスのもとへ来て、その恵《めぐ》みと、みずからの運命《うんめい》をうけとるがよい」オルドノウズ氏は、全員にむかって形式どおりに呼《よ》びかけた。「ただし……あー……ひとりずつにしてくれたまえ」

オルドノウズ氏が小屋のひとつへ姿《すがた》を消すと、数匹《ひき》のネズミが足早《あしばや》に小屋をとりかこみ、奇妙《きみょう》なレバーやひものところで位置《いち》についた。

オードリーはかあさんのとなりにすわり、小屋にはいる順番《じゅんばん》が来るのを待った。グウェンは娘《むすめ》の手をぎゅっと握《にぎ》った。「おちつかないの？」

「ううん」

「よかった。あなたとアーサーにとって、きょうはとてもたいせつな日。かあさんはあなたたちを誇《ほこ》らしく思うわ」

アーサーはおちつかない笑《え》みをうかべて、第一の小屋にはいった。そこは、寒々とした冬とそのつらい生活をあらわす飾《かざ》りつけがされていた。気味《きみ》の悪い仮面《かめん》がいくつも天井《てんじょう》からぶらさがっていた。陰気《いんき》な紙の幽霊《ゆうれい》が暗い隅《すみ》でがさがさとゆれていた。薄暗《うすぐら》いので見えない飾りテープが、だらんとおりてきて体にふれた。がいこつたちが立ちあがってうめき声をあげ、鎖《くさり》をじゃらじゃらと鳴らした。アーサーは楽しかった。小屋の外で、ネズミたちがひもをひっぱり、管《くだ》をとおしてぶきみな声を送りこみ、レバーをあやつっているのだ。それでも、見えないなにかがひらひらと顔のそばをとおりすぎたときは、ぎょっとしてあとずさってしまった。アーサーはすぐに声をあげて笑《わら》い、厚紙《あつがみ》でできた歯ぎしりするネコの口をとおりぬけて、第二の小屋にはいった。

こちらは〝夏の小屋〟だった。いくつもの顔が床《ゆか》からやさしくほほえみかけ、壁《かべ》にはみずみずしい花輪《はなわ》が飾《かざ》られ、うっとりする香《かお》りがただよっていた。大きな金色の太陽がまばゆく輝《かがや》いている壁もあった。天井《てんじょう》を見あげると、いろいろな種類《しゅるい》のチーズや穀物《こくもつ》のあいだに、わら人形がいくつもぶらさがっていた。アーサーがそれを見つめて、手が届《とど》くだろうかと考えていたとき、おごそかな声が呼《よ》びかけてきた。

「アーサー・ブラウン君。そなたはなぜここへ来た？」

アーサーはすぐに気をとりなおし、正しく返事をした。「いまやわたしのものとなったものをうけとり、みずからの運命《うんめい》を呼び寄《よ》せるために」

「大きくても小さくても、背《せ》が高く危険《きけん》なものでも、弱く無益《むえき》なものでも？」

「グリーンマウスの意志《いし》のままに」

「では太陽をころがすがよい」声が命じた。

アーサーは金色の太陽の絵に近づき、それを片側《かたがわ》へころがした。絵のむこうに立っていたのは、オルドノウズ氏《し》だった。グリーンマウスのきらびやかな衣装《いしょう》をまとい、小さなロウソクにかこまれていた。

オルドノウズ氏は葉におおわれたかごからこちらを見つめた。「うけとりなさい、アーサー」といって、黒い袋《ふくろ》を差《さ》しだした。

アーサーは目をとじて、はじめに手にふれた真鍮《しんちゅう》をつかみあげた――しきたりどおりに。目をあけると、おどろきで息が止まった。

「わあ、とうさんのやつに似《に》てる」アーサーはうれしそうにいった。

「命と、家族をあらわすしるしだ」オルドノウズ氏はうなずいた。「よいものだ――頼《たよ》りになる」

「三本のしっぽがいっしょになってる」アーサーもうなずいた。「ありがとう」

「では、妹に順番《じゅんばん》が来たことを伝《つた》えにいきなさい。出ていくときにチーズにさわったりしないように」

オードリーは、兄が見せてくれた真鍮のおまもりをうっとりとながめて、またもや、自分のはどんなのになるんだろうと考えた。そして、はりきって第一の小屋にはいった。

薄暗《うすぐら》い光に目がなれると、まわりにあるおそろしげな仮面《かめん》が見えるようになった。かすかな風にゆれているのか、オードリーが目をやると、仮面はこちらを見かえすのだった。

あそこだ。笑《わら》い声が聞こえた。小屋の外にいるネズミたちが、ひもや棒《ぼう》を動かしておもしろがっているのだ。だがその笑い声は、オードリーが知っているどんな声ともちがっていた。かぼそい、あざ笑うような声。

奥《おく》へ進む気になれず、オードリーはしばらく入口で立ちつくした。外のざわめきはだんだんと小さくなった――が、ネズミたちが静《しず》かになったわけではなかった。騒《さわ》ぎはつづいているにもかかわらず、オードリーのほうがふわふわと遠くへ来てしまって、声が聞こえにくくなったかのようだ。

オードリーは気をおちつけようとした。「どうかしてる。ここ、なんだかすごくへんだわ」

ふしぎな、冷《つめ》たい青い光が、オードリーのまわりで輝《かがや》きを増《ま》した。なにが起きているの？ 仮《か》面《めん》の位《い》置《ち》がさらに低《ひく》くなったらしく、ならんだ顔が動いているように見えた。おそろしいしかめつらをして、絶《た》え間《ま》なくのたうちまわり、口をうごめかせている。まわりじゅう顔だらけだ。それらがずいっと迫《せま》ってきて、ほそく白っぽい目をしばたたき、先のとがった歯をひらめかせた。仮面の吐《は》きだす息が、オードリーの顔に吹《ふ》きつけてきた。

「やめて！」オードリーは泣《な》き声でいって、両腕《りょううで》を激《はげ》しくふりまわした。

なにかが体にふれた。

アーサーもさわった飾《かざ》りテープは、オードリーには小枝《こえだ》でできた手のように感じられた。その手がオードリーの髪《かみ》をつかみ、するどい爪《つめ》で頭をひっかいた。

いくつもの声がオードリーの名を呼《よ》び、引き返せといっていた。仮面《かめん》がわらわらと集まってきて、脅《おど》すような声をあげながら道をふさいだ。

ただの想像《そうぞう》ではない。小さな影《かげ》が暗がりのなかを出たり入ったりしている。腹《はら》をへらした生き物が、とおりすぎざまにオードリーをきつくかんだ。冷《つめ》たい風がひっきりなしに吹《ふ》きつけていた。冬が怒《いか》りの声をあげているのだ。叩《たた》きつける風の、敵意《てきい》に満《み》ちた冷気《れいき》につつまれて、オードリーはがたがたとふるえだした。

「帰れ」突風《とっぷう》のなかでいくつもの声が叫《さけ》んだ。

「引き返せ！」ならんだ口が怒りを吐《は》きだした。

オードリーは耳をかさなかった。数えきれないほどの目が、暗闇《くらやみ》からこちらを見つめていた――飢《う》えにぎらついた目だ。

これは冬のまっただなか――食べ物が少なくなって、おなかはぺこぺこになり、オオカミたちは獲物《えもの》をもとめてうろつく。真冬の死の翼《つばさ》につつみこまれて、オードリーはぶるっと身をふるわせた。氷の悪魔《あくま》たちが、すぐそばの暗闇のなかにひそんでいた。そいつらがオードリーの体にかみついてきた。

このままではえじきになる。

オードリーは走った。

寒々とした暗がりのなかに、〝夏の小屋〟の入口がふっとあらわれた。オードリーは身を投げるようにして戸口を抜《ぬ》けた。

すすり泣《な》きながら、腕《うで》や脚《あし》にできたあざをさすった。そのとき、あたりが暖《あたた》かくなっていることに気づいた。冷気《れいき》が消えて、体のなかで新たな命が目ざめたかのようだった。

顔をあげると、目のまえに太陽の絵があった。表面はまばゆく輝《かがや》き、そこから熱気《ねっき》が押《お》し寄《よ》せていた。まわりのあらゆるものが成長をあらわしているようだった。緑が芽生《めば》えていた。葉がぐんぐんのびて、その新鮮《しんせん》な感覚《かんかく》を楽しんでいた。つぼみがふくらみ、はじけて、さまざまな花へと変《か》わった——チェリー、オレンジ、リンゴ。甘《あま》い香《かお》りが一面にたちこめた。

オードリーは目をまるくした。どこもかしこも、木《こ》の葉《は》をすかして見た太陽のように、緑色に輝いていた。花は色とりどりの吹雪《ふぶき》のように散《ち》り、かわりにあらわれた果実《かじつ》が、みるみるうちに大きくなった。リンゴがふくらんで赤と緑に輝いた。ナシがやわらかく肉づき、木の枝《えだ》からずっしりとぶらさがった。ドングリやハシバミの実《み》は、日射《ひざ》しのなかで茶色くなってから床《ゆか》に落ちた。穀物《こくもつ》畑がさざ波をたてている様子《ようす》は、ふしぎな黄色い海のようだ。夢《ゆめ》を見ているのかしら？　どうしてこんなことが？

緑色の光があたり一面にひろがり、オードリーは花に目をむけた。太陽から命をさずかっている花たちは、みんな顔を太陽にむけていた。足の下で花が育っているのが感じられた。ヒナギク、マリーゴールド、タンポポ——太陽のかたちをした花たちが、ずっと大きな太陽にむかって、それぞれの美しい頭をたれていた。

頭がくらくらしてきたとき、声が呼《よ》びかけてきた。

「オードリー・ブラウン嬢《じょう》。そなたはなぜここへ来た？」

「いまやわたしのものとなったものをうけとり、みずからの運命《うんめい》を呼び寄《よ》せるために」オードリーはこたえた。

「大きくても小さくても、背《せ》が高く危険《きけん》なものでも、弱く無益《むえき》なものでも？」

「グリーンマウスの意志《いし》のままに」

「では太陽をころがすがよい！」

オードリーは輝《かがや》く絵にふれた——熱《あつ》くはなく、純金《じゅんきん》を鏡《かがみ》のようにみがきあげてつくってあるようだ。そっと力をこめると、太陽はごろんと横へころがった。

そこにオルドノウズ氏《し》が立っていた。とまどったような顔で、オードリーの背後《はいご》にひろがる緑の風景《ふうけい》を見つめ、ぽかんと口をあけている。しゃべろうとしても、出てくるのは首をしめられたようなキーという声だけだ。オルドノウズ氏は、打ちのめされた顔いっぱいに信《しん》じられないという表情《ひょうじょう》をうかべてオードリーを見おろした。それから、姿《すがた》を変《か》えた。

突然《とつぜん》、オルドノウズ氏が消え失《う》せた。葉におおわれた衣装《いしょう》だけが残《のこ》っていて、それが、命を手に入れたかのようにうごめき、成長しはじめた。にょきにょきと枝《えだ》がのびて、花をつけた。

オードリーはあとずさりした。衣装がみずから光をはなち、ぐんぐん成長していくと、樹液《じゅえき》を送りこまれた葉はランプのように輝き、花はくるくるまわる火の車となった。

頭上にふたつの目があらわれ、そのまわりに、ぼんやりと顔がうきあがった。年老《としお》いて猛々《たけだけ》しく、それでいてやさしく気高《けだか》い顔。ひたいの上には木の葉《こは》と小麦の 冠《かんむり》がのっている。

グリーンマウスだ。

オードリーは、そのどうどうとした姿《すがた》のまえでひざまずいたが、どうしても目をそらすことができなかった。ふたつの目は、はてしなくつづく命について語っていた。色は深い緑でありながら、その緑のなかにたくさんの緑があった。新《あら》たな命の緑が明るく燃《も》えさかっていたが、墓場《はかば》の土のくすんだ色もまだらにまじっていた。死はつねに生のそばにある――と、グリーンマウスの目は語っていた。

育ちゆく緑のかたまりは、グリーンマウスの上着となっていっしょに動き、生気《せいき》にあふれた光をはなっていた。花が炎《ほのお》の雨となって落下すると、あとには奇妙《きみょう》な果実《かじつ》が残《のこ》った。はじめはどれも小さくてまるかったが、ぱっくりひらいてふくらむにつれて、ありとあらゆるかたちに変《か》わっていった。色はすべて金色だった。それは真鍮《しんちゅう》のおまもりだった。

オードリーが息をのむと、グリーンマウスの顔がほほえみかけてきた。上着のなかから緑色の手があらわれ、木の葉からひとつのおまもりをむしりとった。

「とりなさい、オードリー」低《ひく》くゆたかな声がいった。

なかばおびえながらも、オードリーは贈《おく》り物《もの》をうけとろうと手をのばしたが、それが魔法《まほう》のきらめきをはなっているのを見てまたひっこめた。グリーンマウスの顔がふたたびほほえみ、ひたいの緑色の毛皮にしわが寄《よ》った。だが、オードリーはこわくてどうしようもなかった。

「だめです」オードリーはうやうやしくささやいた。「とてもうけとれません」

一本の腕《うで》が、はげますようにオードリーの両肩《りょうかた》にまわされた。

「こわがることはないよ、いとしいオードリー」

オードリーはとびあがり、あたりを見まわした――とうさんの声だ！

「どこにいるの？」叫《さけ》んで、一歩あとずさった。だが、見えない腕は、オードリーの体をグリーンマウスのほうへそっと押《お》しもどした。

「それをうけとって、いつも身につけているんだ」アルバートの声がいった。

「でも、とうさんの姿《すがた》が見えないわ。どこへ行っていたの？　すごくさびしかったんだから」

「真鍮《しんちゅう》を、オードリー」

「いつ会えるの？」

アルバートの声が弱くなった。「終わりが来るまえにはかならず会えるから、わたしのたいせつな娘《むすめ》。さあ、グリーンマウスが待っている」

オードリーは、あらためてグリーンマウスの目をのぞきこみ、真鍮のおまもりをうけとった。

「おかしい」オルドノウズ氏《し》がいった。「そんなのを袋《ふくろ》に入れたおぼえはないんだが」

オードリーはオルドノウズ氏を見つめた。グリーンマウス、あの光――なにもかも消えて、すべてがもとどおりになっていた。「え？」オードリーはやっとのことで声を出した。

「きみのネコのおまもりだよ！　そんなのは記憶《きおく》にないんだ」

オードリーは手のなかの真鍮《しんちゅう》に目をむけた。ひげをはやした、ほそい目のネコの顔をかたどったものだった。わけがわからず、オードリーはそれをひっくりかえした。「でも、グリーンマウスといっしょにとうさんがここにいたのに」

オルドノウズ氏《し》は、オードリーをおちつかせようとした。「まあまあ、きょうはいろいろと刺《し》激的《げきてき》なことがあるからね。去年などは、アルジー・コルトフットが、ピンク色のドブネズミたちが月をとびこえるのを見たと思いこんでいた。きみのおとうさんはここにはいない。自分でもわかっているのだろう？」

オードリーは腹《はら》をたててオルドノウズ氏をにらみつけた。「じゃあ、なにもおぼえていないんですか？」

「いないね。さあ、おかあさんにそれを見せてあげなさい。あと、つぎの者にここへはいるよう伝《つた》えて」

オードリーは部屋《へや》を出た。とうさんはまちがいなくどこかで生きている。でも、どうやったら会えるのかしら？　どこをさがせばいいのか知っているものはいないの？

「まあ、とってもすてきよ」かあさんが、オードリーの首にかかったおまもりを見るなりいった。

「あら、ほんと、ネコよけのおまもり」ミセス・チターも口をはさんだ。「見たのはずいぶんひさしぶりねえ。でも、このあたりではあんまり使い道がないんじゃない？」

「チターさん」オードリーはいった。「マダム・アキクユの話をしていましたよね」

「ええ、最近《さいきん》ではいちばんの占い師《うらなし》じゃないかって——どんなことでも知ってるし——カードや水晶玉《すいしょうだま》、なんでもこちらの好《す》きなもので占ってくれるのよ」

「その占い師のところへ行ったんですか？」

「ええと……『じかに話をしたか？』という意味なら、それは——ないわ。でも、いろいろな知り合いから、あの有名な予言者《よげんしゃ》のところでどんな体験《たいけん》をしたか教えてもらったから」

「いまどこにいるんでしょうね？」オードリーは、できるだけさりげない口ぶりでたずねた。

「わからないわ。気《き》の毒《どく》だけど、もう遅《おそ》いんじゃないかしら。ゆうべは庭にいたんだけど、いまごろは近道をしてつぎの土地へむかっているはずよ——下水道を抜《ぬ》けて」

「鉄格子《てつごうし》のむこう？」

ミセス・チターは物知り顔でうなずいた。「ええ、あの奥《おく》——ここのネズミなら足を踏《ふ》み入れようとは思わないところ。ほら、見てよ、グウェン——こどもたちが小屋のまわりに絵を描《えが》いているわ。あなたも行けばよかったのにね、オードリー。アーサーはなにを描いているのかしら？まあ、すごい——頭がふたつ、脚《あし》が八本、しっぽが三本あるドブネズミよ。あんなにおそろしいものは見たことがないわ——グウェン、あの子には目をくばらないとね。絵の下にはなんて書いてあるのかしら?　あなた見える、オードリー?」
「ジュピター」オードリーはこたえた。

3 占《うらな》い師《し》

月が高くのぼったころ、オードリーはベッドをそっと抜《ぬ》けだした。アーサーを起こさないように気をつけながら服を着る。あくびをひとつしてから、ピンク色のリボンを髪《かみ》にむすんだ。月明かりのなかで見ると、銀の鈴《すず》は小さな青い玉のようだった。そうっともちあげてみたが、ふたつの鈴は音をたてなかった。オードリーはしっぽの先に鈴をつけて、静《しず》かに幅木《はばき》村の外へと出ていった。

真っ暗な広間は別世界《べっせかい》だった。長い影《かげ》が壁《かべ》にのびて、青白い月明かりと黒い洞窟《どうくつ》がならんでいるように見える。深い影とやわらかな月の光。オードリーには、まぼろしと現実《げんじつ》の物体《ぶったい》との見分けがつかなかった。

飾《かざ》りはすっかりかたづけられていた。オードリーはほっとした。あの憎《にく》たらしい仮面《かめん》や、なんともいえずおそろしい寒さが思いだされた。広間を横切りながら、深呼吸《しんこきゅう》をして、手をぎゅっと握《にぎ》った。手すりが落とす長い影《かげ》が、行く手に黒いななめの縞模様《しまもよう》をつけていた。

オードリーはちょっと足を止めた。地下室への入口が目のまえにあった。ペンキのはげた大きなドア——鉄格子《てつごうし》へつうじる最初《さいしょ》の門だ。そわそわとあたりを見まわした。あらゆる本能《ほんのう》が引き返せと叫《さけ》んでいた。「鉄格子には近づくんじゃないぞ」何度も聞かされたことばだ。「ドブネズミどもをけっして信用《しんよう》するな！」

ドアはすこしだけひらいていた。月明かりさえ、敷居《しきい》をまたぐのをこわがっているのか、その奥《おく》は深い暗闇《くらやみ》だった。

「勇気《ゆうき》を出さなくちゃ」オードリーはつぶやいた。「とうさんを見つけたいのなら、あの占《うらな》い師《し》がたったひとつの希望《きぼう》なんだから」

オードリーは唇《くちびる》をかみ、地下室へおりはじめた。石の階段《かいだん》をくだってみると、おどろいたことにそこは真《ま》っ暗闇《くらやみ》ではなかった。頭上の通りから、天井《てんじょう》の穴《あな》をとおして、ふしぎな黄色い光が流れこんでいた。

地下室には、大きな木箱や、風変《ふうが》わりな物体《ぶったい》や、くるくると巻《ま》かれたカビくさい紙がちらばっていた。奥の壁《かべ》のあたりはきれいにかたづけられていた。オードリーの目は釘《くぎ》づけになった。そこに鉄格子がぱっくりと口をあけていた。

薄暗《うすくら》がりのなかで、オードリーは目をこらした。鉄でできた木の葉《こは》の模様《もよう》に、さびてぼろぼろになった隅《すみ》。年かさのネズミたちが、冬の焚《た》き火《び》をかこみながら声をひそめて話していたとおりだ。まわりの壁《かべ》には、奇妙《きみょう》なおまじないの絵がかきなぐられていた――下水道に住む悪《あ》しき者から身を守るために、ずっとむかしの勇敢《ゆうかん》なネズミたちが描《えが》いたものだ。ふと見ると、鉄格子《てつごうし》のわきにもっと新しい作品《さくひん》があった。おそろしげな、頭がふたつあるジュピターの絵。オードリーは暗い笑《え》みをうかべた。アーサーもここまでおりてきたらしい。

この門の奥《おく》のどこかに、闇《やみ》と悪《あく》の王がひそんでいる。下水道を流れる水のように、すみずみまでジュピターの力がしみわたっているのだ。

オードリーはさっと顔をあげた。いつのまにか、鉄格子にまっすぐ近づいていた。ぶるぶると頭をふる。鉄格子からただようどんな異様《いよう》な力が、軽率《けいそつ》な者の好奇心《こうきしん》をかきたて、賢《かしこ》い者の判断《はんだん》力《りょく》をくもらせるのだろう？　あらためて、ひとりきりで行方《ゆくえ》不明になったとうさんのことが思いだされた。オードリーはしゃがみこみ、さびで穴《あな》のあいた鉄格子の隅《すみ》を這《は》ってくぐりぬけた。

マダム・アキクユは、自分でつくった質《しつ》の悪い酒をぐいとあおって生気《せいき》をとりもどした。頭をあおむけて、ゆっくりのみこむと、酒はのどを焼《や》きながらくだっていった。ここ数日は期待はずれだった。取り引きもなく、収穫《しゅうかく》もない。つぎの土地がもうすこしましだといいのだが。あといくつか売り物の薬を用意しておくほうがいいかもしれない。

荷物《にもつ》をおろし、なにを煮《に》ようかと考えた。薬草を入れた袋《ふくろ》はほとんどからっぽだった。

「やれやれ。あんまりないねえ。みじめなちっこいネズミどもには、健康《けんこう》にいいものが必要《ひつよう》だってのに。薬があれば元気になれる、しあわせになれる」笑《わら》い声をあげる。「ときには、ちょっと死んだりするかもしれないけどね」

マダム・アキクユは大きな黒いドブネズミで、旅をしながら、あらゆるものの取り引きをしている。うら若《わか》い娘《むすめ》だったころに貨物船《かもつせん》でモロッコを出て、いまは薬の商《あきな》いをしながらあちこち放浪《ほうろう》している。お客を相手にひと芝居《しばい》うつのが大好《だいす》きだった。顔に入れた刺青《いれずみ》が右耳を引き立たせ、白い斑点《はんてん》のついた赤いショールが両肩《りょうかた》をおおっている。

マダム・アキクユは、深い鍋《なべ》をとりだし、そこに下水道の水を満《み》たした。「ああ、自然《しぜん》の力よ――火と水よ」鍋の水を口にふくみ、歯をすすぐ。一本の歯はずっとまえに折《お》れていた。ほれ薬が大失敗《だいしっぱい》して、死んだお客の父親に石をぶつけられたことがあるのだ。

マダム・アキクユには魔力《まりょく》はない――あるのは毒《どく》の初歩的《しょほてき》な知識《ちしき》だけ。もちろん、お客を相手にするときは〝能力《のうりょく》〟があるようなふりをするが、それはみんないかさまだ。いや、ほんとうはほしくてたまらないのだ！　邪悪《じゃあく》な力や知識を手に入れたいとずっと熱望《ねつぼう》しているのに、どうしてもかなわない。自分は三流のペテン師《し》にすぎないと感じるにつけ、ひどく腹《はら》が立った。

アキクユは、足場に沿《そ》ってのびるパイプの上に、よっこらせと鍋をのせた。どういう仕組《しく》みかはわからないが、だいぶまえに、消えることのない火のつけ方を発見したのだ。ナイフでパイプを何度かつつき、ひらいた穴《あな》からガスをしゅーっとふきださせた。鼻歌をうたいながら、ふたつの石を打ちあわせると、火花がとんで青い炎《ほのお》が燃《も》えあがった。

「けっこう」アキクユはつぶやき、水が沸騰《ふっとう》するのを待ちながら、袋《ふくろ》の中身をあさってなにかの葉と粉《こな》をとりだした。「これでいいか」風変《ふうが》わりな乾燥《かんそう》した物体《ぶったい》をしげしげとながめてから、鍋《なべ》にほうりこむ。その袋には、ほかにもいろいろと気持ち悪いものがはいっていた。しなびたカエルの脚《あし》、生まれてすぐにおぼれ死んだ子ネコの頭、紙につつんだヒバリの心臓《しんぞう》、ピンを何本も突《つ》き刺《さ》したウサギの目玉。鍋にどんなものがはいろうと気にすることはない。自分の薬を自分で飲むことはないのだから。

黄色い粉を水のなかにそそぎ、ぼさぼさにもつれた髪《かみ》から長い骨《ほね》を引きぬいた。それを鍋の液《えき》体《たい》のなかへ差《さ》しこみ、勢《いきお》いよくかきまぜた。

濃《こ》いからし色の煙《けむり》が鍋からわきあがった。アキクユは満足《まんぞく》して腰《こし》をおろし、しばらくのあいだ鍋がグツグツと煮《に》えるにまかせた。

アキクユはここの下水道が好《す》きだった。暗闇《くらやみ》も、ジュピターの手下のドブネズミたちもこわくなかった。パンチには自信《じしん》があるし、ベルトにはいつもナイフを差してある。これまでに何度も痛《いた》いめにあわせてやったので、たいていはほうっておいてもらえるのだ。

袋をかきまわして、ピーナッツをすこしと、ふやけたビスケット半分をとりだした。それをかじりながら、つぎの出店はどこにしようかと考えた。

「グリニッジに行ってみようかね」アキクユは声に出していった。「若《わか》くて毛がふさふさのリスたちがそろそろ目をさますだろう。そうだよ、あいつらはこのまえのときも占《うらな》いが気に入っていた。でも気をつけるんだよ、アキクユ。あのばあさん、あいつはせんさく好《ず》きでずるがしこいからね」不愉快《ふゆかい》そうな笑《え》みをうかべて、リスのしっぽを肩《かた》に巻《ま》いたらどんなにすてきだろうと想像《そうぞう》してみる。「うん、やっぱりあそこに行こう」

アキクユは下水道の壁《かべ》に背《せ》をもたせかけて、ため息をついた。ちょっとひと休みしよう。あくびをして、目をとじる。長い徒歩《とほ》の旅が待っているとはいえ、このひとときだけはくつろいだ気分だった。酒をもう一杯《ぱい》飲み、平和な暗闇《くらやみ》につつまれて、下水道のなかにこだまする音に耳をかたむけた。下を流れる水音、ぽたぽたと落ちるしずく——静《しず》かでひんやりした場所。マダム・アキクユは、ゆっくりと眠《ねむ》りにおちて、心のおちつく、邪悪《じゃあく》な夢《ゆめ》の世界へと、心地《ここち》よく身をゆだねていった。

目ざめはゆるやかだった。長いひげがピクピク動く。あたりの雰囲気《ふんいき》がなんとなく変《か》わっていた。アキクユは片目《かため》をあけて、うなり声をあげた。なにかが近づいてくる。静かな足音が聞こえていた。

「ドブネズミじゃないね」アキクユはつぶやいた。「静かすぎるし、そわそわしすぎている——ああ、子ネズミかな！　しかも一匹《ぴき》だけだ。でもなぜ？　ここはネズミが来るところじゃない。ひょっとしてアキクユに会いにきたのかね。えらく勇敢《ゆうかん》で、えらく冒険好《ぼうけんず》きだ」くすくすと笑《わら》う。「しかも、えらくおろかだよ」

オードリーの行く手に青い光がちらちらと見えてきた。たいして奥《おく》へ来たわけではなかったが、下水道のことはそれでじゅうぶんにわかった。すべりやすいぬかるみに、すさまじい悪臭《あくしゅう》。ドブネズミの大群《たいぐん》がいると思っていたのだが、だれもいないほうがよけいにつらかった。青い光のでどころは、つぎの角をまがったあたりだ。なにが光を出しているのか見当もつかない。ジュピターかしら？　うわさでは火の息を吐《は》くことができるらしい。しかも、まずいものが煮《に》えているようなひどいにおいがする。オードリーは足を止めた。思いきって角をまがり、どうなっているのか見るべきだろうか。いまならまだ引き返せる。

「こわがらなくていいよ！」大きなしわがれ声が呼《よ》びかけてきて、オードリーはとびあがった。

「角をまがって姿《すがた》を見せるんだ、子ネズミ」

「マダム・アキクユ？」オードリーはじっと立ちつくしたまま、おどおどとたずねた。

「おや、娘《むすめ》っ子のネズミかい！　えらく勇敢《ゆうかん》だねえ。そんなにたいせつな用事があるのかね」

オードリーは角のむこうをそっとのぞいた。マダム・アキクユが、ふつふつとわく鍋《なべ》のむこうに立っていた。火明かりがその体の上でひらひらとおどり、湯気《ゆげ》と煙《けむり》をとおして見る姿はぼんやりとゆらめいていた。まるで別世界《べっせかい》の生き物のようだ。

「あたしがアキクユだ。あんたは危険《きけん》を承知《しょうち》であたしをさがしにきたんだね」

「そうよ。どうしてわかったの？」

「あたしはアキクユだよ。ほかの者には見えない未来のことを、いろいろ知っているんだ」

「とうさんを見つけたいの。どこにいるかわからなくて」オードリーは思いきっていった。

「そうあわてなさんな、子ネズミちゃん！　アキクユが闇《やみ》をのぞくときには、お代《だい》が必要《ひつよう》なんだよ」ドブネズミはオードリーをじろじろと値踏《ねぶ》みした。

「なにももってないの」

マダム・アキクユが近づいてきて、オードリーの真鍮《しんちゅう》のおまもりにふれた。「きれいな飾《かざ》りならアキクユにも役に立つ。ネコよけだろう？」

オードリーはあとずさった。「これはあげられないわ。いつも身につけていなさいって、そういわれたから」

「ふん！　お代をはらうか、とうさんを見捨《みす》てるかだね」ドブネズミは袋《ふくろ》に手を入れて、子ネコの頭をとりだした。「その飾りは、このネコからあんたを守ってくれるかねえ？」おぞましいしろものを、オードリーの顔のまえでふってみせる。「かわいそうな子ネコの頭――いろんなものをはねのけてくれるよ、いやな夢とか、水への恐怖《きょうふ》とか。すてきだと思わないかい？」

オードリーは首を横にふった。「気持ち悪いからやめて」

マダム・アキクユは、子ネコの頭を袋にしまった。「かわいそうな子ネコちゃんは好《す》きになれないかね。はっ、こいつはあたしの仲間。こいつがいて、アキクユは運がいいよ」ことばを切り、歯をしゃぶる。「ほかになにがあるんだい？　リボンやひらひらしたレースなんかいらないよ。役に立たないからね」

オードリーはがっかりした。たったひとつの希望《きぼう》が消えようとしていた。このドブネズミになにをあげられるかしら？

マダム・アキクユが先に口をひらいた。「ここにぶらさがってるやつは？」オードリーのしっぽについている銀の鈴《すず》を指さす。「これならアキクユの役に立ちそうだよ」

オードリーはゆっくりと鈴をはずし、悲しそうにそれを差《さ》しだした。

マダム・アキクユはさっと鈴をひったくり、そそくさと袋《ふくろ》のひとつにおさめた。それから、オードリーに顔をもどした。

「さてと。アキクユは子ネズミにいろんなものを見せてあげるよ」

オードリーが不安な思いで見守るまえで、ドブネズミは袋の中身をあさりはじめた。ひと組の黄ばんだカードをとりだして腰《こし》をおろし、それを地面の上でさっと扇形《おうぎがた》にひろげた。「ここにすわりな、子ネズミ」といって、かたわらの床《ゆか》をとんと叩《たた》いた。

オードリーは近づいたが、となりではなくむかい側《がわ》に腰をおろした。マダム・アキクユは、ほそめた目でオードリーを見つめた。「とうさんがいなくなったんだね。ふらふらと旅に出るくせがあるのかい？」

「突然《とつぜん》いなくなったの」オードリーは頑固《がんこ》に見つめかえした。

占《うらな》い師《し》はカードをながめて、両腕《りょううで》をふった。「このままさがしつづけたら、あんたは暗黒《あんこく》にとりかこまれるよ」

アキクユはレースとリボンに目をむけた。

「かあさんはあんたをだいじにしてるかい？」

「してるわ」

「かあさんはあんたがここにいることを知らないんだろう。心配しているよ。あんたの兄弟姉妹といっしょに」

「姉や妹はいないわ」オードリーは、カードに描《えが》かれたぞんざいな絵や謎《なぞ》めいた記号をじっと見つめた。

「ふーむ……カードからいろんなことがわかるね」

「とうさんのこと？」

「あせるんじゃないよ、子ネズミ。あんたのとうさんはずっと遠くにいるから、見つけるのに時間がかかるんだ。ははあ、あんたにお似《に》あいの男の子が見えるね」

「とうさんのことが知りたいの！」

アキクユはひとつせきばらいをして、カードをとりあげた。うるさい子ネズミへの興味《きょうみ》はすでに失《う》せてしまったので、そろそろはぐらかしのテクニックを披露《ひろう》するとしよう。なにか話をでっちあげて追いはらうのだ。

「水晶玉《すいしょうだま》を使おうかね。アキクユが水晶玉をのぞけば、あきらかにならないものはないんだ」いちばん大きな袋《ふくろ》をさぐってガラスの玉をとりだし、うやうやしく語りかける。「わが水晶よ！」

この水晶玉は、アキクユの持ち物のなかでもっとも高価《こうか》なものだった。オードリーも見とれて

いた。中心でうずまく色彩《しきさい》が、あらゆる種類《しゅるい》のふしぎな力を暗示《あんじ》していた。

マダム・アキクユは、べつの袋《ふくろ》からひっぱりだした特別《とくべつ》な台座《だいざ》に水晶玉《すいしょうだま》をのせて、ひんやりしたなめらかな表面をなでた。よしよし――ネズミはすっかりおそれいり、すこしこわがっている。ちょいと芝居《しばい》がかってつくり話をしてやれば、すぐにこいつを追いはらえるだろう。

「これより水晶玉をのぞく」アキクユはおごそかな口ぶりでいった。「はてなき雲が晴れようとしている。見知らぬ土地の秘密《ひみつ》をあきらかにするがよい、水晶よ！」

マダム・アキクユはガラスの上にかがみこみ、その奥深《おくふか》くをのぞきこんだ。ちらりと目をやると、オードリーはかたずをのんで水晶玉を見つめていた。アキクユは演技《えんぎ》をつづけた。目をしばたたき、なにか適当《てきとう》な話をしようとしたとき、はっと息が止まった。

ガラスのなかの色彩《しきさい》がうごめき、虹色《にじいろ》の炎《ほのお》となっておどっていた。なにかが玉のまわりを飛《と》びかい、奇妙《きみょう》な模《も》様《よう》があらわれたかと思うと、ひとつの情景《じょうけい》がうかびあがった。

それはジュピターの祭壇《さいだん》だった。ロウソクが燃《も》えさかり、黒い門の奥《おく》では真っ赤なふたつの目が輝《かがや》いている。そのまえでは、ドブネズミの大群《たいぐん》が頭《こうべ》をたれていた。やがて、その大群が行進をはじめると、戦争《せんそう》が起こり、水晶玉《すいしょうだま》のなかは血に染《そ》まった。幻影《げんえい》はさらにつづく。ドブネズミたちが見わたすかぎりにひろがって、戦《たたか》い、殺《ころ》し、略奪《りゃくだつ》していた。すると突然《とつぜん》、水晶玉の中心でなにかが輝きはじめた――明るいきれいな光が、周囲《しゅうい》のいまわしい映像《えいぞう》をつらぬいた。それはオードリーが差《さ》しのべた真鍮《しんちゅう》のおまもりだった。ドブネズミたちの姿《すがた》はその光で薄《うす》れ、オードリーの小さなピンク色の足の下で踏《ふ》みつぶされた。

水晶玉は闇《やみ》につつまれた。だが、幻影はまだ終わりではなかった。それは夜の風景《ふうけい》だった。背《せ》の高い穀物《こくもつ》が夏の満月《まんげつ》の下でゆれ、空では夜の鳥がくるくると舞《ま》っていた。異様《いよう》な生き物が星々の下を歩き、大地に恐怖《きょうふ》をばらまいていた。突然《とつぜん》、炎が燃えあがった。すべてを焼《や》きつくす猛烈《もうれつ》な炎が、水晶の内側《うちがわ》を焼き焦《こ》がし、アキクユに襲《おそ》いかかってその目をくらませた。

アキクユは、見えないこぶしでなぐられたかのように、よろよろとあとずさった。顔はげっそりとやつれていた。オードリーは息をのんだ。

「見たかい？　子ネズミ、いまのを見たかい？」アキクユはとり乱《みだ》したようにたずねた。

「ううん、なにがあったの？　なにを見たの？　とうさんだった？」

アキクユはしばらく荒《あら》い息をついていた。これまで、ほんとうに未来が見えたことはいちどもなかったのだ。

「あんたのとうさんは死んだよ」アキクユはしわがれ声でいった。

オードリーは断固《だんこ》として首を横にふった。「ちがうわ！　嘘《うそ》をついてるんでしょ。未来なんか見えないんだ。わたしには姉妹はいないし、とうさんは死んでなんかいない！」オードリーは黒いドブネズミになぐりかかった。

「ほっといておくれ。帰るんだよ！」アキクユはどなり、オードリーを押《お》しやった。「あんたのとうさんはもうこの世にはいないんだ。嘘じゃない！」

オードリーは唇《くちびる》をかんでふるえをおさえた。こんな占《うらな》い師《し》のことばは信《しん》じられない。さっと身をひるがえすと、走りだした。

マダム・アキクユはネズミを見送った。わけがわからなかった――あの幻影《げんえい》にすっかりどぎもを抜《ぬ》かれていた。どうしよう？　あれはすべて事実《じじつ》にちがいない。新しい時代の先ぶれだったのだろうか？　水晶玉《すいしょうだま》に目をもどし、疑《うたが》わしげに見つめる。眠《ねむ》っているヘビにするように、そっとつついてみた。なにも起こらない。あらためて手にとり、なかをのぞきこんでみた。真っ暗だ。なにをしようと、もはや幻影は見えなかった。

アキクユはゆっくりと目をあげた。ひょっとしたら、あのネズミとなにか関係《かんけい》があるのかもしれない。水晶玉《すいしょうだま》を袋《ふくろ》におさめて、肩《かた》にかけた。そして、オードリーをさがしに出かけた。

オードリーはずっと走りつづけていた。心臓《しんぞう》がどきどきしはじめ、泣《な》きすぎて息ができなくなったので、やむなく足を止めた。レンガの壁《かべ》に背《せ》をもたせかけ、呼吸《こきゅう》をととのえた。アキクユのことばなんか信《しん》じない。とうさんはぜったい生きてる——声を聞いたんだから。どうしてみんなとうさんが死んだと思うの？

オードリーは荒《あら》い息をついていた。ふと、その音の大きさに気づいた。この下水道のなかでは、やってはいけないことだ。手で口をおさえて音をころそうとしたが、すでに手遅《ておく》れだった。だれかが、さもなければなにかが、近づいてきた。

オードリーはじっと立ちすくんだ。こわくて動くことができず、目をむける勇気《ゆうき》もなかった。正体《しょうたい》のわからないそれは、だんだんと近づいていた。目をなかばとじていたので、あまりよく見えなかった。ひょっとしたら、こちらに気づかずにとおりすぎるかもしれない。目をふせると、いま立っている足場の下に、もうひとつ段《だん》があるのが見えた。あそこならとびおりられるかもしれない——それほど高くはなさそうだ。ほかに道はない。オードリーは影《かげ》から駆《か》けだして、近づいてきたなにかを押《お》しのけ、足場からとびおりた。

ピカディリーは悲鳴をあげた。すべりやすい足もとに注意しながら、うつむいて歩いていたとき、突進《とっしん》してきたなにかにいきなり腹《はら》をガツンとやられたのだ。息がつまり、思わず体をまるめた。さっとふりむくと、ちょうどオードリーが足場の下へ姿《すがた》を消すところだった。ピカディリーは這《は》うようにしてへりに近づき、呼《よ》びかけた。「おい！　いったいなんのつもりだ？」

オードリーは立ち止まった。ドブネズミがあんなかん高い声を出すわけがない。ふりかえると、若《わか》いネズミがへりから身を乗りだし、こちらを見おろしていた。

「痛《いた》かったぜ」ピカディリーはいった。

オードリーはゆっくりと引き返した。「こそこそしているからよ」

ピカディリーはにやりと笑《わら》った。「こわがらせちまったかな？」

「まさか！　てっきりドブネズミだと思ったけど、こわかったわけじゃないわ」オードリーは口をとがらせた。

ピカディリーは真顔《まがお》にもどった。ドブネズミたちより先んじていたとはいえ、差《さ》はほんのわずかだ。いまはドブネズミのことなど口にしたくもない。手をのばし、オードリーを段《だん》の上へ引きあげてやった。

「ありがとう」ふたたび上の足場に立って、オードリーはいった。「それはそうと、こんなところでなにをしているの？」

「外へ出ようとしているんだ」ピカディリーはきびしい顔でいった。「そんな大声出すなよ！」

「ここへ来てから、ドブネズミには一匹《ぴき》も会ってないわ。あのニセ占《うらな》い師《し》はべつだけど」

ピカディリーは首を横にふった。「おれは会った。あいつらはマジでやばいぜ」

オードリーは相手をしげしげとながめた。灰色《はいいろ》のネズミを見るのははじめてだ。みっともない前髪《まえがみ》をべつにすれば、なかなかいかしている。「どこから来たの？」

「町だ。そうそう、おれはピカディリー」

「オードリー・ブラウンよ」にっこりと笑《わら》う。

ピカディリーの表情《ひょうじょう》がくもった。その急激《きゅうげき》な変《か》わりようを見て、オードリーは、自分の背後《はいご》になにかおそろしいものがあらわれたのかと思った。ふりかえってみたが、なにもなかった。

「ほんとにオードリー・ブラウンなら、こいつはおまえのものだな」ピカディリーはゆっくりといって、ベルトからはずした真鍮《しんちゅう》のおまもりを差《さ》しだした。

わけがわからないまま、オードリーはそれをうけとり、息をのんだ。「どこでこれを手に入れたの？　とうさんのおまもりよ」

「アルバートは、グウェンにわたしてくれといってたけど……」ピカディリーの声は悲しげにとぎれた。

「どうして？　いつとうさんと会ったの？」

ピカディリーは目をそらした。どういえばいいのかわからなかった。

オードリーはふるえていた。「どうなの？」

ピカディリーはまっすぐオードリーを見つめた。「アルバートがこれをくれたのは……つかまる直前だった」沈黙《ちんもく》がおりた。「すまない、オードリー、たぶんおまえのとうさんは——」

「そんなことないわ!」オードリーはさえぎった。あのことばは二度と聞きたくなかった。「とうさんがドブネズミにつかまったのに、あなたは逃《に》げてきたわけ? とうさんが助けをもとめてるのに、しっぽを巻《ま》いて逃げだしたのね」

「それはちがう――ぜんぜんそうじゃないんだ。アルバートがおれに逃げろといったんだ。とても助けられる状況《じょうきょう》じゃなかった」

オードリーはピカディリーをにらみつけた。「だいっきらい! このいくじなし。とうさんを置《お》いて逃げるなんて。でも、とうさんは死んでないわ。きのうの午後、声を聞いたもの」

「きのう?」ピカディリーは時間を計算してみた。「それはありえないな。きのうはずっといっしょにいたんだから」

「いいこと!」オードリーはぴしゃりといった。「なんのつもりか知らないけど、いっしょに幅《はば》木《き》村へ帰って、かあさんがあなたの嘘《うそ》をどんなふうに思うかきいてみましょ」オードリーは足場に沿《そ》って歩きだした。

ピカディリーは走ってあとを追った。「なんで聞いてくれないんだ? アルバートがつかまったのは、ジュピターの計画を立ち聞きしたからだ。おれはかろうじて逃げだしたんだ」

「信《しん》じられないわ」

「ほんとだって。アルバートはおれに、グリーンマウスを信じろといって……」思いだしたら恐《きょう》怖《ふ》と悲しみがよみがえり、ピカディリーは目もとをぬぐった。「どうしてアルバートをあんなめにあわせたんだ？　グリーンマウスなんかだいきらいだ！　どうせいやしないんだろうけど」

足場の下の段《だん》では、マダム・アキクユが熱心《ねっしん》に耳をすましていた。とりわけ、ジュピターにまつわる部分には興味《きょうみ》をそそられた。このネズミの居所《いどころ》を教えてやったら、下水道の王はきっと感《かん》謝《しゃ》してくれるだろう。マダム・アキクユはにんまりと笑《わら》い、長くて黄色い歯をぺろりとなめた。

4　暗闇《くらやみ》のなかの三匹《びき》

　下水道の奥深《おくふか》くで、マダム・アキクユはジュピターの祭壇《さいだん》をめざして足場をこっそりと進んでいた。壁《かべ》に組みこまれた、ふとい鎖《くさり》で操作《そうさ》する水門のすきまからこぼれた水が、眼下《がんか》でうずまく黒々とした水面を乱《みだ》していた。占《うらな》い師《し》は、一本のロウソクをまわりこみ、奥深い闇《やみ》の門を見あげた。王に呼《よ》びかけようとしたとき、モーガンが背後《はいご》にとびだしてきた。

「ここでなにをしている、ばあさん？」モーガンはきつい声でいった。

　アキクユはふんと鼻を鳴らした。「あんたじゃなくて、偉大《いだい》なる王と話しにきたんだよ、切《き》り株《かぶ》しっぽ」

　モーガンはアキクユの体をつかんだ。「王と話ができるのはおれだけだ。さあ帰れ、このクソばばあ」

「へえ、まだらでしっぽも短いあんたが」アキクユは声をあげて笑《わら》った。「いつまで手下どもの親分でいられるかねえ？」すっと目をほそめる。「偉大《いだい》なる王に知らせることがあるんだ。あんたのヘマにかかわる情報《じょうほう》さ。止めようったってそうはいかないよ」

モーガンはあざけるように鼻を鳴らした。「その情報ってのはどこで仕入れたんだ、ウジ虫ばあさん？」

アキクユは声をひそめ、威厳《いげん》のある口ぶりでいった。「水晶玉《すいしょうだま》が教えてくれたんだよ。たくさんのことをね」

これを聞いて、モーガンはせせら笑《わら》った。「ここでいかさまはやめておけ、ばあさん。とても通用しないから。あんたがみにくく年老《としお》いるまえになにをやっていたか、おれはちゃんと知ってるんだ。さあ、失《う》せろ！」

大きなごろごろという音が割《わ》りこんできた。

「やっちまったな、ばあさん」モーガンはきつい声でささやいた。「王のおでましだぞ！」

頭上の門から、ジュピターが近づいてくる音がやかましく響《ひび》きわたり、暗闇《くらやみ》のなかにふたつのぎらぎらした光がうかびあがった。

まだらのドブネズミは這《は》いつくばり、おどおどといった。「ああ、偉大なる王よ」

「なぜわしの眠《ねむ》りをさまたげる？」ジュピターがいった。

モーガンはふるえていた。「いいえ、わたしではありません、闇の陛下《へいか》。このばあさんがいけないんです。こいつがあれこれうるさくいうものですから。わたしが頭を切り落としてやりましょうか――じわじわと？」

マダム・アキクユは、背《せ》すじをのばしてどうどうと立っていたが、ここで口をひらいた。「きょう、「おお、万物《ばんぶつ》の王よ」アキクユは、だれも想像《そうぞう》できなかったほど優雅《ゆうが》におじぎをした。わたしは水晶《すいしょう》のなかにまったく理解《りかい》できないものを見たのです」

「黙《だま》れ、あばずれ！」モーガンが金切《かなき》り声《ごえ》をあげた。

燃《も》えるふたつの目が輝《かがや》きを増《ま》した。

「さがっておれ、モーガン」ジュピターはいった。

「しかし陛下《へいか》！　ああ、死の王子よ！」ドブネズミは叫《さけ》んだ。「こいつはただのペテン師《し》で、むかしは――」

暗闇《くらやみ》からうなり声がとどろくと、モーガンは寸《すん》づまりのしっぽをふりながら、あわてて祭壇《さいだん》をはなれた。

「さあ、アキクユ」ジュピターは、甘《あま》ったるい、しかし脅《おど》すような声でつづけた。「はじめから話すがよい」

マダム・アキクユはごくりとつばをのみ、説明《せつめい》をはじめた。水晶玉のなかに、ジュピターを王とするドブネズミ帝国《ていこく》が世界を支配《しはい》する光景《こうけい》があらわれたこと。若《わか》いネズミの娘《むすめ》がきらきら光る飾《かざ》りをもっていたこと。さらには、立ち聞きしたピカディリーとのやりとりについて。

門の奥《おく》の暗闇にいるものは、このすべてに耳をかたむけ、ひと言《こと》ひと言にじっと考えこんでいた。やがて、ジュピターは口をひらいた。

「アキクユ、わしはおまえの見たものがすべて現実《げんじつ》になると信《しん》じているが、そのネズミどもには舞台《ぶたい》から退場《たいじょう》してもらわねばならん。おまえにその仕事をまかせてよいか？」

「はい、わたしはあのしっぽをなくしたいばり屋みたいなヘマはしません」

「すばらしい」ジュピターはつづけた。「ところで、ほかにも頼《たの》みがあるようだな」

アキクユはもういちどおじぎをした。「おっしゃるとおりです、偉大《いだい》なる王よ。アキクユは、ことばどおりにつとめをはたします。心より忠誠《ちゅうせい》を誓《ちか》います」

「ただし？」

アキクユは袋《ふくろ》から水晶《すいしょう》をとりだした。「これを差《さ》しあげます、わが王よ——わたしがこれを正しく使うことができたのは、きょうがはじめてでした。こんな調子では二度と必要《ひつよう》になることはないでしょう」

ジュピターは笑《わら》った。身の毛のよだつ、かん高く、けたたましい声だった。アキクユがなにをいわんとしているかを理解《りかい》したのだ。

「そういうことか。モーガンがほしがっているのは権力《けんりょく》だけだが、おまえはそれ以上《いじょう》のものをもとめている。わしの魔力《まりょく》を分けてほしいというのだな！　こうしていても、おまえの身のうちにある欲望《よくぼう》を感じるぞ。はっ！　いざというときは、モーガンよりもおまえのほうが使える副官《ふくかん》になりそうだな。うむ、おもしろい。おまえの水晶をうけとるとしよう。ただし、そのオードリーという娘《むすめ》とピカディリーをわしのもとへ届《とど》けるまでは、暗黒《あんこく》の力を分けあたえるわけにはいかぬからな」

アキクユはあとずさり、おじぎをした。「王のお望《のぞ》みのままに」

退出《たいしゅつ》をゆるされたアキクユは、部屋《へや》を出ようとしたところで、モーガンに出くわした。モーガンはアキクユの袋《ふくろ》の肩《かた》ひもをさっとつかんだ。

「おれのじゃまはするなよ」モーガンは警告《けいこく》した。「ジュピターは、いまはおまえを新しいおもちゃだと思っているかもしれないが、あきたらすぐに捨《す》てるんだ――きまってる」

アキクユはモーガンをひややかに見つめた。「あんたの時代は終わったんだよ、切《き》り株《かぶ》しっぽ。あんたはもうジュピターのお気に入りじゃない。あたしはしくじったりしないからね」

不安になって、モーガンは占《うらな》い師《し》の体をゆさぶった。「ジュピターにはおれが必要《ひつよう》なんだ、あの連中《れんちゅう》に穴掘《あなほ》りをさせるために。おれが必要なんだ」

アキクユはモーガンの手をふりはらった。「いずれあんたの地位《ちい》をいただくからね。逃《に》げだす計画を立てておくがいいよ」

アキクユはモーガンに背《せ》をむけて、歩き去った。モーガンは占い師を見送りながら、寸《すん》づまりのしっぽで腹立《はらだ》たしげに地面を叩《たた》いていた。

「ああ、計画ならあるさ」モーガンはつぶやいた。「とにかくおれのじゃまはするなよ、ばあさん！」そして、ぺっとつばを吐《は》き捨《す》てた。

アーサーは寝《ね》がえりをうった。早朝の太陽の光が、ベッドの上にななめに射《さ》しこんでいた。もごもごと口を動かし、もういちど寝なおそうとした。しばらくのあいだ、そのままじっと横たわり、夢《ゆめ》の世界がもどってくるのを待った。だめだ。すっかり目がさめてしまった。アーサーは片《かた》方《ほう》の目をあけた。

おもてには明るい朝の光がひろがり、めったにない、美しい五月の一日がはじまろうとしていた。アーサーはもう片方の目もあけた。のびをして、ぽりぽりと体をかき、もうすこしのびをした。オードリーのからっぽのベッドに目をむける。もう起きたらしい。ベッドから出て、日射《ひざ》しのなかに立った。舞《ま》いあがったほこりに光のすじがあたり、まるで光がかたまっているように見える。顔に暖《あたた》かな日射しをあび、じつにさわやかな一日のはじまりだ。

アーサーは、朝早くから動きまわるのが好《す》きだった。目をさますことだけが苦手《にがて》なのだ。とはいえ、妹のほうが先に起きるのはめずらしかった。オードリーは、ベッドにもぐったまま〝いろいろなことを考える〟のが好きなのだ。アーサーには、〝いろいろなこと〟とはどんなことなのか見当もつかなかった。オードリーが夢見がちだというのはだれでも知っている。いったいどこにいるのだろう。アーサーは朝食をとりにむかった。

「おはよう、かあさん」

グウェンがにっこりと笑《わら》った。「おはよう。オードリーはそろそろ起きそうだった？」

「いや、もう起きてるよ。ぼくが目をさましたときには、寝室《しんしつ》にいなかったから」

グウェンは朝食のしたくをする手を止めた。「じゃあどこにいるのかしら？　まだなにも食べてないのに」

アーサーは肩《かた》をすくめた。「あいつのことはわかってるだろ、かあさん。朝食はなに？」

「おねがい、食べるまえにオードリーをさがしてきて」

「でもさあ」アーサーはいいかけたが、かあさんがひどく動転していることに気づいた。「わかったよ。見つけてくるから、待ってて。ぼくは育ちざかりだからね。オードリーはどうだか知らないけど、ぼくには朝食が必要《ひつよう》なんだ」

アーサーは幅木《はばき》村から広間へ出た。するとそこに、オズワルドとトウィットの姿《すがた》があった。

「おはよう、アーサー」オズワルドがいった。「すてきな朝だねえ。いとこのトウィットが、きょうは思いきって外に出ようかといってるんだ。ぼくもいっしょに行くかもしれない」

「今朝《けさ》、オードリーを見かけたか？」アーサーはたずねた。ふたりは首を横にふった。「だれにもいわずにふらりと出かけるなんて、あいつらしくないな」

「ひとりで外へ出たのかも」トウィットがいった。「外をさがしてみたらどうかな」

アーサーはそうすることにした。

三匹《びき》は広間を横切り、古い屋敷《やしき》のキッチンにはいりこんだ。床《ゆか》はなめらかなリノリウムでおおわれていたが、足がすべるほどつるつるではなかった。壁《かべ》と床板《ゆかいた》がぶつかるところに一カ所すきまがあり、ネズミたちはときどきそこを抜《ぬ》けて庭へ出ていた。冬のあいだは、この通路はふさがれる。きびしい風が幅木《はばき》村を吹《ふ》きぬけるのをふせぐためだ。ついまえの日に、サンザシの大枝《おおえだ》をはこびこむために通路をあけたばかりだったので、そこにつめこまれていた紙切れが、入口のまわりに雑然《ざつぜん》とちらばっていた。

「おまえは外に出たことがあるのか？」アーサーはオズワルドにたずねた。

オズワルドは首を横にふった。「知ってるくせに」

トウィットがいとこを見あげて、心のひろいところを見せた。「気が進まないのなら、むりにいっしょに来なくてもいいんだよ」

だが、オズワルドは、あとに残《のこ》ることなど考えてもいなかった。

アーサーのほうは、とうさんといっしょにいちどだけ外に出たことがあった。あれは秋で、敵《てき》が身をひそめる葉っぱがまったくない時期だった。通路の手前でためらいながら、アーサーはいった。「もちろん、オードリーがここをとおったとはかぎらないけどな」

正直《しょうじき》いって、アーサーは妹のことなど心配していなかった。いずれ、上の階《かい》のどこかで見つかるだろうと思っていたのだ。いまは、ほんとうの危険《きけん》のことなどさして考えもせずに、冒険《ぼうけん》のスリルを楽しんでいるだけだった。三匹《びき》とも、ここの庭は気をつけてさえいれば安全だと知っていた。アーサーは、オードリーが庭へ出たと本気で考えていたわけではなかったが、妹をさがすというのは、友だちといっしょに探検《たんけん》をするのにはちょうどいい口実《こうじつ》だった。

こうして、三匹《びき》は通路へもぐりこみ、ふざけておたがいをおどかしたりしながら暗がりを進んだ。外へ出たとたん、思わず隠《かく》れる場所をめざして駆《か》けだし、背《せ》の高い草むらへとびこんだ。厳密《げんみつ》にいえば、そこは庭というよりただの空《あ》き地《ち》で、中央《ちゅうおう》にはコンクリートでおおわれた部分があった。だが、長くほったらかしにされていたため、草ぼうぼうだった。キイチゴがしげり、イラクサは高くのび、サンザシは勝手にひろがっていた。コンクリートはひび割《わ》れ、そこから雑草《ざっそう》が顔を出していた。庭は荒野《こうや》となっていた。

オズワルドは、まばゆい光のなかでピンク色の目をぱちくりさせた。目が弱いので、まぶしいと痛《いた》くなるのだ。

それでも、ひげをゆらす風を感じ、そこらじゅうにひろがる春の新緑を見ると、すごくわくわくさせられた。サンザシの花の香《かお》りはすばらしく、息が止まるようだった。

トウィットは水を得《え》た魚のようだった。冬のあいだはほとんど幅木村《はばきむら》にとじこめられていたので、ずっと気分が晴れなかったのだ。でもいま、空の下に出るとすごく爽快《そうかい》な気分になり、やっと生きているという実感《じっかん》がわいてきた。ノラニンジンの茎《くき》を見つけて、すぐさまてっぺんまでよじのぼった。白い花が星のようにひらいた枝《えだ》のなかでじっとしていると、野原を駆《か》けまわっていたときのことを思いだした。あたり一面で、金色の麦が、あわい炎《ほのお》のような穂《ほ》をゆらしている。トウィットは自分の真鍮《しんちゅう》のおまもりにふれた——三日月を背《せ》にした麦の穂先《ほさき》。なんだかうずうずしてくる。自分の家や、野原での暮《く》らしがなつかしい！

トウィットはそんな思いを断《た》ち切り、友だちを見おろした。悲しいことではあったが、自分が田舎《いなか》に心を残《のこ》しているのはたしかだった。もうじき、ここを出て家に帰らなければならない。トウィットはゆっくりと茎《くき》をくだりはじめた。太陽の光をあびて、金色の毛皮が明るく輝《かがや》いていた。トウィットは、ふとったアーサーが穀物《こくもつ》の茎をよじのぼる様子《ようす》を想像《そうぞう》し、声をあげて笑《わら》った。

「楽しそうだな」アーサーが下から呼《よ》びかけてきた。「ぼくでものぼれるようになるかな？」

楽しい気分がもどってきた。トウィットは、単純《たんじゅん》で気楽《きらく》な性格《せいかく》なのだ。いつまでもくよくよすることはなかった。

三匹《びき》のネズミは、オードリーをさがしていることをすっかり忘《わす》れていた。トウィットは、うずまき状《じょう》になったミミズの糞《ふん》や、しめった石の下にいる生き物を、ほかのふたりに見せてやった。てかてかした大きな黒いカブトムシがしっぽの上を走りぬけていったので、オズワルドがキーッと悲鳴をあげた。

しばらくすると、三匹はくたびれて地面の上に寝《ね》ころんだ。オズワルドは荒《あら》い息をつき、かあさんがこの日のために編《あ》んでくれたマフラーで、日射《ひざ》しから目を守っていた。

オズワルドは、チター家《け》のみそっかすだった。ミセス・チターがあれほど身もちのよいネズミでなかったら、オズワルドの出生《しゅっせい》にまつわる不愉快《ふゆかい》なうわさがとんでいたかもしれない。なにしろ背《せ》が高く、しかも、ドブネズミっぽい。だが、そんなことを口にするような、薄情《はくじょう》な者はひとりもいなかった。オズワルドをひどく傷《きず》つけることになるからだ。

呼吸《こきゅう》がおちついたところで、オズワルドはたずねた。「きみの住む野原もこんなふうなのかな、トウィット?」

「ちがうなあ。野原はずっとひろいし、麦はずっと背《せ》が高い」野ネズミはいった。

「太陽は?」

「ああ、あれは同じだな」三匹《びき》はいっせいに笑《わら》った。

もっと外にいてもよかったのだが、アーサーの腹《はら》がぐうと鳴ったので、ことは決まった。三匹は屋敷《やしき》へ引き返した。

台所にもどると、オズワルドは目をちゃんとあけられるようになった。

「もう昼食の時間にちがいない」アーサーは不機嫌《ふきげん》にいった。「からっぽの胃袋《いぶくろ》がひらひらとゆれてるよ。オードリーめ、ただじゃおかないぞ。あいつはとっくに食べおえてるはずだ」

だが、オードリーは家におらず、ミセス・ブラウンはひどく心配していた。アーサーの姿《すがた》を見たとたんにぎゅっと抱《だ》きしめたのは、息子《むすこ》まで消えてしまったのかと心配していたからだ。

「急に家族がいなくなるなんて」ミセス・ブラウンは悲しげにいった。「最初《さいしょ》がアルバート、つぎがオードリー。どうすればいいのかわからないわ」

アーサーはかあさんをなだめながら、ようやくオードリーのことを真剣《しんけん》に考えはじめた。たしかに夢見《ゆめみ》がちなやつだが、食事を二度も抜《ぬ》かすはずはない。どこへ行ったのだろう?

グウェン・ブラウンは、せっせと昼食のしたくをはじめた。トウィットとオズワルドは、気づいてもらえるまで、隅《すみ》のほうでおとなしく立っていた。

「あら、ごめんなさい。あなたたちも食べていく？」

ふたりは、ミセス・チターが食事を用意しているはずだからと丁重《ていちょう》に辞退《じたい》し、帰る途中《とちゅう》でオードリーのことをきいてみるといった。アーサーは、帰っていくふたりに、またあとで会おうといった。

「まだ上の階《かい》をさがしていないじゃないか、かあさん」アーサーははげました。「あいつは上のどこかでうろうろしているんだよ」

アーサーは、まず朝食をたいらげてから、昼食にとりかかった。


アーサーとふたたび顔をあわせたときまでに、トウィットとオズワルドは幅木《はばき》村のすべての家族にオードリーのことをたずねてまわっていたが、成果《せいか》はなかった。そこで三匹《びき》は階段《かいだん》をのぼりはじめた。どういうわけか、上の階に住むネズミたちは、下に住むネズミたちにえらそうな態度《たいど》をとる。アーサーは〝すかしてる〟といっていたが、ほんとうのことをいうと、ミセス・チターはむかしから上に住みたがっていた。それでも、オードリーが姿《すがた》を消したことを聞くと、ネズミたちはとても気《き》の毒《どく》がって、できるかぎりの協《きょう》力《りょく》をしてくれた。

「なあ」アーサーはしばらくしていった。「まだ調べていないところがひとつある。地下室だ」

オズワルドがぎょっとした。「でも、アーサー、あそこへおりるわけにはいかないよ！」

トウィットは興味《きょうみ》をそそられた。鉄格子《てつごうし》が危《あぶ》ないという話はいろいろと聞いていたし、そういう警告《けいこく》をするとき、年かさのネズミたちは毛皮の下の体をひどくふるわせていた。トウィットのかあさん、つまりミセス・チターのねえさんさえ、あの下水道にまつわる物語を野原へもちこみ、子守歌《こもりうた》にして、まだ幼《おさな》かった息子《むすこ》にうたって聞かせたものだった。トウィットは目をきらきらと輝《かがや》かせた。

「よし、行こう。きっと楽しいぞ」

だが、オズワルドは心配でたまらなかった。「だれも、どんなネズミでも、あそこへおりちゃいけないんだ！　アーサー、だめだよ！」

「だいじょうぶ、そんなにひどいところじゃない。まえに行ったことがあるんだ」アーサーはすこし得意《とくい》げにいった。「それに、ほかのところは残《のこ》らずさがしたからなあ」

アーサーはすでに心を決めていたし、トウィットも興味しんしんだった。オズワルドはふたりのあとをついて歩き、なんとか説得《せっとく》しようとしたが、まったく耳をかしてもらえなかった。一行《いっこう》は〝念《ねん》のために〟頑丈《がんじょう》な棒《ぼう》を何本か集めてから、地下室のドアへとむかった。しかし、大きなドアをまえにしたとたん、オズワルドの両脚《りょうあし》はがたがたとふるえだした。その先へはぜったいに進みたくなかった。

「ぼくは行かない」オズワルドはきっぱりといった。

「好《す》きにするさ」アーサーはこたえた。「でも、ぼくたちのことはだれにも話すなよ」

「それは約束《やくそく》する。でも、きっととんでもないことになるよ。トウィット、ほんとにやめたほうがいいってば」

「なあ、ぼくたちがはいるのをだれにも見られないようにして、ずっと見張《みは》りをしていてくれよ。たとえぼくたちがもどらなくても、あとを追ったりするなよ」

「そんなことはしない。心配いらないよ」

アーサーはドアに目をむけた。「じゃあな、オズワルド。行こう、トウィット」

アーサーは戸口を抜《ぬ》けて暗闇《くらやみ》へと踏《ふ》みこみ、トウィットがそのあとを追った。

オズワルドはひどい気分だった。立っているだけなんて、とんでもないおくびょう者になったような気がしたが、地下室や鉄格子《てつごうし》のことはおそろしくてたまらなかった。いらいらしながら、あたりを見まわした。友だちとちゃんと再会《さいかい》できるのだろうか？　自分の弱さを呪《のろ》い、アーサーたちにがんばれと声をかけようとしたとき、足音がして、オルドノウズ氏《し》の気取ったせきばらいが聞こえた。恐怖《きょうふ》もいらだちもさっと消え失《う》せ、隠《かく》れなければという思いで頭がいっぱいになった。ここで見つかるのはいちばんまずい。

オズワルドは、目のまえにいたトウィットの背《せ》を押《お》して戸口を駆《か》けぬけた。だが、足がもつれて倒《たお》れこみ、ついでにいとこを突《つ》きとばした。ふたりはいっしょに階段《かいだん》をころげ落ちて、途中《とちゅう》にいたアーサーまで巻《ま》きこんでしまった。

あざだらけになった三匹《びき》のネズミは、地下室の階段の下でもつれあったまま倒れていた。はじめに動いたのはアーサーだった。

「このどうしようもないうすのろめ！」アーサーはオズワルドにどなり、よろよろと立ちあがって、両肩《りょうかた》についたほこりをふり落とした。

オズワルドはうめいた。「ごめんよ、でもオルドノウズが来たんだ。ああ、トウィット、だいじょうぶ？　いったいどうしたんだい？」

「笑《わら》ってるんだろ」とアーサー。

ようやくトウィットがおちついた。「だいじょうぶ。けがはないよ。おいらはアーサーの腹《はら》の上に落ちたから」

「は、は」アーサーはおもしろくなさそうに笑った。

オズワルドは立ちあがり、あたりを見まわした。しめった巻紙《まきがみ》のカビくさいにおいで、鼻にしわが寄《よ》った。地下室には、長い木の棒《ぼう》や大きな木箱がちらかっていた。いったいなにに使うものなんだろう。オズワルドは一歩踏《ふ》みだそうとして、息をのんだ。

「アーサー！　助けて、なにかにつかまった」

アーサーはそちらに顔をむけて、舌打《したう》ちした。「マフラーが釘《くぎ》にひっかかってるだけだろ！さあ、真剣《しんけん》にいくぞ。**オードリー！**」

「声が大きいよ！」オズワルドがしーっといった。

トウィットがせまいところにもぐりこみ、巻紙の山をひっかきまわしたが、オードリーの姿《すがた》はなかった。

オズワルドは鉄格子《てつごうし》のまえに立った。深い下水道から吹《ふ》きだす風が毛皮をふるわせた。暗闇《くらやみ》からあふれだす力に吸《す》いよせられて、ふらりと体がゆれた。鉄格子のむこうにあるのは闇と魔力《まりょく》だった。肌《はだ》の下を這《は》いすすむ悪寒《おかん》が、しっぽの付《つ》け根《ね》から首すじまでゆっくりとひろがっていき、全身に鳥肌《とりはだ》が立った。

すこしずつ、鉄格子はほかのふたりも引きよせていた。

ネズミたちは、木《こ》の葉《は》の模様《もよう》をかたちづくる鉄の曲線をぐるぐると目で追っているうちに、いつしか、さびてぼろぼろになった角の穴《あな》をじっと見つめていた。

「たしかにふつうじゃないな」トウィットがいった。三匹《びき》とも、その迫力《はくりょく》とおそろしさをひしひしと感じていた。

「オードリーが、この地下室にも、幅木《はばき》村のどこにもいないとしたら……」

「だめだよ、アーサー、鉄格子をとおっちゃいけないよ」オズワルドはいいかけたが、ことばがうまく出てこなかった。誘《さそ》うような、じらすような鉄格子の力にとらわれていたのだ。いつのまにか、オズワルドは仲間たちにあわせてうなずいていた。それ以上《いじょう》ことばをかわすことなく、三匹のネズミは鉄格子を抜《ぬ》けて、暗闇のなかへのみこまれていった。

下水道は変化《へんか》にとぼしく、どこも暗くて、どこもぬるぬるで――どこも気味《きみ》が悪かった。

オズワルドはすっかりおちこんでいた。ここにいることが知れたら、かあさんになにをいわれるかはわかっていた。恐怖《きょうふ》の叫《さけ》びとうろたえた金切《かなき》り声《ごえ》が、何週間もオズワルドの耳のなかで響《ひび》きわたることになるだろう。それでも、幅木《はばき》村でその苦しみを味わうほうが、こんな暗闇《くらやみ》のなかにいるよりはましだった。

トウィットが、まえを行くアーサーをちらりと盗《ぬす》み見た。トンネルははてしなく枝分《えだわ》かれしていた。

「こんなふうだとは思わなかったな」アーサーがいった。「暗くて、じめじめして」

一行《いっこう》はしばらく前進した。それぞれが棒《ぼう》を手にして、左右に注意深く目をくばり、できるだけ帰り道をおぼえておく。アーサーが先頭に立ち、そのうしろにトウィットがつづき、オズワルドがしんがりをつとめる。聞こえるのは、こだまと、流れる下水の音だけだ。オードリーの姿《すがた》はどこにもなかった。

「呼《よ》びかけてみようか？」アーサーが提案《ていあん》した。

「頼《たの》むからやめてよ！」オズワルドがこたえた。「黒くてべとべとした連中《れんちゅう》が壁《かべ》からとびだしてきたらどうするの？　あのきたなくておっかないやつらが」

だが、トウィットは気にしなかった。両手を口のわきにあて、小さな声をせいいっぱい張《は》りあげて「**オードリー！**」と叫《さけ》んだ。声はトンネルのなかでこだまし、先へ行くほど妙《みょう》なぐあいにゆがんでいった。そして沈黙《ちんもく》がおりた。

「ああ、トウィット」オズワルドが泣《な》き声でいった。「とんでもないことを!」

そのとおりだった。

すぐに、キーキーぎゃあぎゃあと声がわきあがった。暗闇《くらやみ》のなかから三匹《びき》のドブネズミがあらわれ、こちらへむかって突進《とっしん》してきた。

「走れ!」アーサーは叫《さけ》んだ。ネズミたちは、下水道の足場に沿《そ》って、なかば走り、なかばすべりながら逃《に》げだした。オズワルドはおびえた小さな悲鳴をあげつづけていた。

ドブネズミたちは下水道になれていて、しかも敏捷《びんしょう》だった。トウィットはふりむいた。距離《きょり》はぐんぐんちぢまっている。

生まれてこのかた見たこともないほどおそろしい光景《こうけい》だった。大きくてみにくいドブネズミたち。一匹《びき》は片目《かため》に眼帯《がんたい》をつけ、するどくとがった鉄片《てっぺん》を握《にぎ》りしめていた。べつの一匹は、折《お》れた黄色い歯をぎりぎりと鳴らしていた。歓声《かんせい》をあげているのはたいていこいつで、追跡《ついせき》を心から楽しんでいるようだった。だが、最後《さいご》の一匹は、おそろしいことに片手がなかった。その付《つ》け根《ね》のところにむすびつけてある武器《ぶき》を目にして、トウィットでさえオズワルドと同じような悲鳴をあげそうになった――皮はぎナイフだ。

「ハアッ!」ドブネズミたちが叫んだ。

「あそこだ、相棒《あいぼう》」

そして――「あのふとっちょはおれのもんだ」

アーサーは悟《さと》った。このまま逃《に》げきるのはぜったいにむりだ。

「踏《ふ》みとどまって戦《たたか》うしかない」アーサーは仲間たちに呼《よ》びかけた。

「ええっ？　どうやって？」オズワルドがわめいた。

「棒《ぼう》を使うんだ！」

トンネルのまがり角にたどり着いたところで、ネズミたちは敵《てき》にむきなおり、できるだけおそろしげに棒をふりかざした。だが、追《お》っ手《て》の姿《すがた》はどこにもなかった。

「いなくなったのかも」オズワルドがいった。

「いや、ぼくたちをもてあそんでいるんだ」アーサーはいった。「そっと見張《みは》って、こっちが油《ゆ》断《だん》したら襲《おそ》いかかるつもりだ」

大きな笑《わら》い声がして、眼帯《がんたい》をつけたドブネズミが、背後《はいご》のレンガの上にとびだしてきた。おぞましい頭の上で、とがった鉄片《てっぺん》をゆらしている。アーサーは棒をふりまわしたが、相手はとても敏捷《びんしょう》で、ひらりひらりと身をかわすので、いくらやっても命中はしなかった。ふいにドブネズミが打ちかかってきた。アーサーの腕《うで》を突《つ》き、耳を切り裂《さ》いた。アーサーは歯をくいしばり、痛《いた》みにたじろいだ。耳の傷《きず》から血がしたたり落ちた。それでも、棒を反対《はんたい》の手にもちかえて戦いをつづけた。

トウィットも窮地《きゅうち》に立たされていた。足場のへりを越《こ》えて手があらわれ、巨大《きょだい》なみにくいドブネズミが頭をのぞかせた。トウィットは棒をふりあげたが、すぐにとり落とした。ドブネズミがもう片方《かたほう》の腕《うで》をへりの上にあげ、皮はぎナイフが見えたのだ。トウィットは壁《かべ》を背《せ》にちぢこまり、ドブネズミはのしのしと近づいてきた。

オズワルドはうろたえてぴょんぴょん跳《は》ねていた。アーサーは疲《つか》れ、傷《きず》も痛《いた》んでいるようだ。じきに、あの眼帯《がんたい》をつけたドブネズミにやられてしまうだろう。いとこのすぐそばに迫《せま》った皮はぎナイフを目にしたとたん、オズワルドはおそろしさのあまり凍《こお》りつき、ピンク色の目をぱちぱちさせた。そのとき、三匹《びき》目のドブネズミが背後《はいご》から近づいてきて、オズワルドをつかんだ。オズワルドが恐怖《きょうふ》にとびあがり、手足を激《はげ》しくばたつかせたので、ドブネズミはちょっと不意《ふい》をつかれ、なにが起きたのかと思ったときには、手のなかには緑色のマフラーしか残《のこ》っていなかった。

だが、オズワルドに逃《に》げる場所はなかった。三匹のネズミは隅《すみ》に追いつめられた。三方をドブネズミにかこまれ、背後には壁しかない。ネズミたちはもはやこれまでだと覚悟《かくご》した。アーサーの棒《ぼう》が手からはじきとばされると、抵抗《ていこう》するすべもなくなった。オズワルドは顔をおおった。

「すげえ獲物《えもの》だ！」皮はぎナイフをつけたスキナーがいった。「こいつらのふとももの骨《ほね》でどくろマークをつくろうぜ」

「どう考えても穴掘《あなほ》りよりゃ楽しいぜ」片目《かため》のジェイクがキーキーといった。

もうひとりがげらげら笑《わら》った。「どくろマークなら頭の骨もいるだろう。こいつはおれたちの獲物だ――やつのじゃねえ。おれは二度とあそこへもどるつもりはねえからな」

「同感だ。さっさと始末《しまつ》しようぜ」

スキナーがじりじりと近づいてきた。歯をぺろりとなめて、まずだれを殺《ころ》そうかと考えている。獲物《えもの》をまえにしてドブネズミたちの胃袋《いぶくろ》が活動をはじめ、そのきたない毛皮の内側《うちがわ》でごぼごぼごろごろとおそろしげな音をたてているのが、ネズミたちの耳に聞こえてきた。

トウィットは目をつぶった。自分が最初《さいしょ》にやられるのだ。

「こいつはいかした上着になりそうだ」スキナーがあざけるようにいった。

トウィットは最初の一撃《いちげき》を待った。

そのとき突然《とつぜん》、なにもかも大混乱《だいこんらん》になった。スキナーは足場から叩《たた》きだされ、くるくるまわりながら下の水面へ墜落《ついらく》した。なにかがジェイクの背中《せなか》にとびのり、片方《かたほう》の耳に思いきりかみついたため、ジェイクは悲鳴をあげて、とがった鉄片《てっぺん》をとり落とした。

アーサーたちが茫然《ぼうぜん》とたたずんでいると、見知らぬ灰色《はいいろ》のネズミが鉄片をとりあげて、歯の折《お》れたドブネズミに襲《おそ》いかかり、そいつを追いはらった。同時に、オードリーが――そう、オードリーだったのだ――歯で耳にかみついたままジェイクの首からぶらさがると、こちらのドブネズミもたまらずに逃《に》げだした。

オードリーは口もとをぬぐいながら、とことこともどってきた。

「げえっ。ドブネズミって、ひどい味ね」

「さあ」ピカディリーがせきたてた。「やつらがびっくりしているうちに逃げよう」

一行《いっこう》は走りだした。いちばんよく道をおぼえていたオズワルドが先頭に立った。

話をしているひまはなかった。説明《せつめい》もむりだ。アーサーには質問《しつもん》したいことが山のようにあった。オードリーはここでなにをしていたのか。この灰色《はいいろ》のネズミはだれなのか。全員で地下室までもどったところではじめて、アーサーは口をひらいた。

オードリーは耳をかそうとしなかった。「あのね、アーサー、わたしはとうさんをさがしにいったの。ほかにはだれも気にしていないみたいだったから」

「それはいいすぎだろ、オードリー」アーサーはいいかえした。「かあさんのことをすこしでも考えたのか？　めちゃくちゃ心配してるんだぞ」

オードリーは兄をにらみつけた。「行くしかなかったのよ。とにかくさがしてみたかった。いなくなったっていうだけで、どうしてみんな最悪《さいあく》の事態《じたい》を考えるの？」

「心配しているからだろ、このバカ！」

沈黙《ちんもく》がおりた。オズワルドが困《こま》ったようにせきばらいをした。

「いいか、オードリー」アーサーはため息をつき、悲しげに首をふった。「これを最後《さいご》に、おまえもとうさんが死んだことを認《みと》めないと」

またあのことばだ。オードリーは青ざめた。

「こちらはピカディリー。にいさんも話を聞いたほうがいいわよ」オードリーはいった。

ピカディリーはばつが悪かった。全員にむかって「やあ」といってから、つけくわえた。「ミセス・ブラウンと会えるかな？　この話を何度もできるとは思えないんだ」

アーサーは、話はあとにして、地下室を出るまえに体についたほこりを落とそうといった。オードリーは、えりをととのえていたときに、なにかがおかしいと気づいた。真鍮《しんちゅう》のおまもりが首にかかっていなかった。下水道でなくしてしまったのだ。

5　ふたたび地下へ

　黙《だま》りこみ、ぴりぴりした一行《いっこう》は、地下室の階段《かいだん》をのぼって、広間を横切り、幅木村《はばき》にはいってミセス・ブラウンのまえに集まった。グウェンはオードリーに駆《か》けより、力いっぱい抱《だ》きしめた。娘《むすめ》もしっかりとしがみついた。アーサーは、トウィットとオズワルドにちらりと目くばせした。ふたりはすぐに察《さっ》して、音もたてずに部屋《へや》から出ていった。グウェンは、これはまちがいなく現《げん》実《じつ》だと納得《なっとく》すると、涙《なみだ》をぬぐって、娘をしかりはじめた。オードリーは、黙ってしかられたあとで、心配かけてごめんなさいとあやまった。それからこういった。

「かあさん、こちらはピカディリー――話があるんだって」

　やっときっかけができた。ピカディリーはせきばらいをして、語りはじめた。グウェン・ブラウンはじっと耳をかたむけ、オードリーはかあさんが冷静《れいせい》に事実《じじつ》をうけいれるのを見守った。かあさんの目に涙はなかったし、表情《ひょうじょう》もおだやかだった。オードリーには理解《りかい》できなかった。

話しおえると、ピカディリーはアルバートの真鍮《しんちゅう》のおまもりを差《さ》しだした。「で、最後《さいご》に聞いたのは、奥《おく》さんを愛《あい》しているということばでした」

アーサーが両手で顔をおおった。

「まあ、わたしは信《しん》じてないけどね」オードリーがにべもなくいった。「こいつはとうさんが助けを必要《ひつよう》としていたときに逃《に》げだしたんだから」

グウェンは、夫《おっと》のおまもりを自分の胸《むね》に押《お》しつけて、静《しず》かにいった。「オードリー、もうすんだことよ。あなたには――あなたとアーサーには――二度とあの下水道へはいらないと約束《やくそく》してほしいの」

オードリーは、かあさんの口ぶりの真剣《しんけん》さを感じて、約束した。

それから、自分のおまもりのことを思いだして、がっくりとおちこんだ。どうやってとりもどせばいいのかしら？

グウェン・ブラウンが夕食のしたくをした。ピカディリーはおなかがぺこぺこで、目のまえに出されたものはなんでもがつがつとたいらげた。オードリーもなんとか食事に加《くわ》わっていたが、じつは料理《りょうり》をつついているふりをしていただけだった。

「それで、ピカディリー」グウェンは、全員が食事をすませたところで口をひらいた。「いまはなにをしているの？　家族もいないし、町はずっと遠くだといったわよね。わたしたちのところで暮《く》らしたらどう？　あなたなら大歓迎《だいかんげい》よ」

ピカディリーが返事をするより先に、オードリーがなにかぼそぼそといって、テーブルをはなれた。ミセス・ブラウンは引き止めなかった。

「忘《わす》れてしまうのがいちばんなんだけど、とうさんが死んだことを納得《なっとく》して、とうさんのために泣《な》くまでは、心は晴れないでしょうね」

アーサーは、あいつはどうかしてるよといいながらも、ピカディリーを用心ぶかく観察《かんさつ》した。オードリーと同じく、アーサーも灰色《はいいろ》のネズミは見たことがなかったのだ。

「よければ、オードリーの様子《ようす》を見にいきたいんですが」ピカディリーがいった。「なにもかもおれのせいだと思っているみたいで」

「泣《な》き言《ごと》をいってるだけだから、きみが気にすることはないよ」アーサーはいったが、灰色ネズミは、それでもオードリーをさがしに出ていった。

グウェン・ブラウンは、窓辺《まどべ》に立っていた。月がのぼっていた。くたびれる一日だった。アーサーは、けがをしていないほうの腕《うで》をかあさんにまわした。グウェンは、息子《むすこ》の耳に包帯《ほうたい》を巻《ま》き、傷口《きずぐち》を洗《あら》っていた。

「だいじょうぶ？」アーサーはやさしくいった。

グウェンはにっこり笑《わら》って、うなずいた。「こうなるとわかっていたから」さばさばした声だった。「とても親しい相手のことは、はっきりと感じられるものなの。アルバートが帰ってこなかった最初《さいしょ》の晩《ばん》にわかっていたのよ」

アーサーはかあさんをそっと抱《だ》きしめた。「オードリーがわかってくれるといいんだけど」

グウェンはうなずいた。「きっと乗《の》りきってくれるわ。気《き》の毒《どく》なピカディリー！　オードリーの態度《たいど》はひどすぎるわ。ピカディリーには親切にしてあげてね、たいへんなめにあったんだから」

「わかってるよ。あのさ、とうさんがいなくなったとき、ぼくも同じことを感じたような気がするんだ」

グウェン・ブラウンは息子《むすこ》の手をとった。「もうここにいないからって、アルバートの話をしてはいけないと思わないでね。アルバートは立派《りっぱ》なネズミで、やさしい父親で、よい夫《おっと》だった。わたしたちは深く愛《あい》しあっていた。死んだからってその愛が終わるわけじゃない。わたしはいつまでもアルバートを愛するし、アルバートのわたしに対《たい》する気持ちも永遠《えいえん》に変《か》わることはない――いつだってわたしの心のなかにあるんだから」

グウェンはほうっと息をついたが、目に悲しみの色はなかった。

「オードリーをさがしてきて、アーサー。もう寝《ね》る時間よ。あなたも疲《つか》れたでしょう。わたしはここでピカディリーのベッドを用意するから」

アーサーはかあさんのそばをはなれた。

グウェンは、アルバートの真鍮《しんちゅう》のおまもりをそっと握《にぎ》った。空の星を見あげて、夫のことを考えた。まだ若《わか》かったとき、グウェンにはおおぜいの求婚者《きゅうこんしゃ》がいたが、最後《さいご》に選《えら》んだのはひかえめなアルバートだった。ふたりはいっしょに声をあげて笑《わら》い、アルバートは、庭にある満開《まんかい》のサンザシの木の下でグウェンに求婚した。グウェンは髪《かみ》に花をさし、アルバートはグウェンに口づけをした。この同じ月の下で、ふたりは永遠《えいえん》の愛《あい》を誓《ちか》いあったのだ。

美しい夜だった。もしもだれかがその場にいたら、グウェン・ブラウンの身にふしぎなことが起きているのを目にしたことだろう。背《せ》すじをのばした愛らしい姿《すがた》で、静《しず》かに月明かりのなかに立っていると、歳月《さいげつ》の重みが消え失《う》せて、若いころにもどったかのように見えた。遠い星を見つめるぼんやりした視線《しせん》が、ふと両手の上に落ちた。

アルバートのおまもりを握《にぎ》っていると、なじみぶかい手がグウェンの腕《うで》にふれて、見えない手のひらでグウェンの手をつつみこみ、やさしい、たいせつなひとときをあたえてくれるのを感じた。

「さようなら」グウェンはやっとのことでいった。

オードリーは、広間でトウィットとオズワルドを見つけた。ふたりはオードリーにあいさつをして、かあさんはどうしてるとたずねた。

「うん、だいじょうぶ」オードリーはこたえた。「ただ……」

トウィットがまゆをひょいとあげた。「なんか困《こま》ったことでも？」

オードリーはうなずき、洗《あら》いざらい説明《せつめい》した。「わたしのおまもりのことなの。なくしちゃったのよ。戦《たたか》っていたときに落としたにちがいないわ。頭がおかしいと思われるだろうけど、きのう、おまもりをもらう小屋にはいったときにふしぎなことがあったの——グリーンマウスを見たのよ！　それで、おまもりをうけとったとき、とうさんの声がして、けっしてこれを手ばなすなといわれたの。どうすればいいのかわからない。ものすごくたいせつなことにちがいないのに」

トウィットとオズワルドはあっけにとられていた。オズワルドは、オードリーはほんとうにだいじょうぶなのかと不安になった。グリーンマウスの幻影《げんえい》なんて、幅木村《はばきむら》では聞いたこともなかった。

とはいえ、真鍮《しんちゅう》のおまもりはたいせつなものだ。

「どうすれば力になれるのかわからないや」オズワルドはいった。

「けど、ぜひ助けてあげたいな」トウィットがつけくわえた。

オードリーは感謝《かんしゃ》の笑《え》みをうかべた。「そういってくれると思ってた。でも、あそこへもどるわけにはいかないわ。かあさんと約束《やくそく》しちゃったから」

オズワルドは息をのんだ。「そんな、まさか下水道へもどろうなんて考えてるんじゃないよね！　いちどでたくさんでしょ？」

「でも、おまもりはあそこにあるのよ」オードリーはくいさがった。「どうすればいいの？」

小柄《こがら》なトウィットが目をぱちくりさせ、そわそわと足を動かした。オードリーを見あげて、おずおずと口をひらいた。「おいらがきみのかわりにとりにいくよ」

「あなたが？　すごいわ」オードリーはおおよろこびだった。

オズワルドは、もはやことわれないと悟《さと》った。自分もあそこへおりることになるのだ。ごくりとつばをのむ。「トウィットが行くなら、ぼくも行くよ。それに、真鍮《しんちゅう》を見つけられるのはぼくだけだろ？」

みんな、そのことばの意味はよくわかっていた。白ネズミの血のおかげで、オズワルドは行方《ゆくえ》不明のものを感じとれる。これまでも、きゃしゃなパチンコみたいなかたちをした占《うらな》い棒《ぼう》を使って、二度と見つからないと思われていた多くのものを見つけてきたのだ。オズワルドは占い棒をとりにいった。

「オズワルドがいっしょに来てくれるのは助かるなあ」トウィットがいった。「おいら、よく道をおぼえていないから」

オズワルドはしばらくしてもどってきて、せかせかといった。「かあさんが怒《いか》り狂《くる》ってる。どこにいたのか問《と》いつめられたし、マフラーはどうしたんだときかれた。下に置《お》きっぱなしにしていたことをすっかり忘《わす》れてたよ」

三匹《びき》が地下室のドアへむかい、敷居《しきい》を越《こ》えようとしたとき、ピカディリーがふいに姿《すがた》をあらわした。

「よう、オードリー」ピカディリーはいった。「さがしてたんだぞ」

「わたしはあなたに会いたくないから」オードリーはぶっきらぼうにこたえた。

そのとき、ピカディリーは三匹《びき》がなにをしているかに気づいた。「どこへ行くつもりだ？」

「オードリーのおまもりだよ」トウィットがいった。「乱闘《らんとう》のさなかになくしたんだ」

ピカディリーは気に入らなかった。下水道のことをあれだけいろいろ知ってしまったいまでは、二度と近づきたいとは思えなかった。

「よせ、オードリー！」ピカディリーは叫《さけ》んだ。「行くな」

「わたしは行かないわ」そっけない返事だった。「かあさんと約束《やくそく》したから。トウィットとオズワルドが行くのよ」ことばを切り、つけくわえる。「ふたりはこわがってなんかないわ」

オズワルドはそうはいえない気がしたが、ピカディリーにはこたえることばだった。あのトンネルのことは、このネズミたちよりくわしく知っていて、どれだけ危険《きけん》かもわかっているのだ。

「でも、ふたりでじゅうぶんだよ」トウィットが急いでいった。「ふたりいればいいんだから」

オードリーはピカディリーをにらみつけた。そのきつい目つきは、「さあ、いっしょに行って、おくびょう者じゃないことを証明《しょうめい》したら！」と語っているかのようだった。

灰色《はいいろ》ネズミは心のなかの恐怖《きょうふ》と闘《たたか》った。祭壇《さいだん》のある部屋《へや》のことははっきりとおぼえていたし、アルバートの最後《さいご》の悲鳴はどうしても忘《わす》れられなかった。できることはなにもなかったはずなのに、挑戦《ちょうせん》しなかった自分が悪いという気がした。

「わかった」ピカディリーはいった。「おれがオズワルドのかわりに行く」

「でも、ぼくは行かなくちゃいけないんだ」オズワルドはみじめな声でいった。「占《うらな》い棒《ぼう》を使わないと見つけられないから」

「じゃあ、トウィットのかわりだな。口ごたえはするなよ、おまえがふたりでじゅうぶんな仕事だといったんだからな」

トウィットはしぶしぶ同意し、一行《いっこう》はそろって地下室の階段《かいだん》をくだった。鉄格子《てつごうし》のまえで、全員がいったん足を止めた。オードリーはためらった——自分がまちがっているのはわかっていた。トウィットがいとこのひじをひっぱり、ふたりの幸運《こううん》を祈《いの》った。

「グリーンマウスのご加護《かご》がありますように」トウィットはいった。

「そんなものがなんの役に立つんだよ」ピカディリーは声をあげて笑《わら》った。オードリーに目をむけ、力をこめていった。「いかさまグリーンマウスをせいぜいだいじにするんだな。おれには必要《ひつよう》ないから」そして、格子をすりぬけていった。

「ああ、もう」オズワルドはキーキー声でいった。「なんであんなことをいうんだろうな」そして、オードリーとトウィットに悲しそうな顔をむけた。いちどだって鉄格子のむこうへ行くとは思っていなかったのに、きょうだけで二度もここへ来るなんて。

オードリーは、自分のためにふたりにこんなことをさせるのがつらかった。「わたし、ここでふたりの帰りを待ってるわ」

「ああ、もう」オズワルドはそれだけいって、格子の穴《あな》をもぞもぞと抜《ぬ》けていった。

トゥィットとオードリーだけが地下室に残《のこ》された。オードリーは爪《つめ》をかみながら、申《もう》し訳《わけ》なく、おそろしい気持ちでいっぱいになっていた。

「だいじょうぶだよ」トゥィットがはげました。「いとこのオズワルドなら、あっというまに真鍮《しんちゅう》を見つけてくれるし、だれよりも帰り道がよくわかるのもあいつだから」

それでも、オードリーは自分がゆるしがたいほど身勝手だったことがわかっていた。ふたりを行かせるんじゃなかった。

下水道のなかで、オズワルドは占《うらな》い棒《ぼう》をつかんだ両手を前へのばした。

「ほんとに役に立つのか？」ピカディリーが疑《うたが》いをあらわにした。

「うん、いつも」

ふたりは出発した。オズワルドが先を歩き、ときどき占い棒がピクピクとふるえた。

ふたりは知らなかったことだが、まさにそのとき、ジュピターの部屋《へや》では、獲物《えもの》が逃《に》げたという知らせが、歯の折《お》れたドブネズミによってモーガンの耳に届《とど》けられていた。モーガンはそろそろと祭壇《さいだん》に近づいた。ジュピターに伝《つた》えなければ。見あげると、闇《やみ》の門のなかではすでに赤い目が輝《かがや》いていた。モーガンはそのまえでうずくまった。

「知らせがあるようだな」声がいった。

「おお、わが王よ、例《れい》のネズミどもが逃げたそうです」モーガンは顔をふせた。

ジュピターの声が暗闇《くらやみ》からとどろいた。「きさまにはなにひとつ信用《しんよう》してまかせられないのか、このまだらのぼんくらが」

すさまじいどなり声に、モーガンはあわてて耳をふさいだ。

「おまえの下劣《げれつ》な手下《てした》のなかでいちばん腕《うで》のいいやつを送りだせ。ネズミたちをここへ連《つ》れてくるのだ！」

モーガンは這《は》いつくばったまま祭壇《さいだん》をはなれ、命令《めいれい》を伝《つた》えた。


ピカディリーは、このまえ下水道に来たときよりはましな気分だった。ミセス・ブラウンのおいしい食事を腹《はら》におさめていたし、自分がおくびょう者ではないとオードリーにしめすチャンスができたのだ。それがかなえば、もうすこし気が楽になるかもしれない。

トンネルの風景《ふうけい》はもう見なれていた。ぬれたレンガのアーチも、暗闇で育つぬるぬるしたふしぎなコケも、下でざあざあと流れている下水も。あそこには生き物がいるのだろうか――あんなにごった流れのなかで泳ぐのはどんな魚だろう？　そもそも魚ではなくて、うろこのあるカエルの化《ば》け物《もの》かもしれない。大きく白い、よく見えない目玉で暗闇をさぐり、獲物《えもの》をさがしているのだ。ピカディリーは気をしずめて、自分をきびしくいましめた。へんなことを考えたらパニックを起こしかねない。オズワルドのほうは、オードリーの真鍮《しんちゅう》のおまもりに意識《いしき》を集中して、そのかたちを目のまえに思いうかべ、こまかい部分まですっかり思いだそうとしていた。思いうかべた映像《えいぞう》が変換《へんかん》されて血管《けっかん》へ流れこみ、腕《うで》を伝《つた》わって、手にした木の棒《ぼう》までたどり着く。占《うらな》い棒は真鍮《しんちゅう》をさがし、ふたりがまちがった方向へ進もうとすると、抵抗《ていこう》するようにピクピクと動く。オズワルドは占い棒のすぐれた使い手だった。

「まだ遠いのか？」ピカディリーは小声でいった。

「しーっ。集中できなくなるよ。なんともいえない――すごくへんな感じだ」

突然《とつぜん》、ピカディリーが声を張《は》りあげた。「ほら、見ろよ。マフラーだ！」

オズワルドは占い棒をおろした。「とりあえずひと安心だな。かあさんがつくったものをなくすと、すごく怒《おこ》られるんだ」

オズワルドは床《ゆか》からマフラーをとりあげた。すこしぬれていたが、もとどおり首に巻《ま》きつけた。

「ここでドブネズミたちに追いつめられたんだな。オードリーのおまもりもどこか近くにあるはずだ。さがしてくれるかい？」

ふたりはそこらじゅうをさがしまわった。ピカディリーはぬかるみまでかきまわしたが、真鍮のおまもりは見つからなかった。

「水のなかへ落ちたんじゃないか？」ピカディリーはいった。

ふたりはへりから身を乗りだして、黒々とした流れを見おろした。

「うーん、あんなとこに落ちたらぜったいに見つからないよ」オズワルドはやけぎみにいった。

ピカディリーは手についた泥《どろ》をぬぐった。「だめだな――完全になくなった」

オズワルドも同意するしかなかった。オードリーはがっかりするだろうなと思って、やれやれと首をふった。

ふたりが幅木村《はばきむら》へ引き返そうとしたとき、占《うらな》い棒《ぼう》が勢《いきお》いよくはねた。

「うわっ！」オズワルドは叫《さけ》んだ。「見てよ、ピカディリー、まだ終わったわけじゃない。おまりは、水のなかじゃなくて、そっちのトンネルの先にあるんだ。行こう」

オズワルドは駆《か》けだし、これまでとおったことのないトンネルへとびこんだ。

「待てよ、オズワルド」ピカディリーは呼《よ》びかけた。「同じ道をたどらなかったら迷子《まいご》になるぞ。オズワルド、もどれってば！　**オズワルド！**」

だが、オズワルドはどんどん奥《おく》へ行ってしまい、声は届《とど》かなかった。ピカディリーはあとを追って走りだした。


オードリーは、トウィットといっしょに地下室でそわそわと待っていた。下水道へむかった友だちのことを話す気にはなれなかった。不安と申《もう》し訳《わけ》ない気持ちが心にずっしりとのしかかっていた――なんてことをしちゃったのかしら？

トウィットは地面にすわりこみ、かかえたひざの上にあごをのせていた。やはり、年下のいとこを下水道へ行かせるべきではなかった。鼻歌をうたおうとしてみたが、そんな雰囲気《ふんいき》ではなかった。オードリーに目をむけて、弱々しくほほえんだ。

それぞれの思いに沈《しず》んでいたため、ふたりは、鉄格子《てつごうし》から流れてくる空気が変《か》わったことにも、格子の奥《おく》で体と体がぶつかるこもった音がしているのにも、気づかなかった。

オードリーは腰《こし》をおろし、ため息をついた。アーサーが描《えが》いたジュピターの絵が、横目でこちらを見ているような気がした。にやにやと笑いかけてくる顔にはもううんざりだ。オードリーは絵に背《せ》をむけた。さびてひらいた穴《あな》が真正面《ましょうめん》にくるかたちになったが、鉄格子のむこうで策略《さくりゃく》がねられていることにはまったく気づかなかった。

広間のほうで、オードリーを呼《よ》ぶ声がした。アーサーがさがしているらしい。

「にいさんを連《つ》れてきてくれない、トウィット？」オードリーはいった。「わたしはここでふたりを待つといったから」

トウィットは立ちあがり、巻紙《まきがみ》の山を乗り越《こ》えて、地下室の階段《かいだん》までたどり着いた。背《せ》が低《ひく》いので、ひとりで階段をよじのぼるのはたいへんだった。トウィットが悪戦苦闘《あくせんくとう》している姿《すがた》を見て、さすがにオードリーもちょっとだけ笑《え》みをうかべた。

鉄格子の木《こ》の葉《は》のあいだに、ぼんやりした影《かげ》が近づいてきて、きらりと光る小さな黄色い目を暗闇《くらやみ》のなかでぱちぱちさせた。

トウィットは、階段をてっぺんまでのぼりきると、穴のそばにすわっているオードリーを見おろしてから、ドアを抜《ぬ》けて出ていった。

アーサーが上の階へあがってみようかと考えていたとき、トウィットが近づいてきた。

「やあ」アーサーはいった。「またオードリーをさがしているんだ――それとピカディリーも」

「オードリーは地下室にいるよ」トウィットはいった。

アーサーは怒《いか》り狂《くる》った。「あそこでなにをやってるんだ?」

トウィットは、オードリーが真鍮《しんちゅう》のおまもりをなくしてしまったので、ピカディリーとオズワルドがさがしにいったのだと説明《せつめい》した。

「だけど、もうずいぶん時間がたったんだ」トウィットは悲しそうにいった。

「ゆるせないな」アーサーはむっつりといった。「オードリーがおまもりをなくしたのはあいつのドジなんだから、オズワルドやあの灰色《はいいろ》のやつにさがしにいかせるなんて、おかしいじゃないか」

アーサーはどすどすと広間を横切り、ドアを押《お》しのけるようにして地下室にはいった。

「よく聞けよ、オードリー!」アーサーはどなったが、そこに妹の姿《すがた》はなかった。

6　屋根裏《やねうら》の訪問者《ほうもんしゃ》

オードリーの姿《すがた》はどこにもなかったが、アーサーとトウィットには、すぐにどこへ消えたかの見当がついた。ふたりは知る由《よし》もなかったけれど、そこでは、すこしまえに短い必死《ひっし》の争《あらそ》いがあり、打ち負かされたオードリーは、するどい爪《つめ》で鉄格子《てつごうし》の奥《おく》へ引きずりこまれたのだった。アーサーは妹が悪いのだと考えた。

「下水道へもどったんだ」アーサーは信《しん》じられず、あえぐようにいった。「二度としないとかあさんに誓《ちか》ったくせに、ひとりになったとたん、あいつはなにをした？　たちまちあそこへもどったんだ！」

胸《むね》のなかにいやな考えがうかんできた。あいつはほんとうに正直《しょうじき》じゃない。妹の、いらいらさせられる、ちょっとした欠点が、心のなかでどんどんふくらんできた。ささいなわがままが、いじわるな態度《たいど》が、ひとつひとつ記憶《きおく》のなかによみがえってきた。それは、鉄格子がもつ力のしわざだった。邪悪《じゃあく》な魔力《まりょく》が、友だちを敵《てき》に変《か》え、純真《じゅんしん》な者に怒《いか》りをうえつけるのだ。

アーサーはすっかり不機嫌《ふきげん》な顔になり、まるまるとしたほがらかな頭は、憎《にく》しみでみにくくゆがんでいた。鉄格子《てつごうし》のまわりに強い信念《しんねん》をもって描《えが》かれたささやかなおまじないでさえ、アーサーを守るだけの力はなかった。

アーサーはせせら笑《わら》った。

「べつに下水道で腐《くさ》っちまったってかまわないさ」吐《は》き捨《す》てるような声は、もはやアーサーのものではなかった。「ぼくはあいつのことも、あいつの気取ったリボンやレースもだいきらいなんだ。ずっと下にいろよ、オードリー、おまえなんかいないほうがましだ！」

トウィットはびっくりしていた。アーサーの表情《ひょうじょう》の変化《へんか》はおそろしかった。友だちがなにか悪いものにとりつかれているのに、どうすればいいのか見当もつかない。小さな野ネズミは、うろたえ、口ごもり、みっともなくぴょんぴょん跳《は》ねまわった。そしてとうとう、とびあがってアーサーをぴしゃりとひっぱたき、鉄格子のそばから引きはなした。

同じ魔力がなぜトウィットに影響《えいきょう》をおよぼさなかったのかはわからない。おそらく、その純朴《じゅんぼく》な性格《せいかく》がトウィットを救《すく》ったのだろう。だれかを悪く思ったり、恨《うら》んだりしたことがいちどもないので、邪悪な魔力も効果《こうか》がなかった。トウィットの生まれもった防御力《ぼうぎょりょく》が、魔力を打ち破《やぶ》ったのだ。

地下室の階段《かいだん》の手前で、トウィットは足を止めた。小さな野ネズミがふとめの家ネズミをひっぱるのは楽なことではない。アーサーはへんな息をしていた。熱病《ねつびょう》から快復《かいふく》したばかりのように、体はふらつき、声はしゃがれていた。

「あれはなんだったんだ？　ぼくはなにをいったんだ？」思いだすとはずかしくなり、アーサーは身ぶるいした。「トウィット、あれは本気でいったわけじゃないんだ――なにもかも。オードリーは悪くない。ぼくはなにをいっていたんだ？」

トウィットはおちつきをとりもどした。一瞬《いっしゅん》、アーサーが正気《しょうき》を失《うしな》ったかと思ったのだ。

「すわりなよ、アーサー」トウィットはなだめるようにいった。

アーサーはそのことばにしたがい、床《ゆか》にどすんと腰《こし》を落とした。

「あの鉄格子《てつごうし》から悪い力が出ていたみたいだね」

「こわかった」アーサーはまくしたてた。「頭のなかにオードリーのいやな姿《すがた》がつぎつぎとうかんできて、それがどんどんひどくなって、本気であいつが死んじゃってもいいと思ったんだ。ごめんよ、トウィット。ああいう願《ねが》いは現実《げんじつ》になったりはしないよな？」

アーサーはすがる思いで野ネズミを見つめた。

「あれはきみのせいじゃない」トウィットはうけあった。「あの油断《ゆだん》ならない鉄格子がわるさをしたんだ」

ようやく気分がましになってきたものの、アーサーは、もういちど鉄格子に近づこうとは思えなかった。

「オードリーがあの約束《やくそく》を破《やぶ》るとは思えない。いくら夢見《ゆめみ》がちとはいえ、常識《じょうしき》がないわけじゃないんだ。でも、自分からはいったんじゃないとしたら……」声はみじめにとぎれた。

「追いかけたほうがいいかな？」トウィットがいった。「アルジーやトムを呼《よ》ぼうか。ほかのやつらも説得《せっとく》すればいいし」

ふたりはこれについて考えてみたが、幅木村《はばき》にいるほかのネズミたちが鉄格子《てつごうし》の奥《おく》へ行くとは思えなかった。火のなかにとびこむほうがましだというだろう。

「じゃあ、おいらたちだけで行くしかない」トウィットはむっつりといった。

アーサーは両手で頭をかかえた。どうするか決めなければならない。かあさんとの約束を破って、オードリーを追いかけるべきか？　こんどは下でどんなものに出くわすだろう──ドブネズミの大群《たいぐん》か？　おとなになったらなんでも楽になると思っていたのに、ぜんぜんちがう。とてもこんな責任《せきにん》をしょいこめるとは思えない。とうさんがいれば相談《そうだん》できるのに──だが、この一件《いっけん》はそこからはじまっているのだ。とうさんがいない以上《いじょう》、アーサーが早く成長して、ブラウン一家で父親の役割《やくわり》をはたさなければならない。かあさんは一日じゅう心配してたいへんだったのだから、ここで頼《たよ》るわけにはいかない。じゃあ、だれに助言《じょげん》をもとめればいい？　アーサーはグリーンマウスのことをそれほど信《しん》じていなかったので、いまさら祈《いの》るわけにもいかなかった。オードリーは例《れい》のアキクユというドブネズミのところへ行ったわけだが、ほかにはだれがいる？

そこで思いあたった。コウモリたちだ。

屋根裏《やねうら》にいる、あのふしぎな生き物には、神秘的《しんぴてき》な力がある。だれだって知っていることだ。助言《じょげん》をもとめることもできる。オルドノウズ氏《し》でさえ、いちど屋根裏へ出むいたことがあるくらいだ。

アーサーはいっぺんに元気をとりもどした。「トウィット、ぼくはコウモリたちのところへ行く。あいつらなら、いまなにが起きていて、どうするべきかを知っているはずだ」

トウィットは目をまるくした。コウモリなんか見たこともない。謎《なぞ》につつまれた神秘の生き物。スリルで体がぞくぞくしてきた。コウモリに会いたいと思ったら、興奮《こうふん》でひげがピクピクとふるえた。

「そうだね、アーサー、おいらもぜひコウモリたちにはあいさつしたいよ」

アーサーはトウィットに顔をむけた。「いや、すまないけど、コウモリはいちどにひとりの訪《ほう》問者《もんしゃ》にしか会わないんだ。わかってくれよ、トウィット」

トウィットはがっかりしたが、どうにもならないことはよくわかった。アーサーがひとりで行くしかないのだ。

ふたりは地下室の階段《かいだん》をのぼった。

「どうやって屋根裏まで行くんだ、アーサー？」トウィットがたずねた。

「広間の床下《ゆかした》の通路に階段の下あたりからおりれば、二重の壁《かべ》のあいだのすきままで行ける。壁にはてっぺんまでいろんなでっぱりがあるから楽《らく》ちんだよ。はしごみたいなものさ」

「屋根裏《やねうら》までずっと？」

「そうだ」

「上からのながめはすごいだろうね。外は見えるのかな？」

「たぶん、屋根にコウモリたちが出入りするための穴《あな》があると思うんだけど」

トウィットは、そんな高さからまわりの建物《たてもの》を見たらどんなふうだろうと想像《そうぞう》してみた。数カ月まえに幅木《はばき》村にやってきたときには、まだ真冬ですごく寒かったので、あたりの風景《ふうけい》に気をくばるどころではなかった。故郷《こきょう》の野原では、いちどオークの木にのぼって、そこからのながめを楽しんだことがあった。ここではどんな景色《けしき》がひろがっているのだろうか。

ふたりは広間にたどり着いた。アーサーは階段《かいだん》へ近づいた。

「このあたりに穴があるんだ」そういって、カーペットの隅《すみ》をもちあげる。「オズワルドがいなくてよかった——この下にはクモがたくさんいるはずだから」

トウィットは、下水道のどこかにいるいとこのことを考えて、ささやいた。「なるべく早くもどってきてくれよ、アーサー」

アーサーはすでに穴を見つけていた。そこはクモの巣《す》とわたぼこりだらけだった。顔をしかめてそれをはらうと、クモたちがあわてて暗がりのなかへ退却《たいきゃく》していった。穴へおりる準備《じゅんび》ができたところで、アーサーはトウィットの手をとった。

「できるだけ早くもどるから——約束《やくそく》するよ。そのときには、どうすればいいかわかっているはずだ。きみに残《のこ》ってもらうのは申《もう》し訳《わけ》ないけど」アーサーは、最後《さいご》に小さな手をぎゅっと握《にぎ》ってから、穴《あな》のなかへ消えた。

トウィットは穴の上に身を乗りだしたが、クモの巣《す》とほこりのかたまりが多すぎて、アーサーの姿《すがた》を見つけるのはむずかしかった。そのとき、ふたつの明るい目がこちらを見あげて、まばたきをした。

「こんなに深いとは思わなかったな」アーサーの声が聞こえた。「ほこりやらなんやらがいっぱいあってよかった。じゃあ、またあとで」

「幸運《こううん》を祈《いの》るよ」トウィットはつぶやいた。

トウィットはとてもさびしかった——みんないなくなってしまったのだ。まずオズワルドとピカディリー、つぎがオードリー、こんどはアーサー。またみんなと会えるんだろうか。

野ネズミは穴のへりに腰かけた。うきうきした気分はすっかり消えていた。

ここはとんでもない世界だ。故郷《こきょう》の草原をはなれたときには、こんな事件《じけん》が待ちうけていると は思ってもみなかった。

月にかかっていた雲が、するするとはなれていった。板《いた》を打ちつけられた窓《まど》のすきまから、月の光が流れこんできた。銀色の光のすじが何本も射《さ》しこみ、ぼんやりした輝《かがや》きが広間全体にひろがった。ふたたび、そこは夜の遊び場となった。

小さなネズミは、やわらかな月明かりに照《て》らされていた。頭をかしげると、耳にさえぎられて光がちらちらとゆれた。

トゥィットはため息をついた。遠い故郷《こきょう》では、とうちゃんとかあちゃんが星の下で眠《ねむ》り、あの同じ月が草原を明るく照《て》らしているだろう。両親のことを考えたら、笑《え》みがうかんだ。とうちゃんとかあちゃんの恋愛《れんあい》は、当時はとんでもない事件《じけん》だったけれど、いまでは若《わか》いネズミたちに愛《あい》されるロマンチックな物語になっている。トゥィットはそれをすっかりおぼえていた。ひょっとしたら、いまこのときにも、草原の語《かた》り部《べ》であるトドモアじいさんが語り伝《つた》えているかもしれない。

トゥィットは、突然《とつぜん》のホームシックをやわらげるために、その物語を思いかえしてみた。


「イライジャ・スカトゥルは野ネズミじゃった」トドモアじいさんは語りはじめた。「りっぱで、純朴《じゅんぼく》なやつでの。大麦の茎《くき》のてっぺんにすわって敵《てき》を見張《みは》りながら、日射《ひざ》しを背中《せなか》に感じておるのが大好《だいす》きじゃった。ある夜、ブラックベリーの酒が強すぎて、すこしばかりめまいをおぼえておったとき、一羽のフクロウが空から音もなく舞《ま》いおりてきて、イライジャを大地からひっさらった」

トドモアじいさんは、ぽかんと口をあけている聴《ちょう》衆《しゅう》をじっと見つめて雰囲気《ふんいき》をもりあげた。

「フクロウは鳴き声をあげながら空高く舞いあがり、あわれなイライジャはこわくて下も見られなかった。そのまますんずん飛《と》んだところで、イライジャは叫《さけ》んだ。『おい、フクロウ、おいらをどこへ連《つ》れていくつもりだ?』みなも知っておるとおり、鳥はあまりしゃべらんので、なにを考えとるかさっぱりわからんのだ。

さて、このフクロウは、たいらな頭をかしげて、かぎ爪《づめ》につかんだイライジャを見おろし、べらべらしゃべりはじめた。『ごーはん、ごーはん――おーいらとかーみさんの晩《ばん》ごーはん。おーう、うまそーなネーズミのごーはん!』

『うわっ、やばい!』イライジャは、耳をおおうようなののしりことばをつぎからつぎへと叫《さけ》んだ。

それから、機転《きてん》をきかして、いまいましいフクロウの足首に思いきりかみついた。フクロウは絶叫《ぜっきょう》した! ホーホーと叫《さけ》びながら、思わず野ネズミをはなしてしまった。イライジャはまっさかさまに墜落《ついらく》し、かみついたのは賢明《けんめい》だったのだろうかと首をひねったとたん――ザブン! と、水のなかへつっこんだ。

イライジャは水面でじたばたと暴《あば》れ、そこではじめて、フクロウのかぎ爪が体に深々とくいこんでいたことに気づいた。運がよかったことに、川には流木がうかんでいて、それにつかまることができた……なんじゃと? ああ、落ちた先はでっかい川だったんじゃよ――とにかく、イライジャはずぶぬれになってガタガタふるえながら、その流木に這《は》いあがった。おっそろしい寒さで気が遠くなりそうだったし、両肩《りょうかた》の傷《きず》の痛《いた》みはすさまじかった。

さて、つぎに気がついたときには日がのぼっていたが、ふるえもせきもあいかわらずで、なによりまずいことに、そこはもはや田舎《いなか》ではなかった。どちらの岸へ目をむけても、見えるのは建《たて》物《もの》と煙《けむり》ばかり。それでも、イライジャは流木の上で水をかいて土手《どて》までたどり着き、地面によじのぼった。

どれくらい気絶《きぜつ》していたのかはわからなかったが、えらく腹《はら》がすいとった。『なんてこったい』となげきながら、イライジャはその見知らぬ土地を一週間近くさまよい歩き、どんどんみじめな姿《すがた》になっていった。傷口《きずぐち》がすっかり膿《う》んで、血のなかに毒《どく》を送りはじめた。ある日、イライジャはとうとう力つき、名ばかりのみすぼらしい庭のなかで倒《たお》れこんだ。

両肩《りょうかた》はぼろぼろで、高熱《こうねつ》にさいなまれ、全身くたくた――死体も同然《どうぜん》じゃな。そのとき、緑の神のおぼしめしか、町ネズミの姉妹、グラッドウィンとアラベルがあらわれた。

『ねえ、見て』かわいらしいグラッドウィンが声をあげた。『気《き》の毒《どく》な若《わか》い野ネズミよ』そして、イライジャを助けようと駆《か》け寄《よ》った。

気取り屋のアラベルはいった。『ほっときなさいよ――もう死んでウジ虫がわいてるわ』

じゃが、やさしいグラッドウィンは、まだ心臓《しんぞう》が動いていることに気づき、ふてくされたアラベルを手伝《てつだ》わせて、イライジャを家のなかへかつぎこんだ。

グラッドウィンは傷を負ったイライジャをせっせと看病《かんびょう》した。肩はすっかり膿んどったが、熱がさがるまで夜どおし見守りつづけた。朝になって目をさましたイライジャは、かたわらでぐっすり眠《ねむ》っている娘《むすめ》に気づいた。娘の手はイライジャの手を握《にぎ》っていた。その瞬間《しゅんかん》、イライジャはすとんと恋《こい》におちた――自分は野ネズミ、娘《むすめ》は町ネズミだというのに。熱《ねつ》はおかしなことをするもんだのう。

じゃが、グラッドウィンがイライジャと結婚《けっこん》したいといっても、父親は耳をかさなかった。娘が野ネズミと結婚することに反対《はんたい》し、そんなことをすればイライジャにひどくはずかしい思いをさせることになるのだとまくしたてた。だれも結婚に賛成《さんせい》してくれないようだったので、ある晩《ばん》、ふたりは手に手をとって駆《か》けおちした。こうしてようやく、イライジャは花嫁《はなよめ》を連《つ》れてなつかしのこの草原へもどった。わしらは何カ月もまえにやつは死んだと思っとったんだ！　みんなたいへんなショックをうけたもんさ。結局《けっきょく》、ふたりはここに腰《こし》をすえた。みなもよく知っておるとおり、ミセス・スカトゥルはとても気だてがよく、すぐに田舎《いなか》の暮《く》らしに溶《と》けこんだ。その後、ふたりはしあわせに暮らし、やがてひとりの息子《むすこ》をもうけた」

月の光がトウィットの顔にかかった。まるで小さな銀の彫像《ちょうぞう》のようだ。トウィットは悲しい気持ちで、物語の結末《けつまつ》を思い起こした。

「息子の名はウィリアム・スカトゥル。じゃが、みなにはトウィットと呼《よ》ばれておる。そう、頭のチーズがからっぽな、月に愛《あい》されたまぬけな少年じゃよ」

ここで聴衆《ちょうしゅう》はどっと笑《わら》い、トドモアじいさんはみなに忠告《ちゅうこく》するのだ。

「さて、この物語を聞いてのぼせてはいかんぞ。町と田舎はともに歩むべきではなく、トウィットはその生きた証拠《しょうこ》なのじゃ――うまくいきはしないということを、しかと心にとめておくのだぞ、若《わか》い衆《しゅう》」

思いだしたら目がうるんできた。それでも、近いうちに故郷《こきょう》へ帰るべきだという気がした。

トウィットは、あらためてコウモリたちのことを考えた。アーサーはもう屋根裏《やねうら》に着いたのだろうか。突然《とつぜん》、トウィットとしてはめずらしい決意を胸《むね》に、短い両脚《りょうあし》をぶんとふって、穴《あな》のなかへとびおりた。ドスンと着地したら、ほこりが舞《ま》いあがり、煙《けむり》のようにもうもうと立ちこめて息がつまった。クモたちは、この第二の闖入者《ちんにゅうしゃ》にびっくりして、卵《たまご》を守るために走り去った。

トウィットは急いで立ちあがった。アーサーには知られずに、あとを追いかけるのだ。うまくすれば、コウモリたちの話を立ち聞きできるかもしれない。

床板《ゆかいた》の下の通路はとても暗かったが、下水道のようにしめっぽくも、くさくもなかった。主《ぬし》のいなくなった古いクモの巣《す》には、ほこりがへばりついていた。うるさくまとわりつく糸をものともせずに、トウィットはずんずん進んでいった。ほこりのなかにアーサーがとおった跡《あと》が残《のこ》っていたので、それをたどればよかった。

しばらく足跡を追いかけていくと、ふいに冷《つめ》たい空気にぶつかった。トウィットは足を止めて、いったいどういうことだろうと考えた。クモの巣におおわれた小さな鼻をひくつかせる。夜の空気のにおいだ。慎重《しんちょう》にあたりを手さぐりしたら、切り立ったレンガの壁《かべ》があった。見あげると、ところどころにあるすきまから青白い月の光が射《さ》しこんでいて、その壁のめまいがするような高さがわかった。屋根裏《やねうら》へ行くには、この壁をのぼらなければならない。トウィットはいちばん低《ひく》い手がかりをさがしはじめた。

アーサーは、さらに一段《だん》、体を引きあげた。だいぶ軒《のき》に近づいてきた。こんなにもしんどいとは。腕《うで》が痛《いた》くてたまらない。それほど先は長くないはずだとわかると、ほっとため息がもれた。オルドノウズ氏《し》に対《たい》する尊敬《そんけい》の念《ねん》が強まった。あの老《お》いぼれで退屈《たいくつ》なじいさんにこれだけのことをやりとげる根性《こんじょう》があるなんて思ってもみなかった。

ひと休みし、筋肉《きんにく》をほぐしてから、腕をのばし、肩《かた》をマッサージした。あたりには、ひんやりした風が絶《た》えず流れていて、夜の、とじたつぼみの、空を走りすぎる見えない雲の気配《けはい》をはこんでくる。屋根のかわらがずれているため、そこかしこに星の白い光がのぞいていた。もうちょっとだ。アーサーは体を起こし、しっぽで慎重《しんちょう》にバランスをとった。ここでヘマをして墜落《ついらく》したらたいへんなことになる。頭の上につぎの手がかりがあった。手をのばし、木の柱をしっかりとつかんで体を引きあげながら、しっぽをふりこのようにふって釣《つ》りあいをとった。

よし。うまくいった。あとひと息だ。二段よじのぼるだけでいい。すでに屋根裏《やねうら》へつうじる穴《あな》は見えていた。

のぼりきると、アーサーはあおむけに横たわり、感謝《かんしゃ》をこめて体の下の梁《はり》をなでた。同じルートをくだるのがどれほどたいへんかは考えないようにした。

屋根裏は妙《みょう》に静《しず》まりかえっていた。いかにもなにかが起こりそうな雰囲気《ふんいき》だ。アーサーは垂木《たるき》の下で、梁《はり》から梁へとぴょんぴょんわたりながら慎重《しんちょう》に進んでいった。

むっとする甘《あま》い香《かお》りがただよっていた。まったくべつの世界へ足を踏《ふ》みいれたような感じだ。静《しず》かでおだやかで、通りの騒音《そうおん》さえ聞こえない。屋根裏《やねうら》には厳粛《げんしゅく》な沈黙《ちんもく》がひろがっていて、その平和を乱《みだ》すものはなにもなかった——アーサー以外《いがい》には。できるだけ静かに歩こうとしたが、簡《かん》単《たん》なことではなかった。自分のたてる音にびくびくしながら、コウモリはいないかとあたりを見まわした。

「だれかいますか?」アーサーは小声で呼《よ》びかけた。返事はなく、物音ひとつしなかった。ひょっとしたら、コウモリたちは外に出て、夜空を飛《と》びまわっているのかもしれない。どうしたらいいのだろう?

もういちど呼びかけてみた。「だれかいますか?」やはり返事はない。

ななめになった梁と高くそびえる天井《てんじょう》だけのふしぎな空間。アーサーにはなにもかも目新しかった。じつにおどろくべき光景《こうけい》だ。何本ものふとい垂木《たるき》が軒《のき》から立ちあがり、頭上にのびる大きな梁のところでぶつかっている。

ここが巨大《きょだい》な動物の腹《はら》のなかで、垂木があばら骨《ぼね》のような気がしてきた。さほど遠くないところに、煙突《えんとつ》の輪郭《りんかく》がかすかにうかびあがっていた。

アーサーはそこまで行ってみることにした。コウモリたちは反対側《はんたいがわ》にいるのかもしれない。

なにかがアーサーを引きよせている。鉄格子《てつごうし》の魔力《まりょく》よりずっと健全《けんぜん》な感じがした。アーサーは、わきあがる興奮《こうふん》をおさえながら、煙突《えんとつ》に近づいてそのむこうをのぞき見た。屋根裏《やねうら》のそちら側《がわ》は、巨大《きょだい》な王の間《ま》のようだった。天井《てんじょう》が高く、荘厳《そうごん》で、垂木《たるき》は頭上の暗闇《くらやみ》のなかへとそびえたっていた。だが、一本の垂木だけは、折《お》れてななめにかしいでいた。

アーサーは天井を見あげた。垂木が折れた部分の屋根が壊《こわ》れていて、ぽっかりひらいた穴《あな》のむこうに、真夜中の空に輝《かがや》くひとかたまりの星が見えていた。

垂木の上で、黒い影《かげ》がふいに身じろぎした。位置《いち》をすこし変《か》えてから、またぴくりとも動かなくなった。アーサーは息をのんだ――あれはコウモリだ。

謎《なぞ》めいた生き物は垂木の高いところにとまっていたので、アーサーがその姿《すがた》を見るには、頭を思いきりあおむけなければならなかった。

コウモリの頭は、たたまれた大きな翼《つばさ》のなかに隠《かく》れていた。とがったふたつの耳の先だけが、その上に突《つ》きだしていた。

アーサーは軽くせきばらいをしてみた。

カサカサと音がして、コウモリが頭をあげた。翼の先端《せんたん》から頭がのぞくと、ふたつの耳は、気品《きひん》のある、キツネに似《に》た顔の両わきからのびているのがわかった。星の光がコウモリのひたいにふりそそぎ、知識《ちしき》と知恵《ちえ》のオーラを発していた。コウモリは、垂木からえらそうにネズミを見おろして、しげしげと観察《かんさつ》した。

アーサーはもごもごとあいさつして、コウモリを相手にするときに使う正式な前置《まえお》きのことばを思いだそうとした。

「百の祝いのことばをあなたに捧げます」これであっていればいいのだが。「わたくし、アーサー・ブラウンは、創造物《そうぞうぶつ》のきずなでむすばれる同胞《どうほう》。幅木村《はばき》のネズミです。おそれながらあなたの助力を嘆願《たんがん》いたします」

ここでふと思いだした。ちがう、これはキツネを相手にするときの礼儀作法《れいぎさほう》だ。耳まで真っ赤になりながら、アーサーはあわてておじぎをした。

コウモリは、星明かりのもとできらめく大きな黒い目で、じっと見つめていた。アーサーは困《こま》ってもじもじした。

「われはエルドリッチ」コウモリがいった。「遅《おそ》かったな、ブラウン君」

待たれていたとは思わず、アーサーはとまどいながら謝罪《しゃざい》した。「おお、エルドリッチ、ここへ来たのはある目的《もくてき》のためなのです」

コウモリは体をぐっとのばし、あくびをした。翼《つばさ》をひろげて、からかうような、なめらかな調子で、謎《なぞ》めいたことばを口にした。「一匹《ぴき》のネズミが見える。若《わか》くてかわいらしい娘《むすめ》だ。真鍮《しんちゅう》が消え、娘も消える。娘はリボンとレースを身につけている」

「それはオードリーです——妹なんです」アーサーは叫《さけ》んだ。「どこにいるんですか？」

エルドリッチは、口をはさんだアーサーをにらみつけてから、話をつづけた。「……リボンとレースを身につけているが、野蛮《やばん》な暗闇《くらやみ》にひきずりこまれる。さて、この父親のない娘はどこにいるのか？　娘《むすめ》がいなくなって、目を赤く泣きはらしているのはだれか？　あの目の悪いものから娘を救《すく》うのはだれなのか？　娘は粗暴《そぼう》なパートナーたちとダンスをおどる。血まみれの神殿《しんでん》から、死者の灰《はい》を抜《ぬ》けて、運命《うんめい》が娘をみちびいている」エルドリッチはちょっとアーサーを見つめてから、ささやいた。「回転する、輝《かがや》く輪《わ》だけが、下の悪鬼《あっき》から娘を守ることができる」

コウモリはことばを切り、天空を見あげた。「オルフェオが来る」

アーサーは、星明かりに照《て》らされた部分の端《はし》に立ち、このコウモリはいったいなにをいっているんだろうと考えていた。それにオルフェオというのは？　屋根裏《やねうら》にはほかにだれも見あたらなかったし、物音も聞こえなかった。わけがわからない。

まるまる三分間、アーサーは黙《だま》って立っていた。エルドリッチは星を見あげたままだ。そのとき突然《とつぜん》、外でひとつの影《かげ》がひらめき、星の光をさえぎった。アーサーがすこしおびえながら見守っていると、べつのコウモリが天井《てんじょう》の穴《あな》から飛《と》びこんできて、エルドリッチのとなりに音もなく舞《ま》いおりた。

「やあ、オルフェオ」エルドリッチがあいさつをした。

アーサーは、二羽のコウモリの姿《すがた》がそっくりなことに気づいた。

「やあ、エルドリッチ」あとから来たコウモリがこたえた。「これがわれらがさがしていた仲間か？」尊大《そんだい》にアーサーを見つめる。

エルドリッチはまたあくびをして、退屈《たいくつ》そうな、そっけない口調《くちょう》でこたえた。「これはそうだが、もうひとつはちがう」

「では、こうしていても時間のむだだな――きみ、ブラウン君」オルフェオはするどくいった。「きみはわれら兄弟の助言《じょげん》をもとめるのだな？　それなら、耳をかたむけたまえ。すっかり聞きおえたときには満足《まんぞく》できるかもしれない」

アーサーは両手を握《にぎ》りあわせた。なにをいわれるのか不安だった。コウモリは自分のことにしか関心《かんしん》がなく、なにかに興味《きょうみ》をひかれないかぎり、つまらない生き物の悩《なや》みを気にかけたりはしない。気のむくままに情報《じょうほう》をあたえたり隠《かく》したりする。だが、どんなに不快《ふかい》な内容《ないよう》であれ、それはすべて真実《しんじつ》なのだ。アーサーは心の準備《じゅんび》をした。

エルドリッチが口をひらいた。「命をおびやかすものは三つある。どのようにしてやつを打ち負かす？　深い水、燃《も》える炎《ほのお》、知られざる道。茶色ネズミよ、苦痛《くつう》と恐怖《きょうふ》がわらをまとった姿《すがた》で夏の野原へ忍《しの》びよる。真昼が暑《あつ》くなり麦が金色になるとき、ささやく耳に気をつけるのだ、ブラウン君、そして暗闇《くらやみ》には近づかないようにしろ。炎を抜《ぬ》けて炎にはいり、球を割《わ》って悪魔《あくま》を外へ出したりはするな」

エルドリッチは皮の張《は》った翼《つばさ》をもちあげて、顔のまえであわせ、フードをかぶったような姿でうずくまると、それっきり黙《だま》ってしまった。

かわりに、オルフェオが熱心《ねっしん》にしゃべりだした。「しっぽに鈴《すず》をつけたネズミに目をくばれ――人形をつくった娘《むすめ》だ。氷と吹雪《ふぶき》をとおして凶運《きょううん》が襲《おそ》いかかるだろう。鈴の音がどれほど美しく響《ひび》こうとも、霧《きり》のなかへさまよいこんではならない。身を切る槍《やり》がふりそそぐから。真鍮《しんちゅう》のないネズミはだれなのか？　もしも全員が暗黒の日々を生きぬいたら、娘《むすめ》はどんな銀を身につけるのだろう？」

オルフェオは真っ黒な目をとじた。どちらもアーサーとの話を終えたらしい。

「さがりたまえ、ブラウン君」コウモリたちが声をそろえていった。

アーサーはわれにかえった。わけのわからない話ばかりだ。こんなばかげた謎《なぞ》かけはとてもおぼえてはいられない。コウモリたちがなぜこんなけむに巻《ま》くような助言《じょげん》をするのか、まったく理《り》解《かい》できなかった。アーサーはていねいに礼をいって、コウモリたちに別《わか》れを告《つ》げた。

エルドリッチは、遠ざかっていくアーサーを見つめて、呼《よ》びかけた。「もしもだれかが冬を生きのびるなら、ブラウン君、きみのこどもたちに目をくばれ――かれらはどんなものでつくられるのか？」

「三匹《びき》に気をつけるのだ」オルフェオがつけくわえた。

アーサーは引き返しながら、コウモリのてんでんばらばらな助言をつなぎあわせようとしたが、結局《けっきょく》はあきらめた。あのコウモリたちは頭がおかしいんだ。おもしろかったけど、意味のない旅だった――なんの参考《さんこう》にもならなかったのだから。

あれこれ考えこんでいなかったら、アーサーも、暗がりに身をひそめている小さな影《かげ》が、きらきら光るまるい目で見つめていることに気づいたかもしれない。だが、結局《けっきょく》はそのまま、自分に腹《はら》をたててぶつぶついいながら、気合いを入れなおして壁《かべ》をくだりはじめた。

暗い隅《すみ》から、トウィットが姿《すがた》をあらわした。すこしまえから隠《かく》れていたのだ――コウモリたちの話のじゃまをするのがこわかったから。アーサーがいなくなったいま、どうすればいいのかよくわからなかった。友だちのあとを追うべきだということはわかっていたが、この小さな野ネズミは、エルドリッチとオルフェオにすっかり心を奪《うば》われていた。翼《つばさ》をひろげたあの芝居《しばい》がかった身ぶりを、もっと見ていたくてたまらなかった。そのまま隅からしばらくながめていて、トウィットはふいに気づいた。コウモリたちはおいらを見ている！

エルドリッチは翼のカーテンの奥《おく》で片目《かため》を光らせていただけだったが、オルフェオのほうはまっすぐにトウィットを見つめていた。野ネズミは息をのんだ。

「こちらへ来たまえ、魔女《まじょ》の夫《おっと》よ」オルフェオがいった。

エルドリッチが翼のまゆのなかで身じろぎし、ようやく頭をあげた。「出てくるのだ、とらわれたネズミの友だちよ」

トウィットはおとなしくコウモリたちに近づいていった。

「ここへもぐりこんだのがいけないことだったのなら、あやまるよ」トウィットは思いきって口をひらいた。「けど、どうしてもあんたたちを見ていたかったんだ――コウモリは見たことがなかったから」

兄弟は顔を見あわせて、妙《みょう》なうすら笑《わら》いをうかべた。

「光のあたるところへ出たまえ、子のないネズミよ」コウモリたちがうながした。

トウィットは、いわれたとおりに、まるい星明かりのなかへ進みでた。そして、高いところにとまっているコウモリたちを見あげた。

「気高《けだか》いネズミだ！」オルフェオが声をあげて笑った。

エルドリッチが頭をつんとあげ、暗い声でいった。「やっかいごとが起きて、さまざまな熱情《ねつじょう》がわきあがるとき、きみはそれをおさえるためにだれの手をとる？」

「そして、きみの花嫁《はなよめ》が家にもどるとき、なぜきみはそばにいてやらない？」オルフェオは楽しそうにいった。

「いや、おいらには妻《つま》はいないから」トウィットはいった。

「これがやつだ、まちがいない」オルフェオがうれしそうにいった。「あのまぬけな、チーズがからっぽなネズミだ」おもしろがってゴロゴロとのどを鳴らす。

「おい、コウモリだろうとなんだろうと、おいらのことをそんなふうに呼《よ》ぶ権利《けんり》はないぞ」野ネズミは口をはさんだ。「えらそうにしているわりには、礼儀《れいぎ》がなってないんだな」

オルフェオとエルドリッチはさらに声高く笑った。「ああ、だがきみはわれらにとって貴重《きちょう》なのだ」

トウィットにはわけがわからなかった。コウモリたちは、毛皮におおわれた小さな体をふくらませ、垂木《たるき》の上を気取って歩きながら、おおげさな身ぶりで翼《つばさ》をはためかせた。

「そう、きみは種《たね》であり、われらみなの果実《かじつ》をみのらせる」

「われらにはきみが必要《ひつよう》なのだ、魔女《まじょ》の夫《おっと》よ」

トウィットは両手を腰《こし》にあてて、むっつりと首をふった。「さっきもいったけど、おいらには妻《つま》なんかいないし、魔女を妻にするつもりもない。どうしてそんなばかなことをしなくちゃいけないんだ？」

エルドリッチが翼《つばさ》を打ちあわせて、静《しず》かにしろと合図した。皮がこすれるような音がした。

「たしかに、きみはほかの者がいうようなまぬけではない、スカトゥル君。さあ兄弟、われらの客を笑《わら》い者にするのはやめよう。機嫌《きげん》をそこねてはいけない」

エルドリッチはオルフェオにきびしい視線《しせん》をむけたが、その目のなかには、やはりあの妙《みょう》なきらめきがあった。

トウィットはごほんとせきばらいをした。「べつにかまわないよ。あやまったりする必要はないから。ずっとみんなに笑われてきたし、これからだってそうだろうし」

コウモリたちは目くばせをかわし、体をいっぱいにのばすと、さっと垂木から急降下《きゅうこうか》した。見守るトウィットの頭の上をひゅんひゅん飛《と》びかったあと、ひどくまじめな顔で、ひらりとトウィットのそばに舞《ま》いおりた。ぴったりと身を寄《よ》せて、ひろげた翼でトウィットをつつみこむ。

「まわりの者のあざけりに耳をかすな」オルフェオがいった。

「きみほど勇敢《ゆうかん》で誠実《せいじつ》な者はなかなかいない」エルドリッチがつづけた。

「ふるさとの草原に恐怖《きょうふ》が忍《しの》びよっても、きみはなんとか切りぬけるだろう」

「長きにわたる孤独《こどく》な歳月《さいげつ》をなげくことはない」

コウモリたちは、これからおとずれるなんらかの苦しみをやわらげようとするかのように、トウィットをしっかりと抱《だ》きしめた。

トウィットは、コウモリに抱きしめられてまごつき、じたばたともがいた。体をくねらせ、しっぽをぱたぱたとふった。

「ちょっと、いったいなにをいってるんだ？」トウィットの小さな声は、コウモリの翼《つばさ》のせいでくぐもって聞こえた。「そんなにきっちりつつまれたら息ができないってば」

トウィットは兄弟コウモリから身をふりほどき、ぜいぜいとあえぎながら、不機嫌《ふきげん》な声でいった。「こんなんじゃ体がもたないよ」

「ゆるしてくれ、スカトゥル君」コウモリたちはあらたまっておじぎをし、上品《じょうひん》な謝罪《しゃざい》のしるしとして翼をだらんとたらしてみせた。

「空気をあたえてやらねば」オルフェオがいった。

「新鮮《しんせん》な空気を」エルドリッチがやさしくいった。毛皮におおわれたキツネのような顔に、あの妙《みょう》なうすら笑《わら》いがうかんでいた。

「ところでスカトゥル君、きみは親族のもとをたずねるのが好《す》きなのだろう？」

トウィットはうなずいた。「じつは、この町へ来たのもそのためなんだ。かあちゃんの親戚《しんせき》のところへ顔を出そうと思って」

オルフェオはにんまりと笑《わら》い、きれいにならんだ白い歯をあらわにした。「この大きな町をどれくらい見てまわったのかね？」

トウィットは、なにも見ていないとこたえた。

エルドリッチはショックをうけたような顔をしてから、ひたいにしわを寄《よ》せて、さっと兄弟に目をむけた。「時間があるうちに、スカトゥル君をもてなさなければいけないな。まちがった状《じょう》況《きょう》を正し、これまでの失礼《しつれい》の埋《う》めあわせをするとしよう」

「きみに空気をあげよう」オルフェオがおおよろこびで叫《さけ》んだ。

トウィットは頭をぽりぽりとかいた。コウモリたちはなにを考えているんだろうか。

「さあ、来たまえ」コウモリたちはいった。

「どこへ行くんだい？」トウィットは不安になってたずねた。

オルフェオがエルドリッチの両肩《りょうかた》によじのぼり、空を指さした。「夜のなかへ。われらがきみに、世界のほんとうの姿《すがた》を教えてあげよう――空から」

トウィットは思わず叫んだ。「おいらに？　あんたたちとちがって、おいらは空を飛《と》べないんだ」またからかわれているのだろうか。

だが、コウモリたちはしつこかった。

エルドリッチが片方《かたほう》のまゆをあげ、なにげなくいった。「空を飛《と》ぶのはきみの血すじではないのかね？」

「なんだって？」

「きみの父親はいちども飛ばなかったのかね？」

「じつをいうと、飛んだことはあるよ——フクロウといっしょに」トウィットは、ふいにコウモリたちがいわんとしていることを悟《さと》り、ゆっくりと笑顔《えがお》になった。「ある晩《ばん》、おいらのとうちゃんは——」

「そんな話をしている時間はない」オルフェオが鼻をひくつかせた。「いまは退屈《たいくつ》な家族のむかし話はやめてくれ」

エルドリッチも準備《じゅんび》をととのえた。「苦しい旅にはならない。手をあげたまえ」

トウィットは両手を差《さ》しあげた。

コウモリたちは翼《つばさ》をはばたかせ、ゆったりと上昇《じょうしょう》をはじめた。それぞれが両足で小さなピンク色の手をつかみ、翼をいっそう強く打ちつけると、梁《はり》の上につもっていたほこりが舞《ま》いあがり、野ネズミの足もとで渦《うず》を巻《ま》いた。体がうきあがり、トウィットは歓声《かんせい》をあげた。

「しっかりつかまりたまえ、スカトゥル君」オルフェオが叫《さけ》んだ。

優雅《ゆうが》な、しかも軽々とした身のこなしで、コウモリたちはトウィットを高く高くはこびあげ、屋根の穴《あな》を抜《ぬ》けて夜の空気のなかへ飛びだした。

7　船乗りネズミ

トウィットは、ふたりのコウモリの下にぶらさがり、暗闇《くらやみ》のなかへと舞《ま》いあがった。自分の目が信《しん》じられなかった。赤い煙突《えんとつ》をあとにして、さらにのぼっていくと、下に見える古い空《あ》き家《や》がどんどん小さくなった。

夜の空気が毛のなかを流れすぎ、トウィットはよろこびに身もだえした。足の下になにもなく、しっぽがからっぽの空間にたれさがっているというのは、じつにすばらしい感覚《かんかく》だった。

「うわあ」トウィットはため息をついた。頭上の星がとてもきれいだ。コウモリにはこばれて、かすみのような雲のなかを抜《ぬ》けていくと、こまかな霧《きり》のなかにいるみたいだった。しばらくのあいだ、たなびくしっぽが背後《はいご》にほそながい煙《けむり》のようなすじを残《のこ》した。

オルフェオがトウィットを見おろした。「夜をよく見たまえ、スカトゥル君。いまやきみはその一部なのだ。夜はわれらの本来の居場所《いばしょ》だが、そこで動くには月のレディのゆるしが必要《ひつよう》になる。晴れた夜に活動するものはみな、やわらかな愛撫《あいぶ》によってわれらを誘《さそ》う、月のレディの存在《そんざい》を感じるのだ」

「まあ待て、兄弟」エルドリッチが口をはさんだ。「スカトゥル君は町を見物したがっていたではないか。さあ、草原のネズミよ、下に見えるのがそれだ」

トウィットは星から視線《しせん》を落とし、ぽかんと口をあけた。

あたり一面が、きらめく光の海だった。壮大《そうだい》なロンドンの町なみがあらゆる方向にひろがっている様子《ようす》は、比《くら》べるものとてない、たぐいまれなる危険《きけん》な生き物が、宝石《ほうせき》を身にまとい、静《しず》かにまどろんでいるかのようだ。

それはちっぽけなネズミの想像《そうぞう》を越《こ》えた大きさだった。トウィットは、陸《りく》にあがった魚のように、おどろきで口をぱくぱくさせるばかりだった。

コウモリたちは弧《こ》を描《えが》いて飛《と》びながら、くすくすと笑《わら》いかわしていた。

「こ、こりゃすごいや」トウィットはやっとのことでいった。「最高《さいこう》だ」

これを聞いて、コウモリ兄弟は大声で笑った。「最高ではないのだよ、スカトゥル君。見たまえ」

コウモリたちは急降下《きゅうこうか》した。ほっそりした高層《こうそう》ビルのたいらな屋根をかすめ、木々のこずえのあいだを抜《ぬ》けていく。高い支柱《しちゅう》のてっぺんにある、ぶーんという奇妙《きみょう》な音を発するオレンジ色の光のあたりへ来ると、トウィットはまわりをひらひらと飛《と》ぶ蛾《が》を足で追いはらわなければならな

かった。

「これからきみを町の暗黒面へ連《つ》れていく」オルフェオが説明《せつめい》した。「夜には、野生がうろつきまわるのだ」

「なんだって？」トウィットはききかえした。

「野生の動物たちだ――荒々《あらあら》しく、腹《はら》をすかせ、おびえている」

一行《いっこう》は、ぎらぎらと目玉を光らせた巨大《きょだい》な自動車が、おそろしいスピードで行きかう道路を飛《と》びこえた。いくつかの庭のフェンスをかすめるように飛びすぎたときには、トウィットのしっぽにちくりととげが刺《さ》さった。

近くで、うつろなガランという音が鳴りひびいた。

「あれは？」トウィットはたずねた。

「野生のネコだ」オルフェオがこたえた。

すると、かつてはネコだったのかもしれないやせた動物たちが、こっそりゴミ箱をあさっているのが見えた。腹をすかせた、みじめな姿《すがた》で、ゴミ袋《ぶくろ》を引き裂《さ》き、食べ物をめぐって争《あらそ》いながらフーッとうなりをあげている。毛皮はごわごわしてほこりまみれで、しっぽはもじゃもじゃ、ひげは剛毛《ごうもう》のようだ。

「きみの草原にもこういう野生の動物たちはいるかね、スカトゥル君？」

「いや、あんなのはいないな。ガリガリにやせてるじゃないか」トウィットは身ぶるいした。

「この町のせいだ」

トウィットは、緑色の飢《う》えた目が、頭上を飛《と》びすぎる自分たちにむけられたのを見て、ぎくりとした。陰気《いんき》な鳴き声が夜の空気のなかできしみをあげた。

「暗黒のしらべだ」エルドリッチがいった。「さあ、もっと見せてあげよう」

ふたたび高度があがった。トウィットは、眼下《がんか》のあちこちにいるあわれな動物たちの姿《すがた》が見えなくなってほっとした。

いくつもの家やしめられたままの商店を飛びこえていく。

「野生の人間を見たまえ」オルフェオがいった。

野ネズミは見おろした。荒《あ》れ地のまんなかにある深い草むらのなかに、へたりこんでいる人間の姿があった。髪《かみ》は長くてぼさぼさ、肌《はだ》も服もほこりだらけで、手にはからっぽのびんをしっかりと握《にぎ》りしめている。

男がむさくるしい頭をゆっくりとあげたので、トウィットはどきりとした。さっきのネコたちと同じように、なげやりで魂《たましい》の失《う》せたような目つきをしていたのだ。みじめな、陰気な声が上空まで流れてきた。トウィットは身ぶるいし、コウモリたちは夜のなかを飛びつづけた。

さらにしばらくたつと、かすかに音楽が聞こえてきた。聞くものの心をゆさぶるその音に、トウィットは思わず息をのんだ。

「きみにも聞こえるのだな」エルドリッチがいった。「予想《よそう》どおりだ」

トウィットは耳をすました。とても悲しく、美しい歌声だった。メロディだけで詩はない——切実《せつじつ》な願《ねが》いと孤独《こどく》に満《み》ちたしらべだけが、必死《ひっし》に、すがるようにつづいていた。

「だれが歌っているの？」トウィットはたずねた。「なんであんなに悲しそうなんだ？」

「夜はあらゆるものを聞く」オルフェオがこたえた。「きみはネコの叫《さけ》びや人間のうめきを耳にした。夜は心の音を集め、月の下を飛《と》ぶわれらがそれを聞く。静《しず》かで平和なときもあれば、騒《さわ》がしく怒《いか》りに満《み》ちているときもある。今夜は、失意《しつい》と絶望《ぜつぼう》だ。スカトゥル君、あの心の痛《いた》みに耳をかたむけ、学びたまえ。そして、きみがその無知《むち》な心という恵《めぐ》みをうけたことをグリーンマウスに感謝《かんしゃ》するがいい」

まるで音楽の海のなかを飛んでいるようだった。音楽が、おだやかな、悲しげな波となって周《しゅう》囲《い》で渦《うず》を巻《ま》いていた。トウィットには二度と忘《わす》れられない音だったが、だれかに説明《せつめい》することはできそうになかった。

ぐるぐると旋回《せんかい》しながら上昇《じょうしょう》していくと、両耳に風が吹《ふ》きこんできて感覚《かんかく》がなくなり、もう音楽は聞こえなくなった。

デットフォードの町なみが眼下《がんか》を流れすぎていく。窓《まど》はよごれ戸口はゆがんだ古い建物《たてもの》がならぶ、せまくるしい地区。伝道所《でんどうじょ》の外ではまばゆいネオンの十字架《じゅうじか》が明滅《めいめつ》し、デットフォード緑地にある聖《せい》ニコラス教会の門柱の上では、ふたつの石のどくろがこちらを見あげてにたりと笑《わら》っていた。

三つの小さな影《かげ》は月のまえをすっと横切った。たどり着いたのは、静《しず》まりかえった、ずんぐりしたかたちの発電所で、高い煙突《えんとつ》が一本立っていた。コウモリたちは煙突のまわりを二度めぐった。

「お気にめさないかな、スカトゥル君」オルフェオが叫《さけ》んだ。

トウィットが左へ目をむけると、かすかに光るリボンのようなテムズ川が、いくつもの波止場《はとば》をめぐってうねうねと流れていた。発電所をはなれて、スクラップ置《お》き場へむかう。オレンジ色のさびにおおわれた大きな鉄の柱やスプリングが、捨《す》てられたガラクタの山から突《つ》きだしていた。背《せ》の高いがいこつのようなクレーンが、廃棄物《はいきぶつ》の上にまたがり、コウモリたちはその格子《こうし》のあいだをすりぬけた。

デットフォードは背後《はいご》に遠ざかり、行く手にグリニッジが見えてきた。

「あの下に見えるのは？」トウィットは、見なれない物体の上を通過《つうか》したときにたずねた。

「外海を走る船だ」エルドリッチがこたえた。

トウィットがなにを考える間《ま》もなく、その奇妙《きみょう》なとげだらけの物体は背後へ消えていった。立ちならぶきれいな白い建物《たてもの》の上を通過すると、たくさんの窓《まど》や柱が、おだやかな川面《かわも》に映《うつ》っていた。ほどなく、ひろい公園が近づいてきた。そのなかにある緑の丘《おか》のてっぺんに、球根のような建物と古い木々が見えた。

「あれは？」トウィットはたずねた。

コウモリたちは天文台のまわりをめぐり、ドームの上をかすめるように飛《と》んだ。トウィットの足がぶつかって、金色の風向計がくるくると勢《いきお》いよくまわった。

「ここは星について調べるところだ」オルフェオが声高《こわだか》にいった。「人間たちがはるか遠くの天空にこたえをさがしもとめている」

「すぐ足もとにいるスターワイフがなにもかも知っているのに。頭はよくてもおろかだ！」エルドリッチがふんと鼻を鳴らした。

トウィットが、スターワイフってだれだろう、と考えているあいだに、コウモリたちはスピードを落としていた。あとすこし行くとブラックヒースで、広大な草原が見えてきた。だが、コウモリたちはそれ以上《いじょう》進もうとはしなかった。

「もどろう」コウモリたちは叫《さけ》んだ。「引き返さないと」

正直《しょうじき》いって、トウィットはほっとした。風が毛のなかを吹《ふ》きぬけるので、寒くてしかたがなかったのだ。一行《いっこう》はそそくさと方向転換《てんかん》して、丘《おか》からはなれはじめた。

「ほんとにすごかったよ」トウィットはコウモリたちに礼をいった。

オルフェオが、例《れい》のうすら笑《わら》いをうかべながら、妙《みょう》な目つきでトウィットを見た。

「われは疲《つか》れた。小さなネズミがこれほど重たいとは思ってもみなかった」

エルドリッチもうなずき、なにげなくいった。「われもこの重荷《おもに》にはうんざりした。ここで捨《す》てていくべきかな？」

トウィットはコウモリたちのやりとりを聞いてぞっとした。「落とさないで」キーキーと声を張《は》りあげる。「つぶれてばらばらになっちゃうよ」

コウモリたちはテムズ川の上に出た。「ここならそれほど痛《いた》くないだろう、スカトゥル君」兄弟は声をそろえて笑《わら》った。

野ネズミは、暗い水面に映《うつ》る自分たちの姿《すがた》を見た。「だめだよ、おいらは泳げないんだ。おぼれちゃうよ」

コウモリたちは急降下《きゅうこうか》して、トウィットが水面にぶつかる寸前《すんぜん》に水平飛行《すいへいひこう》にうつると、そのましっぽが水面ではねる高さを飛《と》びつづけた。トウィットはいやな気がした。コウモリたちが笑っているのを感じた。笑い声の震動《しんどう》が体を伝《つた》わっておりてきて、トウィットをつかむ足がピクピクとふるえた。

トウィットは気分が悪くなってきた。すぐ下では水面がさざ波立ち、コウモリたちがすこし降下するたびに、つま先が水のなかにつっこんだ。

「こんなのやだよ」トウィットはコウモリたちに呼《よ》びかけた。

「こいつをどうしたものかな？」

「泳げないらしい」

「いまおぼえるのがいちばんではないかな？」

コウモリたちがいきなり高度をさげた。トウィットは両脚《りょうあし》を胸《むね》もとまで引きあげたが、尻《しり》は川面《かわも》にふれていた。ふと肩越《かたご》しに下を見たら、大きな魚が身をくねらせてぐんぐん近づいてきていた。トウィットはさらに大きな声で叫《さけ》んだ。

コウモリたちは声をあげて笑《わら》いながらも、水面からははなれてくれた。魚がぱくりと口をとじたとき、そこにはなにもなかった。

グリニッジ地下道の入口の、明かりがついたガラス製《せい》のドームが、旋回《せんかい》するトウィットたちを下から照《て》らしていた。

「さて、どこでこの荷物《にもつ》を落としたものかな？」オルフェオが歌うようにいった。

「もともと草原にいたのだから、巣《す》におろしてやろう」

コウモリたちは、すこしまえに通過《つうか》した古い船のまわりを旋回した。帆船《はんせん》カティー・サーク号だ。きびしい顔をした船首像《せんしゅぞう》の下を通過すると、索具《さくぐ》のあいだを抜《ぬ》けて旋回しながら上昇《じょうしょう》し、メインマストをひらひらとめぐって、そのいちばんてっぺんまでたどり着く。そこで、コウモリたちは野ネズミをぱっとはなし、大声で笑いながらぱたぱたと飛《と》び去った。

トウィットは墜落《ついらく》した。

つかのま、空中で必死《ひっし》に身をもがいたが、甲板《かんぱん》はぐんぐんせりあがってきた。

「もうだめだ」トウィットは思った。

つぎの瞬間《しゅんかん》、体がドスッと帆桁《ほげた》にぶつかった。息がつまったが、なんとか材木《ざいもく》にしがみつくことができた。

カティー・サーク号の三本のマストには帆《ほ》が張《は》られていないため、月明かりのなかでは、往年《おうねん》の姿《すがた》を思い起こさせるぶきみなまぼろしにすぎなかった。索具《さくぐ》は巨大《きょだい》な黒いクモが張りめぐらした巣《す》のようだ。

トゥィットは、ぜいぜいとあえぎながら帆桁《ほげた》の上で横たわり、命がけでロープにすがりついていた。しばらくすると、呼吸《こきゅう》がおちついたので、思いきって下を見おろしてみた。

そこは破滅《はめつ》のふちだった。

目をとじて、首を横にふった。あのコウモリたちは親切なのかと思っていたが、はじめからトウィットのことを笑《わら》い者にしていたにちがいない。ほかのみんなと同じだ。いや、みんなというわけではない。自分にも友だちがいると思うとなぐさめになった。

風でひげがさわさわとゆれた。川の深い緑の香《かお》りが流れてきて、またもや胃《い》がむかついた。

野ネズミは自分の位置《いち》をたしかめた。なんとかして下へおりなければ。じっくり時間をかけて、考えをまとめた。マストを這《は》いおりてもいいのだが、ほとんど垂直《すいちょく》だし、ふとすぎるので、気乗りがしなかった。そこで、索具を伝《つた》って一段《だん》ずつおりることにした。ロープを大麦の茎《くき》だと思えばいい。

そろそろと帆桁《ほげた》の端《はし》まで進んだ。そこからロープがのびているのだ。

ロープにしがみつき、両手でしっかりとつかんで、しっぽを巻《ま》きつけた。そして、くだりはじめた。

ネズミの軽い体重でも、ロープはゆらゆらとゆれた。だが、トウィットにとっては得意《とくい》な芸当《げいとう》だった。すぐに下の段《だん》までおりて、つぎのロープをくだりはじめた。ほどなく、トウィットは船の甲板《かんぱん》におり立った。

やっとしっかりしたものの上に立てたのがうれしくて、トウィットは船べりまで走った。手すりへよじのぼり、むこうをのぞき見た。

カティー・サーク号は、長いコンクリート製《せい》のくぼみにおさまっていて、底《そこ》や側面《そくめん》はたくさんの鉄の棒《ぼう》で支《ささ》えられていた。甲板からコンクリートの端《はし》までは、とてもとびうつれそうになかった。遠すぎたし、くぼみのふちをぐるりとかこむ高い手すりがじゃまになる。トウィットは下へと目をこらした。

船の側面《そくめん》にあいた穴《あな》から、ふとい鎖《くさり》が下へとのびていて、その先端《せんたん》についている錨《いかり》がくぼみの底に横たわっていた。船体を這《は》いおりてあの鎖までたどり着けるだろうか。コンクリートのくぼみの両端には階段《かいだん》がある。あれならなんとかのぼれそうだ。

トウィットは船べりの外側《そとがわ》にぶらさがった。さいわい、すぐ下に飾《かざ》りのパネルがあって、船の名前が金色の浮《う》き彫《ぼ》りになっていた。小さなピンク色の足がそこにかかった。〝C〟をつかんで、下へとおりていく。ならんだ文字の下には、船体から突《つ》きだしたでっぱりがあった。トウィットはもがいた。あそこまで行けば……。両脚《りょうあし》をいっぱいにのばした。すぐ下に二本のロープがのびていて、それがつながっているバウスプリットの下では、船首像《せんしゅぞう》が前方をにらんでいた。トウィットは二本のロープをつかんで、そばへ引きよせ、つぎの飾《かざ》りへとびうつろうと身がまえた。金めっきされた葉とつるのうずまき模様《もよう》が、月明かりのなかで冷《つめ》たく光っていた。

「おたすけっ！」トウィットは前方へ身を投げた。

「うわっ！」びっくりしたような声がした。「なんだ？」

トウィットは体勢《たいせい》を立てなおした。なにかやわらかいものにぶつかったのだ。

ビーズのようなオレンジ色の目がまばたきをした。「出てけ、出てけ。おれの巣《す》、おれの巣」怒《おこ》った声がした。

やせた、羽毛におおわれた頭が、暗がりから突《つ》きだしてきた。みすぼらしいハトだ。

ハトは頭をひょこひょこと動かして、くりかえした。「おれの巣、おれの巣」

トウィットは鳥を見つめた。やせたハトだ。くちばしはすりへり、羽毛はよごれている。目のまわりはかさぶただらけだ。トウィットは、ハトの足がねじれ、一部が欠《か》けているのに気づいて、ぎくりとした。

「ごめん」トウィットはあやまった。「あんたがいるとは知らなかったんだ」

トウィットは、このうすよごれたハトが気《き》の毒《どく》でならなかった。ハトの声は恐怖《きょうふ》と不安でいっぱいだった。

「出てけ！　おれの巣！」ハトはいまや、自分を安心させるためにくりかえしているようだった。ピクピクと体をふるわせ、傷《きず》だらけの足をそわそわと動かしている。

トウィットには鳥のことがまったくわからなかった。口をきくやつはめったにいないし、たとえ話ができても、いつのまにか、食べ物のことや、泥《どろ》でよい巣《す》がつくれることなどを勝手にしゃべりはじめるのだ。

トウィットは、いらいらしているハトにもういちどあやまって立ち去り、好《す》きなだけ文句《もんく》をいわせておくことにした。ハトは、ゆっくりと頭を首毛のなかにうずめると、風をうけて乾《かわ》き、ひりひりする目をとじた。

トウィットは金めっきされた彫刻《ちょうこく》を伝《つた》って這《は》い進んだ。長い道のりだった。足がかりがあっても、なかなか進まなかった。葉とつるがくるりと巻《ま》いている端《はし》のところで、金めっきに体をぴたりと押《お》しつけた。左側《ひだりがわ》に鎖《くさり》が出ている穴《あな》があるのだが、金属製《きんぞくせい》の張《は》りだしが行く手をはばんでいて、そこまでたどり着けない。鎖はあまりにも遠かった。できるだけ身を乗りだして、隠《かく》れているハトにつつかれたりしないよう、穴をのぞきこんでみた。ずっと奥《おく》までつづいているようだ。思いきりジャンプしたら鎖まで届《とど》くだろうか。

気を引きしめ、全身の筋肉《きんにく》をぴんと張りつめて、距離《きょり》をはかった。

「おーい！」低《ひく》い声が叫《さけ》んだ。

トウィットはあたりを見まわしたが、だれもいなかった。

「おーい！　ここだ！」声がまた呼びかけてきた。どうやら穴の奥から聞こえているらしい。トウィットはまばたきをして、目をこらした。ふたつの目が近づいてくる——声も姿《すがた》もハトではなかった。

「困《こま》っているようだな、相棒《あいぼう》」たくましい手が暗闇《くらやみ》からのびてきた。「つかむんだ」

いったい何者だろう？　声は親しげだが、いうとおりにしろと命令《めいれい》しているような口ぶりでもあった。トウィットは手をのばし、差《さ》しだされた手をしっかりとつかんだ。

「さあ、ジャンプしろ。ひっぱってやるから」

トウィットがジャンプすると、力強い腕《うで》がぐいとその手を引いた。

気がついたときには、トウィットは影《かげ》のなかで声の主《ぬし》のとなりにいた。

「そう悪くはなかっただろう？　疲《つか》れているようだな。この暗い場所からはなれるとしよう」

生き物はぺたぺたと歩きだし、トウィットはおとなしくついていった。

行き着いた先は、もとの甲板《かんぱん》だった。ずいぶん時間をむだにしてしまったわけだ。ふとい鎖《くさり》はうねうねと、大きな巻《ま》きあげ機《き》までつづいていた。だが、トウィットはべつのものに気づき、びっくりしてとびあがった。なにか大きな動物が、すぐそばに身をひそめていたのだ。

「だいじょうぶ」前方で貫禄《かんろく》のある声がいった。「それはほんものじゃない！　さあ来い」

トウィットは、その大きな動物に目をこらした。ブタだ――木でつくられたブタだ。軽く叩《たた》いてみると、うつろな音がした。なんのために、にせのブタをつくったりするんだろう？　トウィットは肩《かた》をすくめ、見知らぬ相手を追って歩きだした。

甲板と甲板のあいだの暗い空間を進むうちに、案内《あんない》してくれるこのネズミについてもっと知りたいという好奇心《こうきしん》が高まってきた。だが、礼儀《れいぎ》正しいトウィットは質問《しつもん》をしなかった。暗闇《くらやみ》を抜《ぬ》けて、うっすらと明かりのある下層甲板《かそうかんぱん》へ出ると、ようやく見知らぬ相手の姿《すがた》をしっかりと見ることができた。

中年のネズミで、まるい顔から白いひげがはえていた。すんだ、賢《かしこ》そうな目をしている。ふとりぎみではあるが、いざとなればすばやく動けそうだし、力もかなり強そうだ。どことなく異国《いこく》の雰囲気《ふんいき》をただよわせているのは、遠い国々をわたり歩いてきて、それぞれの土地の習慣《しゅうかん》が身についているせいだろうか。それをいっそう強調しているのが、首に巻《ま》いた赤いスカーフと、頭にのっている濃紺《のうこん》のぶかっこうな毛の帽子《ぼうし》だ。

「さて」見知らぬネズミは、ようやくトウィットにむきなおった。「船へようこそ、相棒《あいぼう》」手を差《さ》しだして、自己紹介《じこしょうかい》をする。「船乗りネズミのトマス・トライトンだ」

トウィットは、差しだされた手をとり、勢《いきお》いよくふった。「ウィリアム・スカトゥルだ。でも、ふだんはトウィットと呼《よ》ばれてる」

「ふーむ、なにか話したいような顔をしているな。いっしょにおれのねぐらへもどるとしようか。体がつま先まであったまる飲み物があるぞ」

トウィットは招待《しょうたい》をうけずにはいられなかった。その船乗りネズミのことがすぐに気に入ったからだ。なんとなく存在感《そんざいかん》があって、頼《たよ》りになりそうだ。

カティー・サーク号の下層甲板には、羊毛を入れる袋《ふくろ》がたくさんあった。かつての積《つ》み荷《に》の見本が展示《てんじ》されているのだ。背《せ》の高いパネルには船の歴史《れきし》がしるされていた。

「あの袋《ふくろ》はからっぽだ」トマスが不快《ふかい》そうにいった。「のぞいて見たから知ってる。むかしは立派《りっぱ》な船だったろうに。いまじゃこのありさまだ！」その点については熱《あつ》い思いがあるようだ。

「おいらはすごい船だと思うけど」トウィットはこたえた。

「ほう、はっきりものをいうやつだな」船乗りネズミは声をあげて笑《わら》った。「うむ、ちょいと見なおしたぞ。だがな、この船はかつては外洋を航海《こうかい》して、帆《ほ》に海水のしぶきをあび、船体に押《お》しよせる波をうけとめていたんだ。それがいまは……」悲しそうに両腕《りょううで》をふる。「永遠《えいえん》に乾《かん》ドックのなかだ！　まるで入院患者《かんじゃ》のように、どこへも行けやしない。おれと同じだ」静《しず》かな声でつけくわえる。「だから、おれはここに住んでいるのかな――似《に》たもの同士というわけだ」

ふたりは、みがきあげられた床板《ゆかいた》の上を歩いて、ほかの船の模型《もけい》がおさめられたガラスケースの下をくぐり、急な階段《かいだん》にたどり着いた。

「船倉《せんそう》をねぐらにしているんだ」トマスはいった。「ずいぶんたつから、いまさら変《か》える気にはなれなくてな。この階段をおりられるか？」

トウィットはおりられるとこたえ、ふたりして階段をくだっていった。

船倉はなんだか気味《きみ》が悪かった。下層甲板《かそうかんぱん》ほどちらかっているわけではないが、奥行《おくゆき》も高さもあり、ゆるやかにかたむいていて、両端《りょうはし》はまるみをおびている。

暗がりのなかで、両側《りょうがわ》にならんでいる大きな人影《ひとかげ》がかろうじて見えた。どれもまっすぐ前方をにらんでいる。紳士《しんし》、厚化粧《あつげしょう》の貴婦人《きふじん》、異国《いこく》の黒人、ハンター、王様、白い歯をむきだしている男。トウィットはためらった。

「はいりたくないよ」トウィットは小声でいった。「ぎょろりと目をむいたでっかい連中《れんちゅう》がにらんでる」

トマスは笑《わら》った。「だいじょうぶだ、相棒《あいぼう》！」木の手すりのうしろへもぐりこみ、手近《てぢか》の人影《ひとかげ》によじのぼった。ブロンドの髪《かみ》をカールさせた、背《せ》が高くスタイルのいい女で、ひらひらした青いドレスを身にまとい、唇《くちびる》と同じ真っ赤な飾《かざ》りベルトをしめている。トマスは片手《かたて》をあげて、コンコンと女の体を叩《たた》いた。

「木から彫《ほ》りだした船首像《せんしゅぞう》だ。付《つ》き合いやすいやつらだよ。じつは、このなかのひとつをねぐらにしているんだ」

トウィットは近づいて、しげしげと彫刻《ちょうこく》をながめた。こんなものは見たことがない。故郷《こきょう》の草原では、こうした飾りは不《ふ》まじめなものとされていて、知り合いの何匹《びき》かの頑固《がんこ》なネズミだったら、これは野蛮《やばん》な偶像崇拝《ぐうぞうすうはい》だというだろう。トウィットは木製《もくせい》の青いドレスのひだを軽く叩いて、ぱっと顔を輝《かがや》かせた。

「おどろいたなあ」トウィットはいった。

トマス・トライトンが、ほかのよりすこし小さな船首像のところへトウィットを案内《あんない》した。それはおとめの像で、つやつやした白い色に塗《ぬ》られ、頭には金色のターバンを巻《ま》いていた。

「おれの王女さまだ」トマスはいった。「さあ、あがってくれ、相棒《あいぼう》。裏《うら》へまわって」

トウィットは彫刻《ちょうこく》の裏をのぞきこんだ。近づくと塗《ぬ》りたてのペンキのにおいがして、継《つ》ぎ目がきちんとあっていないところに小さな穴《あな》があった。

「ここを抜《ぬ》けるの？」トウィットはたずねた。

「そうだ――すきまを抜けると、なかが空洞《くうどう》になっている」

トウィットはやすやすと穴を抜けて、船首像《せんしゅぞう》の内側《うちがわ》の居心地《いごこち》のよい空間にはいった。短くなったロウソクの炎《ほのお》がちらちらとゆれて、部屋《へや》に温《あたた》かな光をもたらしていた。片隅《かたすみ》にはベッドがあり、あちこちにトマスの持ち物がきちんと置《お》かれていた。ちっぽけな木の船、鉛《なまり》でできた錨《いかり》のおもり、遠い土地の絵画や大陸《たいりく》の地図が数枚《まい》、それと入念《にゅうねん》にみがきあげられた剣《けん》。

トマスが、まあすわれといった。トウィットは木のかたまりを見つけて、そこにすわった。

船乗りネズミは、部屋の隅から深い鉢《はち》をふたつもってきた。ひとつをトウィットにわたし、変《か》わったにおいのする液体《えきたい》をそこに満《み》たした。棚《たな》から木のパイプをとりだして、タバコをつめると、ロウソクの上にかがみこんでパイプをふかした。そのあいだひとことも口をきかなかったのは、すべてに満足《まんぞく》してくつろいでから話をはじめようとしたためだろう。ベッドに腰《こし》をおろし、トウィットに目をむけて、ふさふさした白いまゆ毛の下からじっと見つめた。

トウィットは、なにかいうべきなのだろうかと思ったが、船乗りネズミが沈黙《ちんもく》を楽しんでいるようだったので口はひらかなかった。そのかわりに、両手でもっているいっぱいになった鉢に注意をうつした。頭をさげて、おそるおそるにおいをかいでみる。

トマスのほうは、すでに自分の鉢《はち》にも液体《えきたい》を満《み》たしていて、パイプを口の端《はし》にくわえたままこういった。「飲んでくれ、相棒《あいぼう》、だいじょうぶだから」そして、安全だと証明《しょうめい》するためか、鉢の中身をがぶがぶと飲んでみせた。

そこで、トウィットも飲んでみた。気持ちのいいうずきとともにのどが温《あたた》かくなり、その感覚《かんかく》が、つま先やしっぽの先までじわじわとひろがっていった。どろりとしたシロップのような飲み物で、めずらしい果物《くだもの》や異国《いこく》の海辺《うみべ》の雰囲気《ふんいき》がある。故郷《こきょう》の草原で飲むブラックベリーの発酵酒《はっこうしゅ》とはまるでちがっていた。トウィットは舌鼓《したつづみ》をうった。

「そいつはラム酒だ」トマスがにやりと笑《わら》った。「腹《はら》があったまって元気が出る。ところで、あんなところでなにをやってたんだ？」

トウィットはすぐに気をおちつけて、自分と仲間たちの身に起きたことすべてを頭のなかで整《せい》理《り》した。それから、深く息を吸《す》って話しはじめた。オードリーの最初《さいしょ》の失踪《しっそう》と、下水道での捜索《そうさく》。ドブネズミたちとの戦《たたか》いがあり——トマスはこの部分でとても熱心《ねっしん》に耳をかたむけていた——その後、オズワルドとピカディリーが真鍮《しんちゅう》のおまもりをさがしに出かけたこと。そして最後に、オードリーが地下室から消えたことと、自分がアーサーを追って、コウモリたちと会うために屋根《やね》裏《うら》へのぼったこと。

「コウモリたちはおいらを連《つ》れて、屋根の穴《あな》から舞《ま》いあがった。夜空へ飛《と》びだして、いくつもの塔《とう》や丘《おか》をめぐったんだけど、ほんとにすごかった。それからコウモリたちが、疲《つか》れたから川に落とすといって、おいらをおどかしたんだ」

「で、ここに墜落《ついらく》したと」トマスがあとを引きとった。「ふむ、なかなかおもしろい話だな、トウィット君。考えさせられるよ」

「なにを？」

船乗りネズミはパイプをふかし、顔のまわりにただよう青い煙《けむり》をとおして、ぼんやりとトウィットを見つめた。「世の中が動いているんだよ、相棒《あいぼう》。おれはすこしまえからそれを感じていた。ものごとのありようが変化《へんか》している。それもあって、今夜は甲板《かんぱん》に出ていた。おちつかなかったんだ、嵐《あらし》が来るときにはにおいでわかるから」

「そんなときは、みんな安全な家のなかにいられればよかったのに」トウィットはむっつりといった。

「だが、それはおれたちにはどうしようもないだろう？　いまのところは」トマスは立ちあがり、せかせかとあたりを歩きまわった。「なにかが起きている――なにかよくないことが。せっかくの隠居暮《いんきょぐ》らしだというのに！」トウィットに顔をむけて、暗い声でつづける。「おれはたくさんの場所をめぐってきた。ふしぎな土地を見たし、ふしぎな生き物にも出会った。異国《いこく》の神々《かみがみ》を目にし、それを信《しん》じる者たちが夜中に打ち鳴らす太鼓《たいこ》の響《ひび》きを耳にした。遠いインド諸国《しょこく》からの船に乗り、香辛料《こうしんりょう》のベッドで寝《ね》たこともあるが、二度と味わえないほどすばらしい寝心地《ねごこち》だった。

東洋で道にまよったときには、奇怪《きかい》な仮面《かめん》をかぶり、特殊《とくしゅ》な力をもつという風変《ふうが》わりなネズミたちと出会った――ほんとに力がありそうだったよ。だが……」トマスはことばを切り、考えこんだ。

「だが、ここで起きているような事態《じたい》に出くわしたことはいちどもない。下水道にひそむ生ける神、世界のどこにもいないほど腹黒《はらぐろ》い悪魔《あくま》。だれもが、例外《れいがい》なくやつをこわがっている。ドブネズミやネズミだけではなく、グリニッジ公園のリスさえ、やつのことを口にしようとはしない。しっぽが落っこちるほどおそろしいうわさも聞いた。冷酷《れいこく》とか残忍《ざんにん》なんてことばじゃぜんぜん足りないんだ。やつはこの土地をけがし、いまなにかをたくらんでいる」トマスはパイプを棚《たな》にとんと打ちつけた。「それがなんなのかを突《つ》き止めるときがきたんだ。やってやろうじゃないか！」

船乗りネズミはすっかりその気になっていた。「長いあいだぶらぶらしすぎた――おまえさんはちょうどいいときに来たんだよ」

トウィットは鉢《はち》のラム酒《しゅ》を飲みほした。「どうするつもり？」相手の勢《いきお》いにひっぱられて、こちらも興奮《こうふん》した声になっていた。

「やつがなにをたくらんでいるか突き止めるんだ！」

船乗りネズミは、トウィットを船首像《せんしゅぞう》の外へとせきたて、ロウソクを消してからあとにつづいた。

「どこへ行くの？」トゥィットはたずねた。「船の側面《そくめん》を這《は》いおりるしかないのかな？」そのむずかしさは身にしみていたので、もういちど挑戦《ちょうせん》したいとは思わなかった。

「下水道へはいるんだよ、相棒《あいぼう》」トマスがこたえた。「心配するな——おまえさんがさっきとおったのより楽な道があるから」先に立って、ならんだ船首像《せんしゅぞう》のあいだを引き返し、金色の冠《かんむり》をいただく王の彫刻《ちょうこく》のまえで足を止めた。

「海の神、ネプチューンだ」船乗りネズミが、彫刻を見あげているトゥィットにいった。「だが、都合《つごう》のいい門番でもある」

彫刻をまわりこんだところで、トマスは、王の影《かげ》に隠《かく》れている小さな穴《あな》をしめした。トマスはその穴を苦労《くろう》して抜《ぬ》けた。「こいつは日に日に小さくなるなあ」

船乗りネズミがこぼす声を聞きながら、トゥィットもあとにつづいた。穴の奥《おく》には、松脂《まつやに》のにおいがする暗い通路がのびていた。トゥィットは、この知りあったばかりのネズミについて考えていた——なんて変《か》わったやつだろう！　遠い異国《いこく》の地や、そこでの冒険《ぼうけん》について話を聞きたくてたまらないのに、下水道へ引き返そうとしているなんて。このところ、すべての道があの下水道へつうじているみたいだ。

オズワルドとピカディリーは、オードリーの真鍮《しんちゅう》のおまもりを見つけて、ぶじに幅木村《はばきむら》へもどっただろうか。それに、オードリー——いったいなにがあったんだろう？　罪《つみ》の意識《いしき》が胸《むね》をちくりと刺《さ》した。オードリーがまだ見つかっていなかったのに、コウモリたちと出かけてよかったたん

いるにちがいない。また仲間が消えたと心配していて、

だろうか？　気《き》の毒《どく》なアーサーは、とっくに広間へもどっていて、また仲間が消えたと心配しているにちがいない。

「もうじきだぞ」トマスが暗闇《くらやみ》のなかから声をかけてきた。

行く手に銀色の月明かりがあらわれ、ネズミたちはカティー・サーク号の外へ出た。

「このはしごをくだるだけだ」トマスが説明《せつめい》した。

ふたりはやすやすとそれをやりとげて、すぐにコンクリートの上におり立った。背後《はいご》にそびえる船は、優雅《ゆうが》で見事な姿《すがた》をしていた。

「ああ、じつに美しい」トマスがうなずいた。「ときどき、真夜中に、こいつは本音《ほんね》をもらすことがある。暖《あたた》かい一日のあとで材木《ざいもく》がちぢんでいるだけかもしれないが、年老《としお》いた女がため息をついたりすすり泣《な》いたりしているのが聞こえるような気がすることがあるんだ」

トマスは船を支《ささ》えている鉄の柱を指さし、怒《おこ》った声でいった。「見ろ。脇腹《わきばら》に槍《やり》を突《つ》き立てられて！　二度と海をわたることができないんだぞ。泣くのもむりはない——当然《とうぜん》のことだ」

トマスは手をのばし、やさしく船をなでた。それから、ぶるっと体をふり、トウィットをコンクリートのくぼみのわきのほうへとみちびいた。くぼみの底《そこ》には排水溝《はいすいこう》があり、それをたどっていくと、やがて壁《かべ》の格子《こうし》にたどり着いた。

トウィットは不安を感じてあとずさりした。「鉄格子だ！」声がつかえた。

トマスがふしぎそうな目をむけてきた。「ああ、鉄格子だよ——ごくありきたりの」

トウィットは首をふった。「鉄格子《てつごうし》はやつのところへつうじている！　邪悪《じゃあく》な扉《とびら》だ、こんなふうにどこへでもあらわれるなんて」

トマスはなるほどという顔をした。「ははあ、幅木村《はばきむら》にも同じようなものがあるんだな」

野ネズミは頭をかきむしった。「ちがう、あっちの鉄格子《てつごうし》には木の葉《このは》なんかの模様《もよう》がついてる。だけど、やっぱり同じなんだ——その奥《おく》に邪悪《じゃあく》なものがひそんでる感じがするだろ？」

トマスもそれは認《みと》めるしかなかった。格子から流れだす空気が、トマスの不安をかき立て、気味《きみ》悪くささやきかけてくる。ジュピターの王国が成長して、その力がひろがっていることを、いまはじめて感じた。

「そこの空気は魔力《まりょく》でいっぱいなんだ」トウィットはささやいた。「悪い考えがわきあがってきて、ひどく腹《はら》が立ってくる」

アーサーがおかしくなっていきなり怒《おこ》りだしたことを、トウィットは忘《わす》れていなかった。

トマスは毛の帽子《ぼうし》をぐいと引きさげた。「おれはだいじょうぶだ。ほかの連中《れんちゅう》はやつの話になるとかたく口をとざしてしまう。だが、おれはやつをこわがったりはしない！　生まれてこのかた、おおぜいのドブネズミたちといっしょに航海《こうかい》してきたから、あいつらのことはなにもかも知りつくしているんだ！　顔に一発くらわせてやれば、反抗《はんこう》しようなんて気は失《う》せる。声をひそめてこそこそするのはうんざりなんだよ——やつの名前も口にできないなんて。姿《すがた》を見たものさえいないいんだぞ！　たとえ、みんながいうように頭がふたつあるおそろしい姿をしているとしても、おれはへっちゃらだ。いろんなものを見てきたからな。おれの友だちは、三列にならんだするどい歯をもつ魚に生きたままくわれた。おぼれるネズミの悲鳴を聞いたこともあるし、スペインのネズミと命がけで戦《たたか》ったこともある。下水道のドブネズミくらいで、トマス様がおじけづくわけがないんだ」船乗りネズミは頭をのけぞらせ、大声で叫《さけ》んだ。「**ジュピター！**」

その声はコンクリートのくぼみのなかでわんわんと響《ひび》きわたった。トマスはため息をつき、弱々しく笑みをうかべた。トウィットが、気のふれた相手を見るような顔をしていたのだ。

「こうでもしないと、やってられないんだよ。ひそひそ声ばかりだと気がめいる。『しーっ、静《しず》かにしないとやつの呪《のろ》いがふりかかるぞ』とかいってな。ばかげてる！　行動を起こすときだ。さあ行こう、相棒《あいぼう》。この鉄格子《てつごうし》を抜《ぬ》けて、なにか役に立つ情報《じょうほう》を仕入《しい》れるんだ」

トマスは、格子の広いすきまを抜けて姿《すがた》を消した。トウィットはためらった。この隠居《いんきょ》した船乗りのことはなにも知らないにひとしい。じつは古い水差《みずさ》しなみに壊《こわ》れているのかもしれないし、トウィットがこれまでに会ったネズミには、ああいうふるまいをするものはひとりもいなかった。それなのに、いっしょにいると、心配ごとがみんなどこかへ行ってしまうような気がする。大胆《だいたん》不敵《ふてき》で、頼《たよ》りになる相手なのはまちがいない。トウィットは早くも、この船乗りネズミのことをすっかり気に入っていた。最後《さいご》にもういちど、鉄格子に疑《うたが》いの目をむけてから、トウィットは船乗りネズミのあとを追った。

ふたりは排水溝《はいすいこう》に沿《そ》って小走りに進んだ。トマスはずんずん足をはこびながら、かならずジュピターのたくらみを突《つ》き止めようと決心していた。そのうしろを、トウィットが置《お》いていかれまいと走る。外にひとりでいるよりは、ここでトマスといっしょにいるほうがましだった。

「どこへつながっているの？」トウィットはおずおずとたずねた。

トマスは足を止めず、ふりむきもせずにこたえた。「ジュピターの祭壇《さいだん》の近くの、ドブネズミたちの住みかだ。においがきついから用心しておくんだぞ、相棒《あいぼう》」

排水溝《はいすいこう》を抜《ぬ》けた先は下水道で、ふたりは足場の上をさらに進んだ。

押《お》し寄《よ》せてくる力がだんだんと強まっていた。おとずれるものをはねつけ、その心につかみかかり、はらわたをゆさぶって不安をかきたてる力。トウィットは、こわいというより、とまどっていた。理由もなくパニックを起こすタイプではないのだ。

「感じる？」トウィットは、ようやくトマスにたずねてみた。

「やはり魔力《まりょく》だな」トマスがこたえた。「やつは、せんさく好《ず》きな訪問者《ほうもんしゃ》がこの下水道をかぎまわるのが気に入らないんだ。なぜだろう？　しっ、あれが聞こえるか？」

トマスが片手《かたて》を耳にあてた。トウィットも耳をすました。

ほんのかすかな、遠い歌声——たくさんの声が単調《たんちょう》で悲しげな歌をがなっている。

「なんだろう？」トウィットはいった。

船乗りネズミにもよくわからなかった。「歌声がどこから来ているのか突《つ》き止めよう」

ふたりはその陰気《いんき》な音のするほうへと進んだ。トウィットはそんな悲痛《ひつう》な声を聞いたことがなかった。コウモリたちと飛《と》びながら聞いた音楽は、悲しげではあったが美しかった。これはただみじめなだけだ。絶望《ぜつぼう》の賛歌《さんか》のように気をめいらせる。

歌の出どころはそれほど遠くなかった。葬送歌《そうそうか》があたりに響《ひび》きわたっていた。ことばを聞きとることはできなかったが、その調子はあきらかだった――退屈《たいくつ》、悲嘆《ひたん》、そして苦《にが》い憎悪《ぞうお》。

「祭壇《さいだん》の部屋《へや》が近いんだろう」トマスがいった。「こっそりそばへ行って、なにが起きているのか見てみよう」

壁《かべ》に穴《あな》があり、声がそこから流れだしていた。トマスはその穴にもぐりこみ、トウィットも手を借りてあとにつづいた。

短いトンネルだった。右へぐっとまがって、十歩ほど進むと急に行き止まりになっていたが、左側《ひだりがわ》のセメントがくずれて、ほそい光のすじが射《さ》しこんでいた。

トマスがのぞき穴に目をあてた。「たまげたな」信《しん》じられないというように息をつく。「あいつら、いったいなにをやってるんだ？」

トウィットがつつくと、船乗りネズミが体をもちあげてくれた。小さな穴をのぞきこみ、思わず息をのんだ。

見えたのは、幅《はば》も高さもある一本のトンネルで、その床《ゆか》は、トウィットたちがのぞいているちっぽけな穴のはるか下にあった。そこはドブネズミでいっぱいだった。

うすよごれた、みにくいドブネズミたちが、大きな顔をゆがめ、全身から汗《あせ》をしたたらせていた。トウィットは鼻をおおった。すべてのドブネズミが、せっせと作業《さぎょう》をしながら歌をがなっていた。作業《さぎょう》のテンポをあわせるための労働歌《ろうどうか》だ。歌詞《かし》のほうは、じわじわ死んでいくとか、のどを切り裂《さ》くとか、毛皮をはぐとか肉を焼《や》くとかいった内容《ないよう》だった。

どのドブネズミも、なにかしら道具を手にしていた。古びたスプーン、とがった金属片《きんぞくへん》、穴《あな》を掘《ほ》れるものならなんでもだ。この大きなトンネルを掘り抜《ぬ》いたのは、こいつらだったのだ。ドブネズミの大群《たいぐん》は全力で穴掘《あなほ》りにとりくんでいた。なかには、血のにじむ爪《つめ》で地面をひっかいているものもいた。

年老《としお》いた、あまり役に立たないドブネズミたちは、骨張《ほねば》ったきゃしゃな背中《せなか》にくくりつけた袋《ふくろ》や缶《かん》で、よたよたと土をはこびだしていた。

そこは、休みなくつづく奇怪《きかい》な産業活動《さんぎょうかつどう》の中心地だった。作業のペースは、もっとも若《わか》く力があるものにあわせられていて、ほかのものはそれにしたがうしかなかった。年老いた一匹《ぴき》のドブネズミが、苦労《くろう》して重い袋を引きずっているのが見えた。ずいぶん長いあいだ眠《ねむ》っていないのはあきらかだったし、食事をとっているかどうかもあやしいものだった。休憩《きゅうけい》のときには、全員がいっせいにあたえられた食べ物に殺到《さっとう》するから、力の弱いものは、ほかのものが食べおえたあとで骨をしゃぶることができれば運がいいほうなのだろう。

年老いたドブネズミが、袋を引きあげて背中にかついだ。耳はたれ、目は血走っていた。袋の重さにふらつきながら、二、三歩進んだところで、心臓《しんぞう》が破裂《はれつ》した。そしてばったりと地面に倒《たお》れこんだ。だれも助けようとはしなかった。老いたドブネズミはぜいぜいとあえぎ、うきあがったあばらを上下させている。ドブネズミは苦《く》痛《つう》に顔をゆがめたまま、ゆっくりと目をとじて、声は作業場《さぎょうば》のやかましい騒音《そうおん》にのみこまれた。口をあけて、なにかいおうとしたが、二度とひらくことはなかった。

「やつらは仲間をあんなふうにあつかうんだ」トマスが、トウィットの耳もとでささやいた。

べつの老《お》いたドブネズミが、倒《たお》れた仲間にはあまりにも重荷《おもに》だった袋《ふくろ》をとりあげた。足もとに横たわる痛《いた》ましいしわくちゃの体を見おろし、冷《つめ》たい笑《え》みをうかべた。そして、あおむけになった表《ひょう》情《じょう》のない顔につばを吐《は》きかけ、じゃまな死体をわきへ蹴《け》とばした。

トウィットは、目のまえでくりひろげられる光景《こうけい》にげっそりして目をそらした。そして、トマスに顔をむけた。「なんのために穴《あな》を掘《ほ》っているのかな？」まったく意味のない行為《こうい》に思えた。

「むろん理由はあるさ！　ジュピターがなにかたくらんでいるんだろう」トマスはじっと考えこんだ。「宝物《たからもの》かもしれない。あるいは、とんでもない話だが、なにか強い魔力《まりょく》があるものを掘りだして、さらに力をつけようとしているのかもしれない」

目をとじて、ゆっくりとむきを変《か》える。ひげがピクリと動いた。「おれの方向感覚《かんかく》が正しければ、いや、いつだって正しいんだが、やつらが掘っているトンネルは公園の下をまっすぐつっきっているはずだ。このままいくと、じきにブラックヒースの地下にたどり着く。ジュピターはそこでなにをしようというんだろうな」

トマスは、トウィットの肩《かた》に腕《うで》をまわした。「こんな地下道は出て、さわやかな空気のなかを歩くとしよう。ジュピターのもくろみを突《つ》き止めないと」

ふたりのネズミは、ゆっくりした歌声を背《せ》に、ほそいトンネルをはなれた。

8　白と灰色《はいいろ》

　これよりまえ、オードリーがトウィットといっしょに地下室で待っていたとき、オズワルドとピカディリーは、なくなった真鍮《しんちゅう》のおまもりをさがして下水道の奥《おく》へとがむしゃらに走っていた。オズワルドがせかせかと先を進むと、ピカディリーもすぐに追いついた。

「待てよ」ピカディリーは呼《よ》びかけた。「そんなにあわてるな。ちょっと待てってば」ぐいとマフラーをひっぱって、オズワルドを引き止める。

　オズワルドのピンク色の目は、興奮《こうふん》でまんまるになっていた。「もうそんなに遠くない」あえぎながらいう。「占《うらな》い棒《ぼう》を見てよ。こんなにピクピク動いてる」

「かもしれないが、奥まで来すぎた」ピカディリーはトンネルをじっと見つめた。アーチ形の天《てん》井《じょう》から水がしたたり落ちて、ピチャンと大きな音が響《ひび》きわたった。「ここはもう、まえにとおったところじゃないぜ」目にかかった髪《かみ》をはらいのけ、背後《はいご》のトンネルをふりかえる。「道順《みちじゅん》はおぼえていられると思うけどな」

「じゃあ、先へ進むの？」オズワルドがたずねた。

ピカディリーはうなずいた。「あたりまえだろ！　よし、白んぼ、先導《せんどう》してくれ」

オズワルドはせきばらいをした。自分がみんなとちがっていることを思い知らされるのはいやだった。幅木村《はばきむら》の友だちなら、〝ピンク目〟、〝色なし〟、〝変《か》わり者〟、〝白んぼ〟といったことばは、意識《いしき》して使わないようにしてくれる。

ピカディリーは耳をいじくった。オズワルドの反応《はんのう》を見て、唇《くちびる》をかんだ。「悪かった、オズワルド。そういうつもりでいったんじゃないんだ、ほんとに。それに、白はおまえによく似合《にあ》ってるよ」

オズワルドはなんとか笑《え》みをうかべた。「いや、ぼくの姿《すがた》のことはどうでもいいんだ」ため息をつく。「まわりのみんなの態度《たいど》がいやなんだよ。背《せ》が高くておかしな目をしているだけなのにさ。でも、いちばん傷《きず》ついているのはかあさんだ。しょっちゅうぼくのことを悲しそうな目で見ている」

「どういうことだ？」

オズワルドはまゆをひそめて、適当《てきとう》なことばをさがした。「つまり、かあさんがぼくを愛《あい》しているのはよくわかってるんだけど、ときどき、どうしても感じてしまうことがあるんだ。かあさんがぼくを……恥《は》じているんじゃないかと」

「そんなはずないさ」

「きみはかあさんのことを知らないから」オズワルドは静《しず》かにいった。「ぼくがかあさんの理想《りそう》の息子《むすこ》じゃないことはわかってる……いや、ほんとなんだ」ため息をつき、ぼんやりと足もとを見おろす。それから、みじめにすわりこみ、うめくようにいった。「ときどき、かあさんがぼくのことを不快《ふかい》に思っていると感じることがある。ぼくは、はずれ者なんだよ」

こんどはピカディリーがせきばらいをする番だった。オズワルドからこんなふうに感情《かんじょう》をぶつけられて、とまどっていた。町では、こういう打ち明け話をされたことなどなかったので、どうすればいいのかまるでわからなかったのだ。ピカディリーはちょっともじもじしてから、白いネズミのとなりに腰《こし》をおろした。

「できるだけ早くオードリーのおまもりを見つけないとな」ピカディリーは話題を変《か》えて、オズワルドを悲しい気分からひっぱりだそうとした。「下水道は、もう死ぬまで来なくていいってくらい満喫《まんきつ》した。オードリーはなんでこんなところへ来たのかな?」

ピカディリーは頬《ほお》づえをついて、アルバートと出会ったときのことを考えた。もうずっとまえのような気がする。アルバート・ブラウンには好意《こうい》をもっていた。知り合ってからのわずかな時間で、ふたりのあいだにはかたいきずなが生まれたのだ。ジュピターの部屋《へや》での、あの最後《さいご》の瞬間《かん》を思いだして、ピカディリーは身ぶるいした。

目をとじて、なんとかアルバートを救《すく》うことはできただろうかと、もういちど考えてみた。何度も何度も思いかえしてきたのだ。あのときなにか声をかければ、アルバートがジュピターのひとりごとを聞きにいくのを止められたのではないか、あるいはもっと注意していれば、モーガンが忍《しの》びよっていることに気づいたのではないか。いや、考えたところでしかたがない。アルバートは死んだのだし、いまなにをしようがそれは変《か》えられない。ああしていれば、などとどれだけ考えたところで、なにも変わらないのだ。オードリーがおれのことばを信《しん》じてくれたらいいんだが。はじめて会ったときから気に入ったのに、あんなふうに憎《にく》まれてしまうなんて。ああ、なにもかもめちゃめちゃだ！

「さあ、オズワルド！」ピカディリーは決然《けつぜん》としていった。「オードリーの真鍮《しんちゅう》を見つけて、さっさとここからずらかろう」

オズワルドはうなずいた。ふたたび占《うらな》い棒《ぼう》をとりあげて、身じろぎひとつせずにたたずみ、なくなった真鍮のおまもりに意識《いしき》を集中しながら、あらためて震動《しんどう》に身をまかせた。占い棒がピクピクと動きはじめた。

「うん、正しい道を進んでる」オズワルドはいった。

ふたりは足場に沿《そ》ってきびきびと歩きだした。しばらくのあいだ、がらんとしたトンネルを静《しず》かに進み、占い棒がべつの方向をしめすたびにそちらへまがった。ピカディリーはオズワルドに先導《せんどう》をまかせた。暗闇《くらやみ》では白ネズミのほうがよく目がきくからだ。

突然《とつぜん》、オズワルドがきゃあと叫《さけ》んで倒《たお》れた。すぐうしろにいたピカディリーも、気がついたときにはぬれた足場の上で腹《はら》ばいになっていた。

「どうした?」ピカディリーはうろたえながらたずねた。

「ごめん」オズワルドが急いでいった。「足もとを見ていなかったから、ほら、そこの木片《もくへん》につまずいちゃったんだ」

緑色の、しめってふくれた厚板《あついた》が、ふたりのうしろにぺたんと横たわっていた。ピカディリーは、いいから気にするなといって、さっさと相棒《あいぼう》を黙《だま》らせた。オズワルドはあやまりすぎだ。ところが、白いネズミはすぐにまた足を止めた。

「あれはなに?」オズワルドがふいにささやいた。

「あれって?」ピカディリーにはなにも聞こえなかった。

オズワルドは首をかしげて耳をすまし、小声でいった。「ほら」

前方からかすかにドドッという音が聞こえてきた。だんだんと大きくなってくる。

「うへっ」ピカディリーはかすれた声でいった。「ドブネズミたちのおでましだ」

オズワルドは手を口にあてて叫《さけ》んだ。「どうしよう?　どうすればいい?」

「おちつけよ」ピカディリーはなだめた。「まだこっちには気づいていない。ばれないようにしろよ」

オズワルドはうなずき、口から手をはなしたが、パニックを起こすまいとしても、おさえつけた悲鳴が何度も腹からせりあがってきた。

ピカディリーは自分がオズワルドにいったとおり、おちついて考えようとした。ドブネズミたちが――音からするとかなりおおぜいだ――いまあの角をまがってきたら、ピカディリーたちは隠《かく》れる場所もないまま見つかってしまう。まちがいなく追いかけられるだろうし、こんどはまえほど運がよくないかもしれない。やはり、なんとかして身を隠し、ドブネズミたちをやりすごさないと。ピカディリーはオズワルドの手をつかみ、下水道をあともどりしはじめた。

「壁《かべ》の穴《あな》かくぼみをさがすんだ――なんでもいい」ピカディリーは指示《しじ》した。

「でも、そんなのどこにもなかったじゃないか」オズワルドは反論《はんろん》した。

「黙《だま》ってさがせ！」

ふたりはレンガの壁を必死《ひっし》になって手さぐりした。オズワルドはあわてるあまり、両手をひどくすりむいてしまった。それでもだめだった――ひび割《わ》れひとつなかった。

ピカディリーは肩越《かたご》しにちらりとふりかえった。ドブネズミたちの重い足音はすぐ近くに迫《せま》っていた。角のむこうがぼうっと明るくなった。たいまつをもっているんだ！ これではどうやってもドブネズミたちからのがれることはできない。どこに隠れようと、たいまつで照《て》らしだされてしまう。

かたわらのオズワルドは、とてもありえないほど大きく目を見ひらいていた。ごくりとつばをのみ、両手につかんだ占《うらな》い棒《ぼう》をとり落とした。

ピカディリーはじりっとあとずさり、最期《さいご》のときを待った。オズワルドは両手に顔をうずめたまま、がたがたとふるえていた。なにかがピカディリーの足にふれたかと思うと、かかとに木のとげが刺《さ》さった。

「いてっ」ピカディリーは足もとを見おろした。さっきつまずいた木の板《いた》だ。怒《いか》りにまかせて蹴《け》とばしたとたん、とっぴな考えがうかんだ。

いまやドブネズミたちの足音はやかましいほどで、ゆれるたいまつの光は明るさを増《ま》していた。すぐにも角をまがってくるはずだ。

ピカディリーはすぐさま木の板をつかみあげた。そして、オズワルドにもこれをつかめといって、下水道のまんなかめがけて駆《か》けだした。

オズワルドがなにが起きたのかと思ったときには、ふたりは下水道の足場から身をおどらせていた。バシャン！　黒々とした水がふたりをのみこんだ。

ドブネズミたちがどたどたと角をまがってきた。二十匹《ぴき》が押《お》しあいへしあいしながら走っていた。燃《も》えるたいまつを、みにくい頭の上に高くかかげている。ぎょっとする光景《こうけい》だ。赤い目が火明かりのなかで輝《かがや》き、飢《う》えと憎《にく》しみにぎらついていた。みんなよごれて汗《あせ》だくだ。かさぶただらけのものもいれば、けんかのあげく毛皮がはげてしまったものもいる。先頭にいるドブネズミは、片方《かたほう》の目に眼帯《がんたい》をつけていた――片目のジェイクだ。

モーガンは、しばらくまえから、ジェイクがなにかもめごとを起こすのではないかと注意していた。あいつはうぬぼれが強くて自分のことしか考えない。いずれは高い地位《ちい》を狙《ねら》うタイプのドブネズミだ。いまのうちに手をまわして、ジェイクが朝になっても目をさまさないようにするべきかもしれない。仲間たちのあいだでジェイクの人気が急激《きゅうげき》に高まっているのが、モーガンには心配だった。ジュピターの副官《ふくかん》という立場があぶなくなってしまう。むろん、この件《けん》についてはは自分でなんとかするしかない――だれも信用《しんよう》はできない。しかも、急がなければ。ジェイクのほうが若《わか》くて体力もある。そう、あいつが眠《ねむ》っているあいだに首をしめるのだ。いや、あの見苦しいのどを切り裂《さ》くほうがいい。

だがそのジェイクは、仲間たちといっしょに笑《わら》ったり歓声《かんせい》をあげたりしていた。ジュピターからじきじきに、下水道にいるネズミを一匹残《ぴきのこ》らず連《つ》れてくるよう命じられていたのだ。もしも下水道で見つからないときは、鉄格子《てつごうし》まで出むいて、ネズミの娘《むすめ》と、町から来た〝灰色《はいいろ》〟をとらえてかまわないという許可《きょか》もうけていた。ジェイクはふくみ笑いをしながら、祭壇《さいだん》の部屋《へや》で見たモーガンの氷のように冷《つめ》たい目つきを思いだした。やつは支配力《しはいりょく》を失《うしな》いかけている。最近《さいきん》は王にもうとんじられ、すっかり落ち目だ。ジェイクはうれしそうにクックッと笑った。そうさ、じきにあのコーンウォール出のドブネズミにとってかわってやる。こっちはのぼり調子だ。

ジェイクはごきげんだった。しばらく穴掘《あなほ》りから解放《かいほう》され、使命まであたえられたのだ。朝食用のネズミもつかまえられるかもしれない。

ドブネズミの群《む》れは、下水道の足場をぎっしりと埋《う》めて、下劣《げれつ》な歌をうたいながら走っていた。だれもが元気いっぱいだった。

そのずっと下では、オズワルドが空気をもとめてあえぎ、水をばしゃばしゃと跳《は》ねちらかしていた。かなりの量の水を飲んでしまい、そのひどい味にゲーゲーとむせていた。

ピカディリーはすでに木の板《いた》に這《は》いあがり、ぷかぷかと水面にうかんでいた。両手で水をかいて、オズワルドがもがいているところへ近づいていく。

頭上では、ドブネズミたちがたいまつをふりかざしていて、荒《あら》い鼻息や笑《わら》い声も聞こえていた。騒《さわ》ぐのに夢中《むちゅう》で水面に目をむけないでいてくれるといいのだが。

オズワルドの頭がまた水中に消えた。ピカディリーは、冷《つめ》たくて深い水のなかに手をつっこみ、友だちのマフラーをつかんだ。それを思いきりひっぱると、オズワルド自身もゲホゲホとせきこみながら水面にとびだしてきた。

そのまま即席《そくせき》のいかだに引きあげてやると、ずぶぬれのオズワルドは、板の上で壊《こわ》れた人形のようにぐったりと横たわった。オズワルドがせきこむたびに、いかだがゆれて、水がばしゃばしゃとへりを越《こ》えてきた。ピカディリーは、いかだが沈《しず》むのではないかと心配しながら、ドブネズミたちにこの音を聞かれませんようにと祈《いの》った。そして、もういちど上へ目をむけた。

ドブネズミたちはまだそこにいた。なぜだ？　こっちを見つけたのか？　いや、ドブネズミたちはあいかわらず走っている。そのとき、なんともがっくりくることに、下水が上にいるドブネズミたちと同じペースで流れていることに気づいた。ピカディリーはうめき声をあげた。ここまでは運がよかった。ドブネズミたちは下の流れに目をむけようともしない。が、そのうち一匹《ぴき》くらいは下を見るだろう。だれでも知っているとおり、ドブネズミは泳ぎが得意《とくい》なのだ。

オズワルドの呼吸《こきゅう》がおちついてきた。のみこんだ水はできるかぎり吐《は》きだしていた。ごろりとあおむけになり、気持ち悪そうにげっぷをした。

「何週間も寝《ね》こみそうだ」オズワルドはむっつりといった。

ピカディリーは唇《くちびる》に手をあてた。「静《しず》かに！」小声でいって、上を指さす。

オズワルドはゆっくりと状況《じょうきょう》を理解《りかい》し、「そんなあ」と泣《な》き声でつぶやいた。

「泳げるのかと思ったんだ」ピカディリーは静かにいった。「すまん」

「いいよ、気にしないで。きみのすばやい判断《はんだん》がなかったら、いまごろはふたりそろって毛皮をはがれていたはずだ。もどったらオードリーにそう伝《つた》えるから」

「もどれたら、だろ」ピカディリーは疑《うたが》わしそうに訂正《ていせい》した。

「そんなこといわないでよ。ここまではうまくやってるじゃないか」

「どうかな。さがしものはまだ見つかっていないだろ？　おまけに、おっかないドブネズミの群《む》れにくっついて流れている」

「それだけじゃないよ」オズワルドはみじめな声でいった。「占《うらな》い棒《ぼう》を落としちゃった！　もう真鍮《しんちゅう》のおまもりは見つけられない」

「やれやれ。困《こま》ったことになったな」

ふたりは、なさけない顔で口をぽかんとあけて、ドブネズミたちが走る足場を見あげた。

「よう、ジェイク」一匹《びき》のドブネズミがリーダーに呼《よ》びかけた。「ネズミをつかまえたら、そいつをどうするんだ？」

「おれが血まみれの骨《ほね》に変《か》えてやるさ」べつのドブネズミがぎゃあぎゃあといった。

「それでいいんですか、ジェイク？」

「好《す》きにしろ、フレッチ。ただし、おれのぶんも残《のこ》しておけよ」ジェイクが叫《さけ》びかえした。ほかのドブネズミたちはおおよろこびをして、下卑《げび》た笑《わら》い声をあげた。

「血のしたたる肉づきのいい脚《あし》」

「おれは耳だ。ううっ、カリカリに揚《あ》げたら最高《さいこう》だぜ！」

「頭をゆでてグレービーソースをつくるんだ！」

「目玉は腐《くさ》りかけた脂《あぶら》に漬《つ》けこもう」

「そうそう、あれはうめえよな」

「もっと速く走れねえのか？」

いかだに乗ったネズミたちは、このやりとりを聞いてぞっとした。オズワルドはどのみち聞くまえからふるえていた。全身ずぶぬれで寒かった。水が骨までしみこむようだった。幅木《はばき》村へぶじに帰り着けたとしても、悪寒《おかん》とくしゃみに悩《なや》まされながら何週間も寝《ね》こむことになるだろう。

「忘《わす》れるなよ、野郎《やろう》ども」ジェイクがいった。「ネズミの娘《むすめ》と〝灰色《はいいろ》〟だけは、勝手に食《く》うんじゃねえぞ」

ほかのドブネズミたちのあいだから不満《ふまん》の声があがった。「そりゃねえよ！」

ジェイクはそれでも警告《けいこく》した。「足の爪《つめ》ひとつ手をつけるな！　この命令《めいれい》を出したのはおれじゃねえ。闇《やみ》の王だ。陛下《へいか》のご機嫌《きげん》をそこねたくはねえだろう？」

ドブネズミたちはぶつぶついいながら首を横にふった。

「そういうことだ。ほかのネズミはおれたちのもんだ。だが、さっきいった二匹《ひき》は、まず王のところへ連《つ》れていく。わかったな？　娘《むすめ》と〝灰色《はいいろ》〟だぞ！」

ドブネズミたちはしぶしぶうなずいた。

オズワルドはびっくりしてピカディリーをつついた。「きみのことをいってるよ」

「それとオードリーだ」灰色ネズミはこたえた。

「たいへんじゃないか」オズワルドはつかえながらいった。「あいつら、きみをさがしにきたんだ――なんで？」

ピカディリーは首を横にふった。「さあな。ジュピターは、アルバートが立ち聞きしたことをおれも聞いたと思っていて、それを外へひろめたくないのかも」

「じゃあ、オードリーは？」

「わからないな。アルバートの娘だから、やっぱり知っていると思われているのかもしれない。ばかなかんちがいだけど」

「ジュピターが知られたくないことってなんだろう」オズワルドは考えこんだ。

「ま、おれは知らないけどな」ピカディリーは肩《かた》をすくめた。

突然《とつぜん》、オズワルドが首をしめられたような悲鳴をあげた。「たいへんだ！　あいつら、きみとオードリーを見つけるために幅木《はばき》村へむかっているんだよ」

「そうか！　くそっ、どうしたらいいかな？」

「なんとか止めないと」オズワルドは叫《さけ》んだ。あんなドブネズミの群《む》れに襲《おそ》われたら、古い空《あ》き家《や》に暮《く》らすネズミたちは大混乱《だいこんらん》になってしまう。

「でも、どうやって？　むこうは数が多い――しかも、こっちは水の上だ。あっという間《ま》にやられちまう。毛皮をはがれたふたりのネズミじゃ、なんの役にも立たない」

オズワルドはごくりとつばをのんだ。「でも、おびきよせることはできるかもしれないよ」

ピカディリーはうなずいた。とにかくなにかしなければ。

「どのくらいの速さで水をかける？」ピカディリーはたずねた。

「きみほど速くはないけど、ふたりなら簡単《かんたん》にはつかまらないよ――とにかく、しばらくのあいだは」

「じゃあやるか」ピカディリーはいった。「おまえもその気なら」

オズワルドはうなずいた。

灰色《はいいろ》ネズミは、足場を走っているドブネズミたちを見あげた。どのみち、すぐに見つかってしまうかもしれないのだ。口の両わきに手をあてて、声をかぎりに叫んだ。「おーい！　泥《どろ》んこ野《や》郎《ろう》！　きたない鼻をふくハンカチをなくしたのか？」

ドブネズミたちはびっくりして立ち止まり、あたりを見まわした。

「ウジ虫め！」ピカディリーはまた叫《さけ》んだ。「やれるもんならおれの毛皮をはいでみな！」

「そうだ……このよごれたひげ抜《ぬ》きめ」オズワルドもいったが、あまり迫力《はくりょく》はなかった。「ぼくの毛皮もはいでみろ！」

ドブネズミたちが水面に目をむけた。「あそこだ！　ネズミがうかんでるぞ！」

「待て！」ジェイクがどなった。「片方《かたほう》は〝灰色《はいいろ》〟だ。つかまえろ」

「うすのろ！」ピカディリーは叫びつづけた。

「足がくさいぞ！」オズワルドに思いつける悪態《あくたい》は、これがせいいっぱいだった。

ドブネズミたちが、たいまつをいかだにむかって投げつけた。たいまつは炎《ほのお》の槍《やり》のようにふたりをめがけて飛《と》んできた。

「逃《に》げるぞ」ピカディリーが叫んだ。ふたりは必死《ひっし》になっていかだの両側《りょうがわ》の水をかきはじめた。

さいわい、ドブネズミたちが足を止めたときも、いかだは止まらなかったので、わずかながら距離《きょり》がひらいていた。燃《も》えるたいまつは、ピカディリーたちまで届《とど》かずに落下し、派手《はで》な蒸気《じょうき》をあげて水中へ沈《しず》んでいった。

足場の上のドブネズミたちは、くやしそうにわめき声をあげた。

「下へおりろ」ジェイクがどなり、一匹《びき》のドブネズミをへりから蹴落《けお》とした。十二匹《ひき》があとにつづき、歯をぎりぎりと鳴らしながら身をおどらせた。

「見て！」十三匹《びき》のドブネズミが背後《はいご》の水面へとびこむのを見て、オズワルドが叫《さけ》んだ。「追いかけてくるよ！」

ピカディリーは頭をぐっとさげて、水をかくことに没頭《ぼっとう》した。「手を休めるな」いらいらと呼《よ》びかける。「でないと、なにもかもむだになるぞ」

「〝灰色《はいいろ》〟は生《い》け捕《ど》りにするんだ」ジェイクの声が上から聞こえてきた。「もう一匹《ぴき》はおまえたちの好《す》きにするがいい！」

すると、こんどはピカディリーのほうが、オズワルドのペースについていけなくなった。いかだを追いかけて泳ぐ十三匹のドブネズミたちは、水のなかでしっぽを怒《おこ》ったヘビのようにばたつかせていた。

足場にいるジェイクは、この追跡《ついせき》を楽しそうにながめていた。おれはこういう仕事をしたかったんだ。二度とあんな穴掘《あなほ》りにはもどるものか。ジェイクはフレッチを呼びつけた。みすぼらしい、こげ茶色のドブネズミで、黒い鼻には大きな黄色い斑点《はんてん》がならんでいた。

「水あびをしねえのか？」ジェイクは皮肉《ひにく》っぽくたずねた。

フレッチは首を横にふった。「きょうは気が乗らないんですよ、ジェイク」

「おまえはむかしから水と仲がよくねえからな」ジェイクは、相手のくさい息から顔をそむけた。「あのふたりをつかまえるなら、下にいる連中《れんちゅう》だけでじゅうぶんでしょう」フレッチはぼそぼそといった。「わたしはおそばに残《のこ》りますよ」

「なんのために？」ジェイクは疑《うたが》うようにたずねた。

「勝者につくのが好《す》きなだけです」

「おれが勝者だと思っているのか、ええ？」

「少なくとも、自分がどこへむかっているか、ちゃんとわかっているでしょう」

「で、おまえもいっしょに来たいというわけだな？」

フレッチはにやりと笑《わら》い、するどい歯のすきまからしゅっと息を吐《は》きだした。「目的地《もくてきち》はどこですかね？」

ジェイクは水面を見おろした。泳ぐドブネズミたちが小さないかだを追いあげていた。「まだ娘《むすめ》のほうをつかまえなけりゃならん。おまえたち！」足場に残《のこ》っている五匹《ひき》のドブネズミに呼《よ》びかける。「あの二匹はまかせておけばいい。こっちもネズミを見つけるとしようぜ」

ドブネズミたちは歓声《かんせい》をあげ、ジェイクは先に立って走りだした。いくつかのトンネルを抜《ぬ》けると、やがて鉄格子《てつごうし》にたどり着いた。なんともうれしいことに、さがしているネズミはそこにいた。トウィットがオードリーにいわれてアーサーを呼びに行ったとき、ジェイクは手をのばして背後《はいご》からオードリーをつかまえた。

9　運まかせ

ピカディリーはがむしゃらに手をかきつづけた。水が顔にはねて、髪《かみ》の毛がぬれたカーテンのように目のまえにたれていた。上下する腕《うで》はピストンで動く機械《きかい》のようだ。水に入れて、引いて、水から出して、もどし、水に入れて、引いて、水から出して、もどし……

ピカディリーはちらりとふりかえった。ドブネズミたちはすぐそばまで迫《せま》っていた。一匹《ぴき》は歯でナイフをくわえていた。ぎらぎらと光る貪欲《どんよく》な目と、荒《あら》い息をつくぬれた鼻がよく見えた。奇《き》跡《せき》でもなければ逃《に》げきれない。

ナイフをくわえたドブネズミが追いついて、いかだに這《は》いあがってきた。大きな爪《つめ》にひっかかれて、水上の厚板《あついた》はぐらりとゆれた。みにくいドブネズミが体勢《たいせい》を立てなおそうとしているところへ、ピカディリーがとびかかった。ドブネズミはおどろいたような悲鳴をあげて、仲間の上へあおむけに倒《たお》れこんだ。バシャンという派手《はで》な音とともに、ドブネズミたちのまわりに水しぶきがあがった。

　ピカディリーは急いでいかだ漕《こ》ぎにもどった。行く手に、下水道の壁《かべ》から突《つ》きだしたパイプの先端《せんたん》が見えてきた。あそこにとりついて、なかへもぐりこむことができるだろうか。ピカディリーはオズワルドに声をかけ、身ぶりでその計画を伝《つた》えた。オズワルドはすぐに察《さっ》して、勢《いきお》いよくうなずいた。いかだからはなれられるなら、なんだってやるさ！

　ふたりは厚板《あついた》の上で足をふんばり、倒《たお》れないようにおたがいの手をつかんだまま、ふらふらと立ちあがった。パイプが近づいてきた。

「届《とど》かないよ」オズワルドがわめいた。「高すぎる」

「だったらジャンプすればいい。準備《じゅんび》はいいか」

「だめだ、ドブネズミにつかまっちゃう」

「いち」

「またあいつがのぼろうとしてる！　ああ、ピカディリー！」

「にの」

「うひゃあ！」

「さん」

　いろいろなことがいっぺんに起こった。まず第一に、いかだがパイプの下を通過《つうか》する瞬間《しゅんかん》に、ピカディリーがジャンプした。運のよかったことに、まさにそのとき、ドブネズミが大きく口をあけてとびかかってきた。だが、いちばんのおどろきは、全員が肝《きも》をつぶすほどの荒々《あらあら》しさでやってきた。激《はげ》しい泡《あわ》やしぶきとともに、頭上のパイプから水がどっと流れだしたのだ。

ドブネズミは、あけた口で水をまともにうけて、いかだから水のなかへころげ落ちた——激流《げきりゅう》と化《か》した下水のなかへ。ドブネズミは暗い底《そこ》へ沈《しず》み、二度とうきあがってこなかった。ほかのドブネズミたちも、いきなり出現《しゅつげん》した滝《たき》に行く手をさえぎられ、その泡立《あわだ》つ波にのまれた。嵐《あらし》を目のまえにしてぎゃあぎゃあと怒《いか》りの声をあげ、ひどい悪態《あくたい》をつきながらなぐりあいをはじめた。

ピカディリーの幸運はつづいていた。パイプにはとびこめなかったが、なんとかもとのいかだの上におり立ち、そのまま新《あら》たな急流に乗って猛《もう》スピードで進みはじめた。オズワルドは必死《ひっし》になっていかだにしがみついていた。

「ははっ」ピカディリーは声をあげて笑《わら》った。「やったぜ。いやっほう！」

いかだは、わらのように流れにもてあそばれていた。ふたりにしてみれば、激流をくだっているようなものだった。

「こんなのやだよっ！」オズワルドが叫《さけ》んだ。

「とにかく、ドブネズミからは逃《に》げられたぜ」ピカディリーは楽しそうにこたえた。

まわりの水面は激しく波立っていた。

「どこへむかっているのかな？」オズワルドは目をつぶっていた。

ピカディリーは、こわがりの友だちに笑いかけてから、前方に注意をもどした。トンネルは行

き止まりになっているように見えた。「ぶつかるぞ！」

その警告《けいこく》に、オズワルドは片目《かため》をあけてから、すぐにまたぎゅっととじた。「そんなあ」声はふるえていた。

ピカディリーは考えた。なんでトンネルがいきなり終わるんだ？　水はどこへ行くんだ？

もういちど、ぐんぐん迫《せま》ってくる障壁《しょうへき》に目をこらした。水面すれすれに黒いすきまが見えた。あそこが水中に沈《しず》んでいるアーチ路のてっぺんなのだ。

「ふせろ！」ピカディリーは叫《さけ》び、オズワルドを引き倒《たお》した。勢《いきお》いよく流れる水が壁《かべ》にぶつかり、泡《あわ》まじりの激《はげ》しいしぶきをあげていた。ピカディリーは両手をぎゅっと握《にぎ》りしめ、もういちど運にまかせた。

いかだがせまいすきまへつっこんだ。

オズワルドの鼻が低《ひく》いレンガの天井《てんじょう》にこすれた。頭をわずかにかしげ、こんどは耳がこすれたりしないように注意する。

なんてところだ！　いったいどこへむかっているのか見当もつかない。ピカディリーは、水位《すいい》がこれ以上《いじょう》あがらないことを祈《いの》った。さもないとおぼれてしまう。

「こんなのもやだよ」オズワルドがもごもごといった。

「七匹《ひき》のドブネズミが足場に残《のこ》っていた」ピカディリーはいった。「あいつらが幅木村《はばき》へむかったんだとしたら、それほどおおぜいは追ってきていないはずだ」

「だといいけど」

「元気出せよ、オズワルド。おまえは英雄《えいゆう》なんだ」

「ぼくが？」

「もちろん。いずれ、おまえのことが歌になるぞ」

「ほんとに？　まさか。うーん、そうかな。あいたっ」

トンネルの天井《てんじょう》が急に低《ひく》くなり、オズワルドは鼻をぶつけて、キーキーと苦しそうに鳴いた。

「はがっ！　うー、痛《いた》いよう」

「これ以上《いじょう》、水位《すいい》があがらないといいけど。おぼれるまえに、天井にこすれてばらばらになっちまうぞ」ピカディリーはいかだの上にぴったりと腹《はら》ばいになった。

「どっちみち毛皮をはがれるんだ」オズワルドが早口にいった。「あうっ！」

流れの勢《いきお》いはおとろえず、切り傷《きず》やすり傷の数がさらにふえた。

ピカディリーたちは知る由《よし》もなかったが、ふたりがこのみじめな旅をつづけていたとき、アーサーとトウィットは古い家の広間でこれからどうしようかと考えていて、オードリーはジェイクとその仲間たちに連《つ》れ去られていたのだった。

疾走《しっそう》するいかだは、ぶつかったりこすれたりしながら、高さのない水路を抜《ぬ》けていった。

やがて、最後《さいご》にもういちど天井にぶつかってから、ネズミたちは高さのあるひろびろとしたトンネルへとびだした。

水は勢《いきお》いを失《うしな》い、そこかしこで渦《うず》を巻《ま》いていた。スピードの落ちたいかだは、ゆっくりと回転した。

ピカディリーは体を起こし、ほっとして叫《さけ》んだ。「やったぜ！」

「ぼぐのはがが」オズワルドはひりひりする鼻をなでた。「もう腫《は》れでる」

「だったら水で冷《ひ》やせばいい」ピカディリーは、オズワルドほど大きな鼻でなくてよかった、と思っていた。

「ぎだないよ」鼻づまりの返事がかえってきた。

「それしかないんだ。ほら！」

オズワルドは、そろそろと鼻に水をかけた。「ああ、まじになっだ」ため息をつく。

いかだが下水道の壁《かべ》にこつんとぶつかった。

「鼻のぐあいはどうだ？」

「うん、まだずぎずぎする。見でよ、切り傷《きず》やすり傷だらげだ」

いかだはゆらゆらと流れていた。

「そろそろこいつをおりないとな」ピカディリーはいった。

「ぞんなあ」オズワルドがすぐさま泣《な》き言《ごと》をいった。「すごぐ疲《つか》れだ。もうちょっどばっで」

「わかったから、早いとこ鼻をなおしてくれ。なにをいってるんだかよくわからない」

ピカディリーはいかだのへりから両脚《りょうあし》をたらし、ばちゃばちゃと動かしながら、ひとり静《しず》かに鼻歌をうたった。オズワルドは鼻やそのほかの傷《きず》の手あてをつづけた。ピカディリーは気持ちが軽くなり、うきうきしていた。恐怖心《きょうふしん》はすっかり消えていた。あのドブネズミたちはここまでは追ってこられない。ピカディリーは安堵《あんど》に酔《よ》いしれて、しあわせな笑顔《えがお》をうかべた。

トンネルは三本に枝分《えだわ》かれしていた。いかだは、どちらへ進むかまよっているかのように、しばらくその場でただよった。結局《けっきょく》は、ピカディリーが水のなかの足をばたつかせて、そのうちの一本へといかだを進めた。こちらのトンネルの足場は低《ひく》くて、その気になればよじのぼれるほどだった。

「いくぞ、オズワルド」ピカディリーは元気な声でいった。「いかだをおりるんだ」

オズワルドは身じろぎし、もういちどだけ鼻にふれた。ピカディリーは先に足場へあがり、ふりむいて手を差《さ》しだした。オズワルドはぶざまな格好《かっこう》で足場によじのぼった。

鼻の痛《いた》みがやわらぎ、腫《は》れもひいてきたので、オズワルドはすこしはまともにしゃべれるようになっていた。「待って、いかだはどうするの？」

「かかえていくわけにはいかないし、またここへ来ることもないんだから、もう用はないだろ」

「そうだね」オズワルドはつぶやき、木の板《いた》がゆっくりと流れ去るのを見送った。

「やらなけりゃいけないことがあるからな」ピカディリーの声は、これからピクニックに出かけるかのように快活《かいかつ》だった。「行こう、オズワルド！」

オズワルドはゆううつだった。いまどこにいるかさっぱりわからないのだ。「でも、ぼくだちになにができるの？」

「まずはじめに、ここがどこなのか調べてみよう。それから幅木村《はばきむら》へもどるんだ」

「オードリーのおまもりは？」

「だって、占い棒《うらなぼう》をなくしたんだろ？　残念《ざんねん》だな——なんとかして見つけて、オードリーのよろこぶ顔を見たかった。証明《しょうめい》になったのに」

「でも、オードリーはきみをおくびょう者だと思ったりはしないよ。どれほど勇敢《ゆうかん》だったか、ぼくがちゃんと話してあげるから」

この大きめのトンネルから、さらにいくつかの小さなトンネルが枝分《えだわ》かれしていた。ネズミたちは、あまりきたなくない一本を選《えら》んだ。

「ちょっと待って」そのトンネルへはいるまえに、オズワルドがいった。首に巻《ま》いたマフラーをはずし、ぎゅっとしぼってから、ぱたぱたとふった。

「ますます気分が悪くなるがら」オズワルドは説明《せつめい》した。

ピカディリーはため息をついた。「もう出発できるか？」

ふたりはほそいトンネルへはいりこんだ。

「こっちはそれほどにおいがひどくないな」ピカディリーはいった。

「わがらないよ」オズワルドがこたえた。「なんにもにおいがしない」

だが、そこはいままでのどのトンネルよりも乾《かわ》いていた。ぬるぬるしたものが壁《かべ》から落ちてきたり、床《ゆか》の見えないところにたまっていたりすることもなかった。

「いまどのあたりにいるのかな？」ピカディリーがひとり言《ごと》をいった。「アルバートと出会うまえに歩きまわっていたときも、こんなところに来たおぼえはないなあ」

ふたりはさらに奥《おく》へと進んだ。

「あそこのわきに穴《あな》があるよ」オズワルドが、よくきくピンク色の目で前方を見わたしながらいった。「のぞいてみる？」

穴までたどり着くと、ピカディリーはくんくんとにおいをかいでみた。「やっぱり、ドブネズミたちはめったにこのトンネルをとおらないみたいだな。だれもこの場所のことは知らないんじゃないか」

「こっちの穴は？」オズワルドはたずねた。「はいってみる？　においはどう？」

「妙《みょう》なにおいだ」ピカディリーは深く息を吸《す》いこみ、穴の空気で鼻孔《びこう》をいっぱいにして、なんとか説明《せつめい》しようとした。「カビくさいな――すごく乾《かわ》いていて、塩けもまじっているような」

「はいってみるべきかな？」オズワルドの口調《くちょう》はあやふやだった。

ピカディリーはまゆをひそめた。「へんなにおいだ。なにかを思いだすんだけど」

「海のにおいじゃないの。オルドノウズ氏《し》が、海は塩のにおいがするといってた――理由は忘《わす》れちゃったけど」

「このあたりに海なんかないだろ」ピカディリーはちゃかした。「近くに川はあるけど、それなら塩のにおいなんかしないはずだ。そうじゃなくて、もっとこう……ああ、そうか。町にいたとき、あの卑屈《ひくつ》なドブネズミたちが塩漬《しおづ》けの魚をもってるのを見たことがあった。どこで手に入れたんだろうな。どれも乾《かわ》いてもろくなっていた。ドブネズミたちはそれがなんなのか知らなかったんだ。ぺろぺろとなめては、水をほしがってあえいでいた。おれはささやかな忠告《ちゅうこく》をしてやったよ」思いだしたら笑《わら》いがこみあげてきた。

「わからないなあ」オズワルドがいった。「塩漬けの魚がなんでこんなところに？」

「においが似《に》てるといっただけだ。だれかの秘密《ひみつ》の食料置場《しょくりょうおきば》にはいりこんじまったのかもな」

冗談《じょうだん》でいったのだが、それがどれほど正しいか、ピカディリー自身も気づいていなかった。

オズワルドは体をふるわせた。「かんべんしてほしいな。ぼくたちがここにいるのを知ったら、そいつはうれしくはないだろうから」

「下水道にあるんだから、ろくなもんじゃないだろう」ピカディリーはゆっくりといった。「たぶん、ドブネズミの貯蔵庫《ちょぞうこ》だな」オズワルドに、ちらりといたずらっぽい目をむける。「肉屋を見学に行くか？」

「まさか！　ドブネズミの乾燥食品《かんそうしょくひん》なんか見たくないよ。なにがあるかわかったもんじゃないだろ。ぼくはここに残《のこ》って見張《みは》りをする」

そこで、ピカディリーは用心しながら穴《あな》の入口を抜《ぬ》けた。せまい通路の先は小さな部屋《へや》になっていて、壁《かべ》はひどくでこぼこだった。爪《つめ》と歯で掘《ほ》り抜いたのだろう。せまい部屋は、ドブネズミのありとあらゆる略奪品《りゃくだつひん》でいっぱいだった。つつみにはいったままのチョコレートビスケット。床《ゆか》にころがった、べとべとのキャンディ。隅《すみ》のほうには、黒っぽい布《ぬの》か袋《ふくろ》の大きな束《たば》。もつれてからまりあったひものかたまり。しなびた食べ物がいくつかはいった背《せ》の高いびん。そして、徐《じょ》徐《じょ》に緑色のカビにおおわれつつあるどろどろのトマト。

ピカディリーは、異様《いよう》なコレクションをながめるうち、いやな気分になってきた。ドブネズミが集めたもの――ひかえめにいっても、それはじつに風変《ふうが》わりだった。

背後《はいご》でなにかが動き、ピカディリーはさっと身をひるがえした。

「ぼくだよ」オズワルドがいった。「ひとりで外にいたくなくてさ。うえっ、へんなものばかりそろってるなあ！」好奇心《こうきしん》と嫌悪《けんお》の入《い》りまじった顔であたりを見まわす。「ほんと、ぞっとするね。げっ！」自分の足を見おろす。「なんかどろっとしたものを踏《ふ》んづけた――あのキャンディが溶《と》けて流れてるんだ」

オズワルドはぴょんぴょん跳《は》ねながら、べたべたになった足を調べた。

「あそこに布か袋みたいなものがある」ピカディリーはくすくす笑《わら》った。「とってきてやるから足をふけよ」腐《くさ》りかけたトマトをよけて、ビスケットの上によじのぼる。

オズワルドは壁《かべ》に寄《よ》りかかった。「これでもましだったのか。そのトマトらしきものに踏みこんでいたかもしれないもんね。ああ、やだやだ！　きみがいってたおかしなにおいは、これのせいかな？　ふしぎはないよね。布はまだ見つからないの？　ドブネズミの食料庫《しょくりょうこ》にいるなんて、ほんと寒《さむ》けがしてくるよ。ピカディリー？」

灰色《はいいろ》ネズミは身じろぎもせずに立ちつくし、手のなかにあるくしゃくしゃになった黒っぽいものを見つめていた。オズワルドは心配になってきた。あんなに静《しず》かなのはピカディリーらしくない。

「なんだい、それ？」オズワルドの声には、かすかな恐怖《きょうふ》が忍《しの》びこんでいた。ピカディリーの様《よう》子《す》に、なぜか不安をあおられた。「じらさないでよ」

「オズワルド」ピカディリーの声はしゃがれていた。「見てみろ」

オズワルドは足がべとべとになったことも忘《わす》れて、なにがあったんだろうと駆《か》けよった。ピカディリーが、ショックで血《ち》の気《け》の失《う》せた顔をオズワルドにむけた。目がうるんでいた。まつげがあわさって涙《なみだ》がこぼれ落ちた。

オズワルドは、わけがわからないまま、ピカディリーがつかんでいるものをおそるおそる見おろした。

それは、ピカディリーが考えていたような布《ぬの》や袋《ふくろ》ではなかった――ネズミの毛皮だ。茶色のネズミで、胸《むね》に白い斑点《はんてん》があった。耳はなくなっていた。オズワルドは、ドブネズミたちが耳をカリカリに揚《あ》げる話をしていたことを思いだして気分が悪くなった。下唇《したくちびる》がふるえた――なんてひどい！　目があったところには穴《あな》があいていて、手や足はかじりとられていた。身の毛のよだつ戦利品《せんりひん》だった。オズワルドはしくしくと泣《な》きだした。

「ぼくがまだ小さかったころに」オズワルドはしゃくりあげながらいった。「行方《ゆくえ》不明になったネズミがいたんだ。上の階《かい》に住んでいて……みんなに……みんなに〝よだれかけ〟と呼《よ》ばれてた。胸《むね》に白い斑点《はんてん》があったから」涙《なみだ》があふれてことばがつまった。

「むこうにもっとある」ピカディリーは静《しず》かにいった。「ほとんどはおれと同じ〝灰色《はいいろ》〟で、そのうち二枚《まい》は、大きさから見てドブネズミのものだ」

オズワルドは信《しん》じられないというように首をふった。「自分たちの仲間まで？　いったいどういうやつらなの？」

「ジュピターのせいだ」ピカディリーは冷《つめ》たくこたえてから、急にけわしい声でいった。「しーっ！　だれか来るぞ」

オズワルドの涙でよごれた顔に、さっと絶望《ぜつぼう》の色がうかんだ。唇《くちびる》がふるえ、いまにも悲鳴があふれだしそうになった。

ピカディリーはオズワルドのマフラーをつかみ、その体を激《はげ》しくゆさぶりながらきびしい声でいった。「聞け！　ここでなつかしの〝よだれかけ〟みたいな死にかたをしたくなかったら、おれといっしょに身を隠《かく》して、ぜったいに音をたてるな。わかったか？」

「でも、どこへ？　ここには隠れるところなんかないよ」オズワルドはまくしたてた。

「そこだ！」ピカディリーは、束《たば》になっている乾燥《かんそう》したネズミの毛皮を指さした。そして、おびえたオズワルドをそちらへひっぱっていった。

モーガンがどすどすと部屋《へや》にはいってきた。背中《せなか》に袋《ふくろ》をかついでいる。

「くそっ」モーガンはののしった。「こんどはなんだ？　なぜはるばるあんなところへ？」といって、部屋を見まわす。ここはモーガンにとって特別《とくべつ》な場所だった。腹黒《はらぐろ》い計略《けいりゃく》をねったり、ドブネズミたちからジュピターへの贈《おく》り物をかすめとってしまいこんだり、恨《うら》みつらみを吐《は》きだしたり。ここは秘密《ひみつ》の部屋であり、ほかにおとずれるものはなかった。

モーガンは袋を床《ゆか》に置《お》き、そのとなりにどすんと腰《こし》をおろした。〝闇《やみ》の王〟からブラックヒースへ行けと命じられたばかりで、そのときに持参《じさん》するものとして祭壇《さいだん》にこの袋が置かれていたのだ。どうにも気に入らない流れだった。王はなにかをたくらんでいるようだが、それがなんなのかさっぱりわからない。

モーガンは爪《つめ》をのばして、腐《くさ》りかけたトマトにずぶりと刺《さ》した。どろりとしたかたまりを、カビもろともすくいとり、それを舌《した》できれいになめとった。

「うーん」モーガンは満足《まんぞく》げにうめき声をあげた。ここはいい。自分だけのもので埋《う》めつくされた、自分だけの空間。だが、ここへはちょっと立ち寄《よ》っただけだった――炎《ほのお》のような目に監視《かんし》されることなく、ひとりで考えてみるために。なんのためにブラックヒースへ行くんだ？　この袋のなかにはなにがはいっている？

モーガンは手にしたなにかをいじくりまわした。さっき、ジェイクの手下《てした》のひとりが、ずぶぬれになって帰ってきた。パイプからほとばしった水で、ピカディリーとオズワルドを追いかけていたドブネズミたちは、ほとんどがおぼれてしまった。生き残《のこ》ったものも、責任《せきにん》のなすりあいをしたあげく、けんかをはじめた。一匹《びき》の若《わか》いドブネズミだけが、報告《ほうこく》のために祭壇《さいだん》の部屋《へや》へもどってきて、この奇妙《きみょう》なしろものを提出《ていしゅつ》したのだ。モーガンはそれを空中に投げあげて、またうけとめた――占《うらな》い棒《ぼう》だ！

モーガンはゲラゲラ笑《わら》った。あの〝灰色《はいいろ》〟を逃《に》がしたことで、ジェイクは大目玉をくらうだろう。先はそれほど長くあるまい。

あらためて、袋《ふくろ》を疑《うたが》いの目でながめた。そこにおさまっている、まるくて重いかたまりが、気になってしかたがなかった。

モーガンは歯をぺろりとなめて、ほかの宝物《たからもの》に目をむけた。その視線《しせん》が、べとべとのキャンディにとまった。ひとつをつかみ、口のなかへほうりこむ。キャンディは歯のあいだでつぶれ、ねっとりしたかたまりとなってへばりついた。モーガンは、ちっちっと音をたてながら、するどい爪《つめ》でそれをほじった。

つみあげられたネズミの毛皮の下では、ピカディリーとオズワルドが身を寄《よ》せあい、息をころしていた。塩のにおいを発していたのはこの毛皮だった。保存《ほぞん》のために、はいだばかりの毛皮に入念《にゅうねん》にこすりつけてあったのだ。あまりにも塩がきついので、ピカディリーが唇《くちびる》をなめたときにはしょっぱい味がしたほどだった。

オズワルドは目をとじていた。自分たちの置《お》かれた状況《じょうきょう》を考えるとこわくてたまらなかった。

体をつつむ死んだネズミの毛皮。それは身の毛のよだつしろものだった。手のない腕《うで》がだらんとたれてきて、そっと体にふれると、死者にくすぐられ、幽霊《ゆうれい》になでられているような気がしてくる。そう考えたとたん、オズワルドはあやうく毛皮のなかからとびだして叫《さけ》びそうになった。「ぼくはここだ！　食べるがいい！　ここにいるぞ」山積《やまづ》みの毛皮から逃《に》げだせるならどうなってもよかった。そうせずにいたのは、オズワルドの勇気《ゆうき》のあらわれだったが、首すじの毛はちくちくし、逆立《さかだ》っていた。

　ピカディリーは、死者の山からじっと外をのぞいていた。深い影《かげ》のなかでその目がきらりと光った。モーガンの姿《すがた》を見て、祭壇《さいだん》の部屋《へや》にいたやつだと気づいたのだ。アルバートをとらえたドブネズミが、みにくい顔に食べ物をはこび、黄色い歯をぺろりとなめている。ピカディリーは歯をくいしばった。モーガンを殺《ころ》しても、罪《つみ》の意識《いしき》を感じることはないだろう――この殺し屋め！　それどころか、楽しい思いができるにちがいない。

　モーガンは、隠《かく》れているネズミには気づかないまま、そろそろ出発しようと決めた。ぐずぐずしていてはまずい。ジュピターから命令《めいれい》をうけたのだから、したがわなければ。ドブネズミは袋《ふくろ》を背中《せなか》にしょって、こんな肉体労働《ろうどう》をさせられる屈辱《くつじょく》に呪《のろ》いのことばを吐《は》いた。

　モーガンは最後《さいご》にもういちどため息をついて、秘密《ひみつ》の部屋をちらりと見まわすと、切《き》り株《かぶ》のようなしっぽをひきずって、どすどすと出ていった。

　まる五分間、ネズミたちはじっとしていた。モーガンがいきなりもどってくるかもしれないからだ。紙のようにカサカサと音をたてる乾燥《かんそう》した毛皮のなかでうずくまり、待ちつづけた。オズワルドはおびえていたが、ピカディリーはもの思いにふけっていた。

隠《かく》れ場所から出るきっかけをつくったのはオズワルドだった。両脚《りょうあし》のしびれが急に耐《た》えがたくなり、もつれる足どりでどたばたと毛皮の山からとびだしたのだ。

ピカディリーのまわりに、毛皮のきれはしがばさばさと落ちてきた。その表情《ひょうじょう》はけわしく、モーガンを殺《ころ》そうという決意が秘《ひ》められていた。いつの日か、おれがあのまだらのドブネズミをしとめてやる。ピカディリーは心に誓《ちか》った。

オズワルドがようやくおちついた。ちくちくする感覚《かんかく》は消えていた。「だれだか知らないけど、いなくなってよかったよ」

ピカディリーは毛皮のなかから出て、そっけなくいった。「モーガンだ。あいつがアルバートをジュピターに差《さ》しだしたんだ」

「そうか」オズワルドは静《しず》かにいった。「気《き》の毒《どく》なブラウンさん」

オズワルドは、床《ゆか》につまれた悲惨《ひさん》な毛皮の山をちらりとふりかえった。それをかき乱《みだ》してしまったことがいやでたまらなかった。これから先、何年も悪夢《あくむ》に悩《なや》まされるにちがいない。「あの毛皮はどうしよう?」

「おれたちにできることはないよ」

「でも、お祈《いの》りくらいはできるかも」

ピカディリーはたじろいだ。「だれに祈《いの》るってんだ？　おまえのお気に入りのグリーンマウスか？　やめてくれ！　祈りなんか聞きたくない。おまえは好《す》きな話を信《しん》じるがいいさ。でもいんちきな神に祈ったところで、そいつらが生きかえるわけじゃないんだ！」

オズワルドは、ちらかった毛皮の山へ引き返し、ていねいにつみかさねた。

「うん、きみのいうとおりだ」オズワルドは静《しず》かにいった。「でも、それでみんなはやすらかに眠《ねむ》れるかもしれない——いまどこにいるにせよ」頭をたれて、両手を握《にぎ》りあわせる。

ピカディリーは顔をそむけた。オズワルドの祈りなど聞きたくなかったが、低《ひく》く静かに流れてくる祈りのことばに、皮肉屋《ひにくや》の町ネズミも思わず胸《むね》にこみあげてくるものを感じた。ピカディリーは足をそわそわと動かしながら待った。

オズワルドが祈りを終えて顔をあげ、おだやかな声でいった。「すこし気分がよくなった。みんなもそうだといいんだけど」目をしばたたき、ピカディリーの背後《はいご》をじっと見つめる。

「見て！」オズワルドは叫《さけ》び、モーガンがすわっていたところへ走った。占《うらな》い棒《ぼう》が置《お》き去《ざ》りにしてあったのだ。オズワルドはそれをつかみあげて、自慢《じまん》げにふりかざし、ぺらぺらとまくしたてた。「ほらね。グリーンマウスがぼくたちを見捨《みす》てるはずがないんだ」

「ばかいうなよ。それをもってきたのは、グリーンマウスじゃなくて、モーガンだろ」ピカディリーはやれやれと首をふった。

「とにかく、占い棒がもどってきたんだ」オズワルドは断固《だんこ》としていった。「もういちどオードリーのおまもりをさがしてみる？」

「そうだな――いまさら手ぶらで幅木村《はばき》へはもどれないし」

オズワルドはすでに占い棒《うらなぼう》を差《さ》しだして、じっと意識《いしき》を集中していた。占い棒がピクピクと激《はげ》しくふるえた。「すごく近くにあるんだ。見てよ！」

ピカディリーは、最後《さいご》にもういちど、きちんとつみあげられた毛皮に目をむけた。オズワルドはドブネズミの毛皮まで折《お》りたたんでいた。だれもがおそろしい死神《しにがみ》の犠牲者《ぎせいしゃ》でありことにかわりはない。オズワルドは、ああやって祈《いの》ることが、なんらかのかたちでおたがいをむすびつけ、ドブネズミたちが生前《せいぜん》におかした罪《つみ》をすべてとりけしてくれると考えたのだろう。

オズワルドはいらいらと跳《と》びはねていた。「ピカディリー、早く！　とうとうおまもりを見つけて、ここから出られるんだよ！」そして部屋《へや》から駆《か》けだしていった。

ピカディリーもつづいてモーガンの秘密《ひみつ》の部屋をはなれたが、トンネルに出てみると、オズワルドはずっと先を全速力で走っていた。

「おいおい！」ピカディリーは叫《さけ》んだ。オズワルドは狂気《きょうき》にとりつかれているみたいだ。灰色《はいいろ》ネズミはあとを追って走りだした。

オズワルドは、いつものようにつまずいたりよろめいたりしながら、ぶざまに突進《とっしん》をつづけていた。つま先をとがった石にぶつけたり泥《どろ》ですべったりしても、まったく気にかけなかった。頭のなかにあるのはオードリーの真鍮《しんちゅう》のおまもりのことだけで、占い棒がオズワルドをそこへひっぱっていた。もはや自分では止めようがなかった。ぐいぐいと手からのがれようとする占《うらな》い棒《ぼう》をつかんでいるのがせいいっぱいだ。

「もうじき見つかる」オズワルドは思った。「そうしたら、家に帰って、かあさんに好《す》きなだけがみがみしからせてあげよう。かまうもんか」

自分のすぐまえの道も目にはいらなかったし、ずっとうしろから呼《よ》びかけてくるピカディリーの声も聞こえなかった。オズワルドはやみくもに走りつづけた。

ピカディリーは息を切らしていた。オズワルドの走る速さはおどろきだった。この世のすべてのドブネズミが、歯をむいてすぐうしろを追いかけてでもいるかのようだ。その姿《すがた》は、もはやはるか前方にちらりとしか見えなかった。このままでは追いつけないかもしれない。ピカディリーは不安だった。行く手になにがあるかはわからないが、なんだかいやな予感がする。危険《きけん》にまっすぐとびこむバカなウサギになった気分だ。もしもグリーンマウスがいるなら、なんとかして助けてくれるといいのだが。

オズワルドは、にごった水たまりをバシャバシャと駆《か》けぬけて、表面にうかぶ油膜《ゆまく》をかき乱《みだ》した。それから、足をすべらせてころんだ。あごをかたいレンガにぶつけて、毛皮がごっそりはげたところから血がしたたり落ちても、すこしもひるむことはなかった。

手からすべり落ちた占い棒が、なにかにとりつかれたように床《ゆか》の上でカチャカチャとおどりだした。オズワルドは暴《あば》れる魔法《まほう》の棒を獲物《えもの》のように隅《すみ》に追いつめ、さっととりあげると、また走りだした。

だが、それだけの遅《おく》れがあれば、相棒《あいぼう》が追いつくにはじゅうぶんだった。ピカディリーは、オズワルドが背後《はいご》になびかせているマフラーの端《はし》をつかもうとした。

ところが、オズワルドはそれでも走りつづけた。町ネズミのことなどすっかり忘《わす》れて、おまもりのことしか考えていなかった。胸《むね》のなかで心臓《しんぞう》が大暴《おおあば》れしているのも感じなかったし、トンネルのなかに響《ひび》きわたる、自分の苦しそうな呼吸《こきゅう》の音も聞こえなかった。

トンネルに一枚《まい》のぼろきれが張《は》りわたされて、その先を隠《かく》していた。オズワルドはそれが目にはいらず、おかまいなしに突《つ》き抜《ぬ》けた。

ピカディリーは、そのよごれた布《ぬの》を見て、警戒心《けいかいしん》で急に胃《い》のあたりがこわばるのを感じた。それでも、オズワルドを追って、ぼろきれをはらいのけて走りつづけた。

ふたりがはいりこんだ場所は大きな部屋《へや》になっているらしく、いくつもの袋《ふくろ》が雑然《ざつぜん》と置《お》かれていた。大きなつつみが、床《ゆか》にころがり、棚《たな》からはみだし、隅《すみ》につみあげられている。オズワルドは部屋のまんなかでかがみこんでいた。ピカディリーはひょいひょいとつつみをとびこえて、オズワルドに追いついた。

「なにをやってるんだ？　気でもちがったのか？」

オズワルドは、どんよりした暗い目でピカディリーを見つめた。熱狂《ねっきょう》がおさまり、めまいをおさえるために頭をかかえていた。手にした占《うらな》い棒《ぼう》はだらんとたれていた。体がふらふらとゆれている。足もとには、きらりと光る真鍮《しんちゅう》のおまもりがあった。

ピカディリーはそれを見おろして立ちすくんだ。オズワルドは、ようやく正気《しょうき》にもどり、目をぱちぱちさせて息をのんだ。

ふたりが押《お》し入《い》った部屋《へや》は、ドブネズミたちのねぐらだった。とびこえてきた袋《ふくろ》は、だらしなく寝《ね》そべっているドブネズミだった。あたり一面で、数百匹《びき》のドブネズミたちがいびきをかいていた。

オズワルドとピカディリーは、そのまっただなかへ駆《か》けこんでしまったのだ。

はるばるさがしにきた真鍮のおまもりは、大きな茶色のドブネズミの残忍《ざんにん》な爪《つめ》にしっかりと握《にぎ》られていた。オズワルドはごくりとつばをのんだ。そのドブネズミには手首から先がなく、かわりに皮はぎナイフがしばりつけられていた。こいつはスキナーだ。反対《はんたい》の手のするどい爪には、オードリーが首にかけていたおまもりのひもが巻《ま》きついていた。オズワルドは、ピカディリーといっしょに見つけた毛皮の山を思いだし、こいつもあの殺戮《さつりく》にかかわったのだろうかと考えた。

足もとでいびきをかいているドブネズミを見つめていたら、気分が悪くなってきた。もしも白ネズミに顔色というものがあったとしても、いまはすっかり消え失《う》せているだろう。オズワルドは、眠《ねむ》っているおそろしい獣《けもの》たちをぐるりと見わたした。冬の焚《た》き火《び》のまわりでは、身の毛のよだつこわい話がひそひそと語られるが、いま駆けこんでしまったこの状況《じょうきょう》ほど悲惨《ひさん》なものは、いちども聞いたことがなかった。オズワルドは、ようやくピカディリーに顔をもどした。

「それをとりあげろ」灰色《はいいろ》ネズミはささやき、真鍮《しんちゅう》のおまもりを指さした。

オズワルドはぞっとして首を横にふった。オードリーの真鍮をとりもどすためとはいえ、いびきをかいている怪物《かいぶつ》にふれる気にはなれなかった。「逃《に》げよう」オズワルドは哀願《あいがん》した。

「目的《もくてき》のものを手に入れるまではだめだ」

ピカディリーは上体をかがめた。鼻の穴《あな》からふきだす熱気《ねっき》が腕《うで》にあたり、気が散《ち》った。気を引きしめて、するどい爪《つめ》に巻《ま》きついたひもをそっとほどいた。ドブネズミは眠《ねむ》りをじゃまされて、うなり声をあげた。ピカディリーは手を止めて、目をさますかどうかうかがったが、それ以上《いじょう》はなにも起こらなかった。作業《さぎょう》を再開《さいかい》する。爪を一本だけそっともちあげて、ひもを引きぬいた。

おまもりをそろそろとオズワルドにわたし、するどい爪をおろした。

「さあ」ピカディリーはささやき声でいった。「行こう。ちょっとでもヘマをしたら、ドブネズミの餌《えさ》だぞ。おれが先に歩くから、おまえはそのあとをたどるといい」

オズワルドはうなずいた。とにかくこのおそろしい部屋《へや》を出たかった。本能《ほんのう》は、走れ、全速力であの仕切《しき》りの布《ぬの》を駆《か》けぬけろといっていた。だが、そこへたどり着くまでには、眠っている体があまりにもたくさんある。ピカディリーのいうことは理《り》にかなっていた。

オズワルドは、ここへ来るまでにしっぽやひげを一本も踏《ふ》まなかったのはたいへんな幸運だと気づき、心のなかでグリーンマウスにお礼をいった。ピカディリーに対《たい》する称賛《しょうさん》の念《ねん》もぐっと強まっていた。オズワルドでは、とてもあんなふうにひもをはずすことはできない。手のなかで輝《かがや》く金色の真鍮《しんちゅう》にちらりと目をむける。ネコよけのおまもりをとりかえすために、はるばるこんなところまで――それだけの価値《かち》があったのか？　いまとなっては、よくわからなかった。

　ピカディリーが、どこに足を置《お》けば安全かをしめしながら、ドブネズミたちのあいだを進みはじめた。オズワルドは、眠《ねむ》っているドブネズミにもういちどだけ不安な目をむけてから、そのあとを追った。

　いやになるほどゆっくり動いていたので体じゅうの骨《ほね》が痛《いた》くなったが、ネズミたちは、入口に張《は》りわたされた布《ぬの》のところまでじわじわと引き返していった。ようやくたどり着くと、ピカディリーはため息をつき、嬉々《きき》として布をはらいのけた。

　オズワルドは最後《さいご》のドブネズミをとびこえた。ガリガリにやせた、片耳《かたみみ》のないやつで、大きな歯ぎしりの音をたてていた。ところが、オズワルドが仕切《しき》りの布に近づいたとたん、とんでもない鐘《かね》の音《ね》が部屋《へや》いっぱいに鳴りわたり、ドブネズミたちが目をさました。

　オズワルドは動けなかった。ドブネズミたちは、あくびやのびをしながら、坑道《こうどう》での作業《さぎょう》にそなえはじめた。二百匹《びき》が指の関節《かんせつ》をポキポキ鳴らす音が部屋のなかに響《ひび》いた。

　オズワルドは逃《に》げだそうとしたが、脚《あし》がいうことをきかなかった。恐怖《きょうふ》で凍《こお》りついたまま、べそをかくしかなかった。布の裂《さ》け目をとおして、ピカディリーのせっぱつまった顔が呼《よ》びかけていたが、それも役には立たなかった。その場に根が生えてしまっていた。

　ピカディリーは呪《のろ》いのことばを吐《は》いた。せっかく真鍮のおまもりを見つけたのに、最後の最後になって運がつきてしまった。このままではドブネズミたちにつかまってしまう。部屋《へや》へ目をやると、オズワルドは、すっかりおびえてガタガタとふるえていた——どうすればいい？

オズワルドはおまもりをしっかりと握《にぎ》りしめた。ドブネズミのスキナーが、眠《ねむ》そうに目をこすってから、からっぽの手をぽかんと見つめた。

「なにっ！　どこへ行った？　おれの戦利品《せんりひん》を奪《うば》ったのはだれだ——あのネズミの飾《かざ》りをかすめとったのはどこのクズ野郎《やろう》だ？」スキナーは、となりのドブネズミに顔をむけ、のどをぐいとつかんでどなった。「きさまか、スパイカー？　腹《はら》をかっさばいて、内臓《ないぞう》でロープをつくってやろうか」

スパイカーと呼《よ》ばれたドブネズミは、目のまえで脅《おど》すようにゆれている皮はぎナイフを見つめて、どなりかえした。「かんしゃくを起こすな。あんなしょうもないおもちゃを盗《ぬす》むもんか。ポーキーがもってるんじゃねえか」

こうして、またべつのドブネズミが口論《こうろん》に巻《ま》きこまれた。

いまのところ、だれもオズワルドには気づいていなかった。全員の目が、部屋のまんなかで起きている口げんかにむけられていた。オズワルドは、両脚《りょうあし》に力がもどってくるのを感じて、仕切《しき》りの布《ぬの》のほうへ静《しず》かに歩きだした。

だれかの手がオズワルドの肩《かた》をつかんだ。

「よう、おめえだれだ？」片耳《かたみみ》のちぎれたドブネズミが、うしろから呼びかけてきた。

オズワルドはもごもごいいながらふりかえった――目のまえにあったのはみにくい顔。そのドブネズミがにやりと笑《わら》った。長い歯は、ところどころ腐《くさ》って緑色になっていた。

「新入《しんい》りか？」ドブネズミはあざけりの笑《え》みをうかべ、オズワルドを上から下までながめた。その目に妙《みょう》な光がゆらめいた。「どこでこんなものを手に入れたんだ？」といって、緑色のマフラーを指さす。「戦利品《せんりひん》か？　坑道《こうどう》ではめったにお目にかかれねえしろものだぞ」

オズワルドはすっかりめんくらってしまった。それから、なにが起きたのかに気づいた――若《わか》いドブネズミとまちがえられているのだ！　この侮辱《ぶじょく》に誇《ほこ》りはいささか傷《きず》ついたが、文句《もんく》をいっている場合ではなかった。あれだけいろいろな目にあってきたのだから、よっぽどボロボロの格《かっ》好《こう》に見えるのだろう。

ドブネズミがそろそろ出発だといったとき、また鐘《かね》が鳴った。「いやな音だぜ！　作業《さぎょう》を交代する時間だ。むこうにいるやつらを見てみろ。どいつもこいつも、頭がにぶすぎて糞《ふん》とリンゴの見分けもつかねえ――いわれたとおりのことをやってるだけだ。けどよ、いったいなにが目的《もくてき》なんだろうな、ええ？」

ドブネズミは、けんかをしているスキナーとスパイカーに顔をむけた。

オズワルドは、仕切《しき》りの布《ぬの》の裂《さ》け目をちらりと見た。ピカディリーはあきれた顔をして、「だませるわけがない」と口を動かしていた。

オズワルドが「どうしようもないだろ」という顔をすると、ピカディリーは身ぶりで、いかにもネズミらしい髪《かみ》と耳を隠《かく》せと伝《つた》えてきた。オズワルドは、首のマフラーを急いではずし、かっこよく頭に巻《ま》いてむすんでから、真鍮《しんちゅう》のおまもりをその下に押《お》しこんだ。

「助けを呼《よ》んでくる」ピカディリーはそう約束《やくそく》し、きびすをかえすと、全速力でトンネルを駆《か》けもどっていった。

けんか騒《さわ》ぎが急に終わった。何匹《びき》かが歓声《かんせい》をあげ、ぶつぶつ文句《もんく》をいうものもいたが、スパイカーだけはなにもいわずに、ばったりと床《ゆか》に倒《たお》れこんだ。腹《はら》に大きな裂《さ》け目ができていた。

「あとで始末《しまつ》してやる」そういって、スキナーは血まみれのナイフをきれいになめた。

「あいつらはだいきらいだ――どっちも罰《ばつ》をうけるべきだ」オズワルドのとなりにいるドブネズミがつぶやいた。「いやなやつらだぜ」さっと布《ぬの》をはらいのけて、どすどすと歩きだしたが、そこでオズワルドをふりかえった。「最初《さいしょ》の日はおれにくっついているといい。手本を見せてやる。ふたりでなかよくやろうぜ――つぎの勤務《きんむ》がまわってくるころにはもうすっかりマブダチだ。いいと思わねえか、相棒《あいぼう》？」

ドブネズミが顔を近づけてきた。オズワルドはあわててうなずいた。

「おれはフィンだ」

「えっと……ぼくは……」オズワルドはせきばらいをして、ドブネズミらしいしゃがれ声を出そうとしながら、適当《てきとう》なドブネズミっぽい名前をさがした。「……ホワイティ」

「ふん、なるほどな」フィンはおもしろくなさそうに笑《わら》った。「坑道《こうどう》を見せてやるよ、ホワイテイ」

オズワルドは、やせたドブネズミのあとを追って、さらに大きな危険《きけん》へと踏《ふ》みこんでいった。

10　ブラックヒースでの魔法《まほう》

夜の空気はひんやりしてさわやかだった。トウィットが下水道で感じていた息苦しさは、すぐに消え去った。そよ風が毛皮をかすかに波立たせて、鼻につく汗《あせ》くさいドブネズミのにおいの記《き》憶《おく》を吹き飛《ふと》ばしてくれた。

案内役《あんないやく》のトマスは、すこしだけちがうルートで下水道を引き返し、最初《さいしょ》にはいったトンネルまでもどった。地上に出てみると、そこは公園のそばで、大きな鉄のゲートが夜のあいだ、不審《ふしん》な訪問者《ほうもんしゃ》をしめだしていた。トマスとトウィットはその鉄細工《てつざいく》の下をくぐり、とことこと先へ進んだ。空を背《せ》にそびえる木々はあまりにも高く、見あげると首が痛《いた》くなった。新緑のすきまから射《さ》しこむ月明かりが、下をとおりすぎるネズミたちの体にまだらの模様《もよう》をつけた。

「いちばん古い木々はあの丘《おか》のむこうにある」トマスが、トウィットのあおむけになった顔に気づいて、指さした。「大きな栗《くり》の木で、ものすごく古くてふしくれだっている。リスたちと奥方《おくがた》様《さま》にとってはごちそうだよ」

「奥方様《おくがたさま》って?」トウィットは興味《きょうみ》をひかれてたずねた。

「このあたりのリスは、だいたいがおもしろみのない連中《れんちゅう》だ」トマスは、質問《しつもん》が聞こえなかったかのように話をつづけた。「だからほとんど付《つ》き合いがないんだが、奥方様だけはべつだ。ほんものの貴婦人《きふじん》だよ」あたりを見まわして、ひげをこする。「こっちだ、相棒《あいぼう》」

トウィットは、またきびきびした足どりになったトマスを小走りに追った。「ところで、だれがほんものの貴婦人なの?」

「もちろん、スターワイフさ。聞いたことがないのか?」トマスは、そんなことも知らないのかというように舌打《したう》ちした。

公園には照明《しょうめい》がなかったし、右手の通りは高い木々で隠《かく》されていたので、街灯《がいとう》の光もひろびろとした芝生《しばふ》にはほとんど射《さ》してこなかった。

「あそこの丘《おか》が見えるか?」トマスは、左手にもりあがっている黒々としたかたまりへあごをしゃくった。「てっぺんにある妙《みょう》なドーム形の建物《たてもの》は、空を調べるためのものだ」

「ああ」トウィットは顔を輝《かがや》かせた。「コウモリたちが、あれは星を見るところだと教えてくれた。けど、おいらだって星くらい見えるよ」

「そう、星だ」船乗りネズミがウインクした。「方角を調べる、もっとも古い道具だよ。夜空を見あげれば進路がわかる。星がおれたちをはるかかなたへみちびき、また連《つ》れもどしてくれるん

「だ」コホンとせきばらいをして、放浪《ほうろう》の旅に出たいという胸《むね》にわきあがってきた衝動《しょうどう》をしりぞけた。

船乗りはゆっくりと首をふって、毛の帽子《ぼうし》をぬいだ。きらきらと光る夜空を見つめて、ため息をつく。「いや、最良《さいりょう》のときはもうすぎた。おまえがどんなに誘《さそ》いをかけようと、おれは二度と旅に出たりはしない。やっと錨《いかり》をおろしたんだ。なにものもおれを動かすことはできない」トマスは帽子をかぶりなおし、深海でゆれる海草のような白い髪《かみ》のふさを隠《かく》した。そして、トウィットに笑《わら》いかけた。「いちど世界を見てしまうと、誘惑《ゆうわく》がとても強くてね。さて、なんの話だったかな？」

「スターワイフのこと」野ネズミはいった。

「ああ、そうだったな。あそこの丘《おか》のふもとの、巣《す》やその他もろもろのなかに、リスたちが住んでいる」

「おいらの知り合いにもリスの家族がいる」トウィットがふいに口をはさんだ。「みんないい感じだよ。いつもなんやかんやで悩《なや》んでるけど」

「さっきもいったが、ここでも同じさ。うじうじした連中《れんちゅう》だよ。ほとんどのやつは付《つ》き合う価値《かち》がない」

「スターワイフはべつなんだ」

「そのとおり。とても博識《はくしき》でね。それにひょっとすると、ああいう木よりも年をくっているんじゃないかな。いまはめったに出歩くことはない。リューマチと骨《ほね》の痛《いた》みで家から出られないんだが、ふつうのばあさんとはちがって、頭がぼけたりはしていない。とにかく切れ者なんだ。機転《きてん》のきくやつじゃないと相手はできない。おれが会ったのは、はじめてここへ来たときのいちどきり。だが、それでじゅうぶんだ」

いまふたりは、公園がひらいているときだけ使われる暗い道のわきに沿《そ》って、ゆるやかな丘《おか》の斜面《しゃめん》をのぼっていた。

「スターワイフをたずねて、助言《じょげん》をもらったらいいんじゃないかな」トゥィットは熱心《ねっしん》にいった。

知らない相手と会うのは大好《だいす》きだし、スターワイフにはなんとなく興味《きょうみ》をそそられた。

トマスは首を横にふった。「いや、スターワイフと付《つ》き合うなら、訪問《ほうもん》するのは招待《しょうたい》されたときだけだ。よそものがいると、ほかのリスたちがひどく神経質《しんけいしつ》になるから。もっとも、そのことはおれもちらりと考えた――スターワイフがいまの状況《じょうきょう》をどう考えているのか気になってな」

しばらく口をつぐんで、じっと考えこむ。「スターワイフには、なにかふつうじゃないところがあるんだ。まるでべつの世界から来たみたいだ――ふだんはおだやかだが、怒《おこ》ったときにはおそろしい。いろいろな意味で海とよく似《に》ている。あそこのリスの群《む》れを鉄の棒《ぼう》で支配《しはい》しているんだ。やはり、今夜たずねていくのはまずいな。こんな遅《おそ》い時間だし、リスたちは冬眠《とうみん》からめざめて間《ま》もないからな」

丘《おか》のてっぺんにたどり着いてみると、そこはひろびろとした台地になっていた。道は三本に分かれていた。トマスは右端《みぎはし》の道を進んだ。

「もうじきだ」トマスはいった。「ブラックヒースは、あの門を抜《ぬ》けたすぐ先だ」

「なにが見つかると思う？」

トマスは肩《かた》をすくめた。「さあな。おれはただ見てみたいだけだ」

門のまえに来た。ふたりはその下をくぐりぬけて、目をぱちくりさせた。幹線《かんせん》道路が行く手をさえぎっていた。いっとき、トウィットとトマスは気をしずめて、車輪《しゃりん》のついた怪物《かいぶつ》たちがうなりをあげてびゅんびゅん走りすぎるのをながめた。トウィットは道路がきらいで、見ているうちにふらふらしてきたので、トマスが手をしっかりと握《にぎ》ってやらなければならなかった。

「この悪夢《あくむ》みたいな場所を横切らなけりゃいけない」トマスは騒音《そうおん》に負けない声でいった。「流れがとぎれるまで待つんだ」

そこで、ふたりはその場にたたずみ、遠ざかる赤い光と近づいてくる白い光とのあいだにすきまができるのを待った。

「いまだ！」トマスが叫《さけ》び、トウィットを歩道から車道へと引きずりおろした。ふたりはすぐさま走りだした。なんとか反対側《はんたいがわ》の歩道にあがったとたん、すぐうしろを自動車がさっと通過《つうか》していった。トウィットは荒《あら》い息をつき、トマスは帽子《ぼうし》を口にあててゲホゲホとせきこんだ。

「きわどいところだった」トマスがしばらくしていった。ふたりはふたたびまえを見て、その先にあるものに目をむけた。

「そんな」トゥィットはうめいた。「まただよ」

ふたりがすわっている草地は二本の車道にはさまれていた。こんどの車道はまえのよりさらに混《こ》みあっているようだった。

ネズミたちは草のなかを歩いて、車道の手前までたどり着いた。流れすぎるまばゆい光と往来《おうらい》の騒音《そうおん》のむこうに、ブラックヒースがあった。

道路と建物《たてもの》にかこまれた、広大な暗い草原だった。内部をつっきる小道が何本か見えるが、木はほとんど生えていない。一カ所だけ、みっしりした木立《こだち》があって、そこにはフェンスが張《は》りめぐらされていた。

ブラックヒースのへりに、古びた教会が居心地《いごこち》わるそうに建《た》っていた。気味《きみ》の悪い場所だ。動くものはなく、星だけがそこを見おろしていた。

トマスとトゥィットは、やかましい自動車が走りすぎる車道のわきでしんぼう強く待ちつづけた。目のまえにただよう煙《けむり》をはらいのけ、ふきつけてくるガスを避《さ》けるために手で鼻をおおった。とても話などできなかったので、じっとすわってチャンスが来るのを待った。

トゥィットは、新しい友だちに目をむけて、どうして船をおりてしまったのだろうと考えた。たんに年をとったせいなのか？　それとも、トマスに航海《こうかい》を捨《す》てさせるほどおそろしいできごとがあったのか？　トマスが波立つ海へ出たがっているのはあきらかだ。これほど強気な性格《せいかく》だったら、年をとったというくらいでは問題にもならないだろう。とはいえ、トゥィットはいろいろな仲間と付《つ》き合ってきて、だれかがなにかをするときには、かならず理由があるのだとわかっていた――たとえ本人にはその理由が説明《せつめい》できなくても。トゥィットだって、両親のいる家へ帰るつもりでいるではないか――あざ笑《わら》われたり、同情《どうじょう》されたりするだけの故郷《こきょう》へ。この船乗りネズミが乾《かわ》いた大地にとどまる理由があるのだとしたら、それはよほどのものにちがいない。

機械《きかい》の数がだんだん少なくなってきた。

「そろそろだな」トマスがさっと立ちあがった。「いまだ、トゥィット！」

ふたりはふたたび車道にとびおりて走りだした。なんとか草地にたどり着くと、地面にばったりと倒《たお》れこんで、荒《あら》い息をととのえた。

「やかましい道路からはなれて、話ができるところへ行こう」トマスがいった。

ブラックヒースの草は背《せ》が低《ひく》かった。トゥィットの腹《はら》までの高さしかない。あたりに目をやると、奇妙《きみょう》なしるしがたくさんあった。ほかのところよりも色が暗い部分があちこちにあって、それぞれが完全な円形をしていた――深い輪《わ》の模様《もよう》だ。トゥィットは、なんでこんな妙なことになっているんだろうと首をひねった。

「このまるいのはなんなの、トマス？」トゥィットはたずねた。

「おれも気づいたが――さっぱりわからん。なにしろ海にばっかり出ていたからな。草原やらなんやらのことは知らないんだ。おまえさんに教えてもらえると思ったんだがな」

トゥィットは黒い輪のひとつに近づき、「へんだな」とつぶやいた。「草の葉の色そのものが濃《こ》くなってるんだ。しかも、輪《わ》のなかにキノコが生えてる――この黒っぽい草の輪のなかだけに」

ひょろっとした白いキノコが、輪のなかにぱらぱらと生えていた。

トマスは、そのキノコの見かけが気に入らなかった。「いちどマッシュルームを食べたことがある。あれは見た目も味もよかったが、そんな白いマッシュルームもどきにはぜったいにさわりたくないな」

トマスはあざけるような目でキノコを見つめた。

「においもあんまりよくない」トウィットはおそるおそるにおいをかいでみた。「きっと毒《どく》があるね」顔をしかめる。

「土に原因《げんいん》があるのかな」トマスはつぶやいた。「なにをまいたらそんなふうになるんだ？」

トウィットはブラックヒースを見わたした。なにかが目にとまった。小さな光の点だ。

「ここはえらくひっそりしているな」トマスがつづけた。「ないだ海みたいに静《しず》まりかえっている。なにを見ているんだ、相棒《あいぼう》？」

トウィットは指さした。「あそこ！　光がまたたいてる。すごく小さいけど」

「なるほど。ちょっとのぞいてみるか。ただし、そっとだぞ。この場所のなにかが、おれのしっぽをピクピクふるわせている。はっきりなにとはいえないが、いつだってこれは悪いしるしなんだ。このまえこうなったときは――」しゃべりすぎたと思ったのか、トマスは途中《とちゅう》でことばを切った。「さあ行こう」

ふたりは光をめざして草をかきわけながら進んでいった。トウィットはあらためて、トマス・トライトンがいっしょにいてくれてよかったと思った。ふたりとも、黒っぽい輪《わ》には注意して近づかないようにした。

道路のやかましい音は背後《はいご》へ遠ざかり、流れる光は小さな点となって、左右へのびる明るいリボンに変《か》わった。

光のみなもとが近づいてきたところで、トマスがトウィットを地面にふせさせた。

「ここからは慎重《しんちょう》にいこう」トマスはささやいた。「あの光にはなんだか妙《みょう》なところがある」


モーガンは地面にぺっとつばを吐《は》いた。こんなに長く歩くのはひさしぶりだ。どうもうまくない。マダム・アキクユは王に目をかけられているし、それは、モーガンの地位《ちい》を奪《うば》おうとやっきになっている何匹《びき》かの若《わか》いドブネズミたちも同じだ。危険《きけん》な裏切《うらぎ》りの綱《つな》わたり。だれも信用《しんよう》はできない。

モーガンは背中《せなか》に袋《ふくろ》をかついでいた。ジュピターから、本来《ほんらい》の仕事ではない肉体労働《ろうどう》を命じられたうえ、いくつかの耳を疑《うたが》うような指示《しじ》をうけていたのだ。とはいえ、ジュピターはやはりボスだ。もしもリボンをつけろと命じられても、モーガンはよろこんでそうするだろう――このまま副官《ふくかん》の地位にとどまって、ほかのドブネズミたちに権力《けんりょく》をふるうことができるかぎりは。権《けん》力《りょく》！　なんと甘美《かんび》なものだろう。だが、モーガンはけっして満足《まんぞく》することはなかった。もっと大きな権力を手に入れるためなら、あの闇《やみ》の門のなかの目にひれふしてもかまわない。

モーガンは外に出るのがだいきらいだった。ドブネズミはみんなそうだが、本能的《ほんのうてき》に、近くの暗くてにおう穴《あな》へ駆《か》けこみたくなる。だが、ジュピターから「ブラックヒースへ行け」と命じられたのではしかたがない。闇の王の機嫌《きげん》をそこねるのはまずい。このところそんなことばかりつづいているのだ。手ちがいがいろいろ起きているし、穴掘《あなほ》りにたずさわる連中《れんちゅう》も問題だ。ドブネズミたちに作業《さぎょう》をさせるのはむずかしい。不平不満《ふへいふまん》がおおっぴらに口にされていて、その責任《せきにん》はモーガンがとらなければならない。

ジュピターは、モーガンを下水道から送りだすときに、「むこうで会おう」といっていた。あれはつまり、やっと王の姿《すがた》を見られるということなのだろうか。長年にわたって王につかえてきたのに、例《れい》のふたつあるという頭を見たことさえないのだ。

モーガンは、いまの地位《ちい》を手に入れたときのことを思いだして、ちらりとずるがしこい笑《え》みをうかべた。あのころはいまより若《わか》く、爪《つめ》も強かったが、それでもブラック・ラチェットは手ごわい相手だった。息の根を止めるには思ったより時間がかかったものだ。

「おれも気をつけないとな」モーガンは、どこかの若造《わかぞう》がかつての自分と同じことをしてくるのではないかと考えて、ぶるっと身をふるわせた。そして、長く黄色い歯をぺろりとなめた。

あたえられた指示《しじ》ははっきりしていた。ブラックヒースの中心へ行かなければならない。まあ、だいたいこのへんが中心だろう。モーガンは袋《ふくろ》をおろした。わりあいに軽いのだが、布地《ぬのじ》をとおして、ひときわ重さがあるまるい物体の感触《かんしょく》があった。いったいなんなのかは見当もつかなかった。ふつうならのぞいてみるところだが、あのときはさすがに、そんな気にはなれなかった。

「中心へ行って、袋から水晶《すいしょう》を出せ」というのが、ジュピターの指示《しじ》だった。モーガンは袋の口をひらき、手でなかをさぐった。そして、重くてまるい、つるりとした物体をとりだした。

「けっ！」モーガンは毒《どく》づいた。「しかしまあ、「こんなガラクタをどうしようってんだ？」それはマダム・アキクユの水晶玉だった。「いちばんよくわかっているのは王だからな」

モーガンはあざけるようにいってから、つぎの指示をやっとのことで思いだした。草のなかにある輪《わ》の、いちばんでかいやつを見つけて、その内側《うちがわ》にこの水晶玉を置《お》く。なんてばかなことを。

とはいえ、もしもジュピターがここへ出むいてくるとしたら、ぐずぐずしているところを見られたくはない。あたりを見まわす。よし、だれもいない——王がどこかに隠《かく》れて見張《みは》っているのでなければ。モーガンは、命令《めいれい》に正確《せいかく》にしたがって、水晶玉を大きなまるい輪のなかにおさめた。キノコに心ひかれて口にほうりこんでみたが、モーガンの腐《くさ》った味覚《みかく》をもってしても、ひどいまずさだった。ぬるぬるになった舌《した》をげえっと突《つ》きだし、大きな茶色い痰《たん》のかたまりを吐《は》き捨《す》てた。口もとのよだれを腕《うで》でぬぐい、残《のこ》りの指示を思いだした。輪の外へ出て、暗記していたことばを口にした。

「万物《ばんぶつ》の王、ジュピターよ、闇《やみ》の名においてあらわれよ」モーガンは、いわれたとおりにおじぎをして、ふたつの頭をもつ怪物《かいぶつ》が、隠《かく》れている場所から出てくるのを待った。その期待はかなわなかったが、よけいな考えはすぐに消し飛《と》んだ。まばゆい閃光《せんこう》が目をつらぬいたのだ。

マダム・アキクユの水晶玉《すいしょうだま》が燃《も》えていた。

モーガンは目をこらした。黒い輪《わ》のなかで、ガラスの玉が炎《ほのお》につつまれていた。いや、燃えているのは玉のなかだ。炎が内側《うちがわ》をなめているのに、ガラスが焦《こ》げる様子《ようす》はないし、煙《けむり》がふきだすこともない。モーガンがものもいえずに見つめていると、炎のなかにふたつの小さな赤い点があらわれた。宙《ちゅう》にうかぶ真っ赤な点は、すこしずつ大きくなり、やがて、まわりの炎よりもはるかに明るく燃えさかるようになった。モーガンは、それがぎらぎらと輝《かがや》くふたつの目だということに気づいた。ジュピターが水晶玉のなかから見つめているのだ。

「おお、わが夜の王よ」モーガンはもごもごといった。恐怖《きょうふ》でひざがふるえ、脚《あし》の力が抜《ぬ》けた。ジュピターはなんて力をもってるんだ！　これほどすごいとは思ってもみなかった。

モーガンは顔をあげられなかった。

「陛下《へいか》？」思いきっていってみる。「聞こえますか？」

かえってきたのは、水晶玉から聞こえる、うつろな、あざけりの笑《わら》い声だけだった。

トマスとトウィットは、しのび足で地面の上を進み、光の出どころが見える場所までたどり着いた。

トウィットは思わず声を出しかけ、勇敢《ゆうかん》な船乗りのトマスさえその光景《こうけい》にはどぎもを抜《ぬ》かれた。

ふたりは黒い輪《わ》のへりにいた。草に隠《かく》れていたため、すぐまえに立っているドブネズミからは見えない。それはモーガンだった。マダム・アキクユの水晶玉《すいしょうだま》を、頭上に高々とかかげていた。玉の中心には、燃《も》えさかる残忍《ざんにん》なふたつの目がうかんでいた。

ジュピターの声が炎《ほのお》のなかからとどろき、隠れているトウィットは身をすくませた。

「輪にしるしをつけろ、モーガン」耳ざわりな声はどなった。「第一段階《だんかい》は今夜のうちにすませるのだ」

ドブネズミは水晶玉を地面に置《お》き、輪の外にある袋《ふくろ》のところへ急いだ。

「それをなかへ」ジュピターがいった。「輪が完成したら、断《た》ち切ってはならぬのだから」

モーガンが袋を輪のなかへ引きずりはじめた。トマスは草の茎《くき》の上からのぞいていた。水晶玉のはなつ光が、モーガンのはこぶ袋の上でちらちらとゆれた。

「はじめはどれですか、陛下《へいか》？」モーガンは袋のなかに鼻づらをつっこんだ。

「骨《ほね》だ、モーガン——なにもかも説明《せつめい》したはずだぞ」

ドブネズミは四本の脛骨《けいこつ》をとりだし、誇《ほこ》らしげにかざしてみせた。

トマスは目をおおった。あれはネズミの骨だ。

「よし」ジュピターがいうと、球体のなかで炎がそっと波打った。

「刻《きざ》み目のついた骨で輪をなぞってから、ほかの三本を方位点にならべろ。刻み目のある骨は北だ。じゅうぶんに注意するのだぞ、首を失《うしな》いたくなかったら」

モーガンは慎重《しんちょう》に輪《わ》の上をなぞった。「これでよろしいですか、陛下《へいか》?」

「そのままつづけろ」

トウィットはトマスに身を寄《よ》せ、小声でたずねた。「あの玉、どうしてしゃべったり燃《も》えたりするんだろ?」

トマスは不安な顔でこたえた。「あれはジュピターの声だ。なにかの魔法《まほう》を使って、あの水晶《すいしょう》玉《だま》をとおしてしゃべっているんだ」

トウィットは肝《きも》をつぶし、ものすごくこわくなった。ネズミたちにとって最悪《さいあく》の悪夢《あくむ》が、目のまえで現実《げんじつ》になっていた。「そんな!」トウィットはぶるっと体をふるわせた。

「王が登場しないことを祈《いの》ろう」トマスはこたえた。

モーガンが最初《さいしょ》の作業《さぎょう》を終えて、うれしそうに笑《わら》い、手を叩《たた》いた。そして、つぎの指示《しじ》をあおごうと水晶玉に目をむけた。

「つぎはロウソクだ」ジュピターがいった。

ドブネズミはまた袋《ふくろ》のなかをさぐり、ふとくて短いロウソクを見つけだした。そして、くすんだ茶色のロウソクのにおいを慎重にかいだ。「ありました……。ああ、食べてしまいたいほどいいにおいですね」味わうように歯をぺろりとなめる。

「やめておけ」肉体のない声が警告《けいこく》した。「わしはそのロウソクに使う物質《ぶっしつ》を蒸留《じょうりゅう》するのに、長い時間をかけてきた――ふつうのロウではないのだ」

モーガンはもういちど鼻をくんくんさせて、思わずよだれをたらした。そのロウは、やわらかいベーコンの脂身《あぶらみ》とカリカリした焼《や》きかすを思いだせた。がぶりと食《く》ってはいけないなんて、あまりにもつらい。ロウソクの芯《しん》も妙《みょう》だった。ふつうの糸とはちがって、色とりどりの毛を編《あ》んだように見える。

「ロウソクをかかげろ、モーガン」ジュピターが命じた。

ドブネズミはいわれたとおりにして、待った。

水晶玉《すいしょうだま》のなかの燃《も》える目がほそくなり、声が低《ひく》くなった――低すぎて聞こえないほどだ。

ふいに、ガラスのなかの炎《ほのお》が、燃えさかるむちとなってとびだした。それはモーガンのまわりをうねうねと進み、びっくりしたモーガンは目をとじて体をすくめた。炎がドブネズミの上へのびて、ぱっと火花が散《ち》ったかと思うと、奇妙《きみょう》なロウソクに火がともった。

「さあ」ジュピターがいった。「ロウソクを輪《わ》の北側《きたがわ》へ置《お》くがよい」

モーガンは、溶《と》けはじめたロウソクを輪のへりまではこび、刻《きざ》み目のある骨《ほね》のかたわらに置いた。ロウソクが、いやなにおいのする茶色い煙《けむり》をもうもうと立ちのぼらせた。

さほど遠くないところにいるトマスとトウィットは、せきこんだりしないように退却《たいきゃく》しなければならなかった。

「ひどいにおい」トウィットは息をつまらせながらいった。

「煙《けむり》を吸《す》いこむなよ」トマスが急いでいった。「風上へまわりこもう」

「では」ジュピターがつづけた。「袋《ふくろ》のところへもどって、小さなつつみをとりだせ」

モーガンはこんどもいわれたとおりにした。それはずっしりと重く、茶色いつつみ紙をとおしてねばねばした油がにじみでていた。

「中身を出せ――慎重《しんちょう》にな」

モーガンはつつみ紙を一枚《まい》ずつはがした。「げえっ！　なんてひでえにおいだ。ああ、ゲロを吐《は》きそうだ！」

「静《しず》かにしろ！」声がどなった。「それを四つに分けて、骨《ほね》といっしょに置《お》くんだ」

モーガンが主人の命令《めいれい》にしたがいながらぶつぶつとつぶやいているのが、トウィットとトマスの耳に聞こえてきた。

「あれはなんだろう？」野ネズミはいった。「なにをもっているのか見えないな」

「知らないほうがいいぞ」トマスがふるえる声でこたえた。「信《しん》じられん。こんなおそろしい、邪悪《じゃあく》な行為《こうい》はとても見ておれん」トマスはうつむいた。

「闇《やみ》の王よ、ぜんぶ置きました」モーガンが、両手を腹《はら》でふきながらいった。

「最後《さいご》に、残《のこ》っているものを」

ドブネズミは、袋から数本のごつごつした根っこをとりだした。

「それをロウソクの炎《ほのお》に投げこむのだ」

モーガンはいわれたとおりにした。ゆらめくロウソクの炎《ほのお》にとびこむと、根はぱっと燃《も》えあがり、火花を散《ち》らして消え失《う》せた。

「さあ、モーガン、わしをもちあげろ！　水晶玉《すいしょうだま》を頭の上に差《さ》しあげて、身がまえるのだ」

球体は、ドブネズミのするどい爪《つめ》につかまれて、頭の上にもちあげられた。

内部の炎が夜を照《て》らし、ふたつの目がかっと見ひらかれた。

「炎とともにわしは汝《なんじ》を召喚《しょうかん》する」ジュピターがいった。

ロウソクが急に燃えあがり、煙《けむり》が黒い柱となって頭上に立ちのぼった。

「マンドレークとともにわしは汝をもとめる」

空中から叫《さけ》び声が聞こえてきた。トマスはトウィットをひっぱった。「来い。ぐずぐずしているわけにはいかない。おまえさんを仲間のところへかえさないと」

「でも――」トウィットはためらった。自分たちがどれほど危険《きけん》な状況《じょうきょう》にあるかわかっていなかった。

「これからもやすらかに眠《ねむ》りたいと思うなら、心をとざし、耳をふさげ。いますぐここをはなれなかったら、おれたちに呪《のろ》いがかかるんだ」トマスは、トウィットを引きずるようにしてずんずん進んだ。「インドで、あれと似《に》たようなのを見たことがあるが、あそこまで強力じゃなかったし、あそこまで気色《きしょく》の悪いものでもなかった」

ネズミたちは、ふるえる両脚《りょうあし》をせいいっぱい動かして走り、ブラックヒースの中央《ちゅうおう》からはなれた。トウィットはびくびくしながら背後《はいご》をふりむいた。なにが起こっているのか知らないが、それは勇敢《ゆうかん》なトマスを本気でおびえさせるほどおそろしいことなのだ。そのときふと、コウモリたちのことばを思いだした――「きみがその無知《むち》な心という恵《めぐ》みをうけたことをグリーンマウスに感謝《かんしゃ》するがいい」

そう、トウィットはいまグリーンマウスに感謝していた。ジュピターがモーガンになにをさせているのかまったく理解《りかい》できなくて、ありがたかった。ときには、無知であるということは恵みになるのだ。

手と手をしっかり握《にぎ》りあって、ネズミたちは二本の道路を横切った。

魔法《まほう》の輪《わ》のなかでは、ジュピターが最後《さいご》の呪文《じゅもん》をとなえていた。

「骨《ほね》とともにわしは汝《なんじ》に命じる」ジュピターは勝ち誇《ほこ》ったように叫《さけ》んだ。

モーガンは、ふるえをおさえながら、そろそろとあたりを見まわした。王がこんなことをさせるのははじめてだ。いったいどうなるのだろう。ジュピターの力がこれほどとは思ってもみなかった。日に日に強くなっているみたいだ。それとも、いまになって本来《ほんらい》の力を見せているだけなのだろうか。もしそうだとしたら、なんのために？

理解できないことがたくさんあった。そもそも、こんな風の強い夜にわざわざブラックヒースへ来た理由がわからなかった。下水道のなかでやるわけにはいかなかったのか？　そうすれば、作業員《さぎょういん》たちもしばらくはおとなしくなるのに。と、モーガンは体をこわばらせた。さっきまではそよ風だったのに、いまは風がうなりをあげている！　これはふつうじゃない。

ロウソクの炎《ほのお》は、風に吹《ふ》かれて激《はげ》しくゆれ動いたが、消えることはなかった。お慈悲《じひ》を――と、モーガンは目をまんまるにしながら思った。

ロウソクから立ちのぼる煙《けむり》は、風にさらわれ、引き裂《さ》かれた。

「おお、漆黒《しっこく》の闇夜《やみよ》の息吹《いぶき》よ」ジュピターがふたたび口をひらいた。「わしが描《えが》いた姿《すがた》をとるがよい。最後《さいご》の抱擁《ほうよう》に口づけし、虚空《こくう》の王座《おうざ》からおりるのだ」

モーガンは、すさまじい強風であやうく倒《たお》れそうになった。風は、黒々とした空から押《お》しよせてきて、輪《わ》のまわりをぐるぐるまわった。

頭上に差《さ》しあげた水晶玉《すいしょうだま》のなかで、ふたつの目が赤い光線をはなち、すっと上をむくと、輝《かがや》く蒸気《じょうき》が大きな渦《うず》を巻《ま》いて流れだした。

目をとじたくてたまらなかったが、どうしてもできなかった。「ちくしょう、こんどはなんだよっ！」モーガンは泣《な》き声でどなった。

輪の四方にならべられた品物《しなもの》が、急にぱっと燃《も》えあがり、モーガンは炎の輪にとりかこまれてしまった。炎は薄《うす》い紫《むらさき》色で、なかに脈打《みゃくう》つ赤い色が何本も流れていた。まるで血の川のようだ。

「ここへは立ち入《い》るな」ジュピターが風にむかって語りかけた。「貢《みつ》ぎ物をうけとり、定められた仕事にとりかかるのだ」

真っ黒な煙《けむり》は、四方の品物《しなもの》のまわりをぐるりとめぐってから、炎《ほのお》の上で渦《うず》を巻《ま》き、暗闇《くらやみ》のなかへ高々とのぼっていった。

モーガンは、切《き》り株《かぶ》のようなしっぽを両脚《りょうあし》のあいだでぎこちなくゆらした。そのとき、空中からいくつかの声が聞こえてきた。口笛をふいたり叫《さけ》んだりしているが、音だけで姿《すがた》はない。それは煙のなかから聞こえていて、なにより悪いことに、モーガンの名を呼《よ》んでいた。

モーガンは水晶玉《すいしょうだま》を頭上にかかげたまま地面にちぢこまった。玉のなかではジュピターの声が狂《くる》ったように笑《わら》っていた。

モーガンはなぜか、目のまえでくりひろげられる光景《こうけい》から目をはなすことができなかった――まるで強制《きょうせい》されているかのように。たえず動きつづける煙のなかに、いくつかのかたちが見えてきた。はじめは、幻覚《げんかく》か狂気《きょうき》のしわざかと思った。ぼんやりした小さな影《かげ》が、黒い雲のなかを飛《と》びかっていた。そいつらが自分をおさめる体を見つけると、うつろな声がだんだんと大きくなった。やがて、煙がそいつらといっしょにうごめくようになった。

モーガンは唇《くちびる》をかみ、おびえた目でまわりを見つめた。うなり声はますます近くなったが、いまや煙は消え、ずんぐりしたぶかっこうな生き物がうねうねと頭の上を飛びまわっているだけだった。そいつらはジュピターといっしょに声をあげて笑っていた。

輪《わ》のまわりで激《はげ》しいダンスがはじまっていた。いくつもの影が気でもちがったようにぐるぐるまわっていた。紫《むらさき》色の炎がいきなり黄色に変《か》わり、高く跳《は》ねあがった。生き物たちは叫び声を

あげて炎《ほのお》のなかへつっこみ、とびだしてくるときにはみずからも黄色く輝《かがや》いていた。まわるスピードがどんどん速くなり、モーガンは頭が痛《いた》くなってきた。こんな悪夢《あくむ》のような場所へ来たのは大きなまちがいだった。

「もうよい」ジュピターの叫《さけ》びが、やかましい騒《さわ》ぎを圧《あっ》して響《ひび》きわたった。すぐにあたりは静《しず》まりかえり、生き物たちは、ぼんやりとした姿《すがた》で空中にうかび、命令《めいれい》を待った。

「仕事にかかれ」ジュピターが命じた。

もはや騒《さわ》ぐこともなく、そいつらはだまって黒い口をあけた。モーガンは、そいつらの体のむこうがすけて見えることに気づいてショックをうけた。幽霊《ゆうれい》のように、体がないのだ。

いっせいに叫び声があがったかと思うと、全員が大地へむかって急降下《きゅうこうか》して、土のなかへもぐりこみ、千匹《びき》のヘビがたてるような大きなシュッという音とともに消え失《う》せた。ふいに、輪《わ》のまわりの炎がぐんと高さを増《ま》した。モーガンは、荒《あ》れ狂《くる》うまばゆい炎の柱にとりかこまれたが、それもすぐに消えた。骨《ほね》などの品物《しなもの》はなくなっていた。モーガンはさがしてみたが、かけらひとつ残《のこ》っていなかった。食《く》われてしまったのかと思うといやな気分だった。たったいまおこなわれた儀式《ぎしき》の痕跡《こんせき》はなにもなかった。あたりは静まりかえっていて、そよ風がモーガンの耳飾《みみかざ》りをそっとゆらしていた。

「終わったのですか、わが王よ？」モーガンはおずおずとたずねた。

「そうだ」ジュピターがこたえた。「さしあたり、おまえはわしの部屋《へや》へもどってよいぞ」

「わたしはうまくやったのでしょうか、陛下《へいか》？」

「すばらしかったぞ、モーガン——信頼《しんらい》する部下よ。さあ、わしのもとへ帰ってこい」

モーガンは水晶玉《すいしょうだま》をおろした。なかで燃《も》えていた炎《ほのお》は消え、輝《かがや》くふたつの目もとじていた。それは、中心に色の模様《もよう》があるただの黒いガラス玉にもどっていた。

がたがたふるえながら、モーガンは水晶玉を袋《ふくろ》に入れて、下水道へと引き返しはじめた。

11　危険《きけん》な仲間

　オードリーは、片目《かため》のジェイクとその仲間たちに鉄格子《てつごうし》の奥《おく》へ荒《あら》っぽく引きずりこまれて、気を失《うしな》った。ジェイクは、ぐったりしたオードリーを肩《かた》にかつぎ、手下《てした》といっしょに音もなく下水道へもどった。

「ほかのネズミたちはどうするんです、ジェイク？」フレッチがたずねた。「朝メシ用に何匹《びき》かつかまえないんですか？」

「必要《ひつよう》なのはこの娘《むすめ》だ」ジェイクはきっぱりといった。「おまえたちが皮はぎにかまけているあいだに、こいつに逃《に》げられちまったらなんにもならねえからな」

　フレッチは歯をちろりとなめて、ジェイクを見つめた。「ええ、そうですね。あなたの判断《はんだん》がまちがっていたためしはありませんから」

　それからフレッチは、ほかの五匹《ひき》のドブネズミたちに顔をむけ、小声で話しかけた。斜視《しゃし》で

〝やぶにらみのマッキー〟と呼《よ》ばれている一匹《ぴき》が、大声で文句《もんく》をいいはじめた。「ネズミをとりほうだいとかいってたくせに、まだあの娘《むすめ》しかいねえ。そりゃねえだろう。もどって何匹《びき》かつかまえようぜ。できたら、各自に一匹ずつ」

ジェイクはさっとふりかえり、歯をむいて怒《いか》りのうなりをあげた。マッキーののどをがっちりつかんでしめあげると、血が腕《うで》にしたたり落ちてきた。「逆《さか》らうんじゃない、マッキー」低《ひく》くかすれた声で脅《おど》す。「いうとおりにしなかったら、ジュピターにかけて、おれが完全に息の根を止めてやるぞ！」

やぶにらみのマッキーは目をぐるりとまわした。ふたつの目はべつべつのほうを見ていた。「あんたがボスだ」泣《な》き声になっていた。

ジェイクは手をはなし、ほかの連中《れんちゅう》をちらりと見た。ドブネズミたちは目をぱちくりさせていた。フレッチの鼻づらにはかすかな笑《え》みがうかんでいた。

「よく聞け」ジェイクはがみがみといった。「外へもどることはゆるさねえし、このネズミに手を出すこともゆるさねえ――わかったな？」

ドブネズミたちはそわそわと身じろぎし、マッキーは首から流れる血をぬぐった。フレッチは、よくわかりましたというようにジェイクにおじぎをしてから、ひややかな目でオードリーを見つめた。「ガキのめんどうを見るのがおじょうずですね、ジェイク」

これで緊張《きんちょう》がほぐれ、ジェイクは声をあげて笑《わら》った。ほかのドブネズミたちもつられて笑いだした。そのとき、オードリーが意識《いしき》をとりもどした。ジェイクの肩《かた》にかつがれたまま、おそろしい夢《ゆめ》から、もっとおそろしい現実《げんじつ》に引きもどされたのだ。ぱちぱちとまばたきをすると、笑《わら》い声が耳にはいり、混乱《こんらん》した。まだ夢を見ているのかしら。

「見てください、ジェイク」フレッチがあごをしゃくった。「娘《むすめ》が目をさましました」

「そうか？」ジェイクはオードリーを肩からおろし、その場に立たせた。

オードリーは床《ゆか》にへたりこんだ。ジェイクは、レースのえりをつかんでひっぱりあげた。オードリーはせきこみ、ジェイクをにらみつけた。そこで眼帯《がんたい》が目にはいり、ピカディリーといっしょに下水道で出くわした、兄とオズワルドとトウィットを追いつめていた三匹《びき》のなかの一匹《ぴき》だと気づいた。耳にかみついてやったことを思いだして、オードリーはあやうく笑《え》みをうかべそうになった。

「あなたって、ひどい味だったわ」オードリーはとげとげしくいった。

ジェイクはきょとんとしたが、すぐにあのときのことを思いだした。「おまえだったのか。ふん、こんどやったら、おれもかみつきかえしてやるからな」

「わたしをどうするつもり？」オードリーは反抗的《はんこうてき》にいった。

ジェイクはにたりと笑《わら》った。「ここにいる連中《れんちゅう》がどうするつもりか、教えてやろう。朝メシだよ」

オードリーは、ジェイクの背後《はいご》にいる六匹《ぴき》のドブネズミたちを見つめた。どうにも気に入らない目つきをしている。やぶにらみのマッキーがぎょろりと目をむけてきた。オードリーはその視《し》線《せん》にふるえあがり、鼻に斑点《はんてん》があるみすぼらしい茶色のドブネズミをちらりと見た。フレッチは歯をむきだした。

「どこへ連《つ》れていこうっていうの？」オードリーはこわがっている様子《ようす》を見せまいとした。

ジェイクがひげをなでて、くっくっと笑《わら》った。「いい度胸《どきょう》をしてるじゃねえか、ええ？　高慢《こうまん》ちきな娘《むすめ》っ子《こ》だ！　教えてやろう、おまえにとても会いたがっている、あるかたのところへ行くんだよ」

一匹《ぴき》のドブネズミがいやな笑い声をあげた。オードリーはまゆをひそめ、考えこんだ。このドブネズミたちはどうしてこんな手間《てま》をかけるのかしら？　オードリーがまだ生きているのには、なにか理由があるはずだ。下水道にいるだれが、オードリーに会いたがるというのだろう。

「マダム・アキクユかしら？」オードリーは思わずつぶやいた。

ジェイクはゲラゲラと笑った。「あんなばばあじゃねえよ。なんだってまたそんなことを考えたんだ？　おまえに会いたがってるのは、もっと……」用心ぶかい口ぶりになった。「……特別《とくべつ》なかただ」

またドブネズミたちが笑った。

「さあ、出発するぞ」ジェイクは爪《つめ》でオードリーをつついた。「自分で歩けるだろう」

ジェイクがオードリーをまえへ押《お》しやり、一行《いっこう》は歩きだした。

オードリーは、ジェイクの先に立ってよろめくように進んだ。すぐうしろにジェイクがいると思うだけで、いやでも足どりは速くなった。それでも、ジェイクの長い足の爪《つめ》が、ときどきオードリーのかかとにぶつかった。ジェイクのつぎはフレッチで、そのうしろがやぶにらみのマッキー。そのあとにつづくのが〝むっつりピート〟だ。ピートは、卵形《たまごがた》の頭にはげがあり、いつもレモンでもかじったような、むっつりした顔をしている――それが名前の由来《ゆらい》だ。しんがりをつとめるのは三匹《びき》の年老《としお》いたドブネズミ。食料《しょくりょう》を入れた袋《ふくろ》をかついでいる。ジェイク用の干《ほ》し肉や、びんにはいった強い酒だ。この三匹のドブネズミたちは、若《わか》さとともに反抗心《はんこうしん》も失《うしな》っていた。命令《めいれい》されるままに荷物《にもつ》をひきうけたのだ。少なくとも食べ物はもらえたし、とりあえずはトンネル掘《ほ》りにもどらずにすむ。

フレッチは、何度もふりかえってマッキーやピートと小声でことばをかわし、ときおりジェイクのことを盗《ぬす》み見ていた。ふたりは、こわばったきびしい顔でフレッチの話に耳をかたむけていた。

オードリーはだんだん疲《つか》れてきた。足が短いので、ドブネズミのペースにはついていけない。よろめく回数がふえてきて、そのたびにジェイクのするどい爪がぶつかった。うしろから何度もぐいぐい押《お》されたが、とうとうそれ以上《いじょう》は歩けなくなった。オードリーはさっと身をひるがえし、両足をレンガの足場にふんばった。

「すこし休むまで、もう一歩だって歩かないから」オードリーはきっぱりといった。思いきった行動だったが、このドブネズミたちにどこまでむりがいえるのかを知りたかった。自分たちでオードリーを殺《ころ》すつもりがないのはあきらかだった。

ジェイクは怒《いか》り狂《くる》った。オードリーの体をつかみあげて、下水道の足場からぐいと突《つ》きだした。オードリーの両脚《りょうあし》は深い奈落《ならく》の上でぶらぶらゆれた。ずっと下のほうから、波立つ下水の音が聞こえてきた。

「よく聞けよ、ちっぽけなお嬢《じょう》さん」ジェイクはおそろしげにうなった。「いまここでおまえを殺すわけにはいかねえが、それ以《い》外《がい》にできることはいろいろとあるんだ——いっそ殺してほしいと思うようなことがな」ぶんぶんとオードリーをゆさぶる。

はじめて、オードリーは本気でこわくなった。やりすぎてしまったのだ。目的地《もくてきち》に着くまでに、逃《に》げだす方法《ほうほう》が見つかればいいのだが。

「おろして」オードリーはキーキーといった。それまでのような自《じ》信《しん》のある声ではなかった。ジェイクは足場の上に荒《あら》っぽくオードリーをほうり投げた。

「よくおぼえておけ！　おれはだれにもあんな口のききかたはさせねえ。小娘《こむすめ》だからって手出ししねえと思ったら大まちがいだぞ。この眼帯《がんたい》が見えるか？　どんなふうにして目玉をほじくりだされたか教えてやろうか？」

オードリーは壁《かべ》に背をもたせかけ、頭をふりながら、はあはあとあえいだ。

「あの女はおまえよりでかかった」

やぶにらみのマッキーが楽しそうに鼻を鳴らした。「いまじゃ義足《ぎそく》のメグと呼《よ》ばれてるぜ」クックッと笑《わら》う。

「そのとおり」ジェイクがいった。「ついかっとなって、おれが引きちぎったんだ――よたよた歩いてるが、あんまり見ばえのいいもんじゃねえな」

ジェイクの目のなかに一瞬《いっしゅん》、憎《にく》しみが燃《も》えあがった。

「ごめんなさい」オードリーはいった。

「さあ、ジェイク」フレッチがさとすようにいった。「さっさと娘《むすめ》を届《とど》けてしまいましょう」

ジェイクは肩《かた》の力を抜《ぬ》き、「立て」とオードリーに命じた。

オードリーは立ちあがり、唇《くちびる》をかんでドブネズミたちへの悪口をぜんぶのみこんだ。一行《いっこう》はぞろぞろと進んだ。トンネルはやがて三本に分かれた。ドブネズミたちは、壁《かべ》の穴《あな》に見むきもせずにとおりすぎ、まっすぐ進みつづけた。

突然《とつぜん》、うしろにいる年老《としお》いたドブネズミの一匹《ぴき》が悲鳴をあげた。混乱《こんらん》がおとずれた――ドブネズミがしゃがれた声でわめき、それにかぶさるようにして、かん高いおどろきの叫《さけ》びがあがった。ピカディリーが、オズワルドと別《わか》れたドブネズミのねぐらからはるばる走ってきて、見とおしのきかない角をまがった拍子《ひょうし》に、よぼよぼの年寄《としよ》りドブネズミにぶつかったのだ。おたがいの顔にショックとおどろきがうかぶより先に、灰色《はいいろ》ネズミはくるりとむきを変《か》え、トンネルを逃《に》げ去っていった。ドブネズミの一行《いっこう》の先頭にいるオードリーには目もくれなかった。

それでも、オードリーのほうはピカディリーの声に気づき、おかげで勇気《ゆうき》がわいてきた。ドブネズミたちはうろたえていたし、ジェイクはピカディリーを逃《に》がした手下《てした》をなじっていた。オードリーはすきを見て走りだした。

だが、オードリーの足ではむりだった。ジェイクがすぐに追いついて、オードリーのなびく髪《かみ》をつかんだ。そして、ずるずると仲間のところまで引きずりもどした。

「〝灰色《はいいろ》〟でしたね」フレッチが冷静《れいせい》にいった。

「ほんとか？」ジェイクは怒《いか》りを吐《は》きだした。「じゃあ、あいつらが逃がしちまったというわけか。白いやつはどうしたんだ？」

オードリーも同じことを考えていた。

「どうしましょう？」フレッチがたずねた。

ジェイクは荒《あら》い息をととのえながら、いらいらと首を横にふった。「ちくしょうめ！」

「王は両方の獲物《えもの》をつかまえろといったんじゃないですか？」フレッチが話をつづけた。「娘《むすめ》とあの〝灰色〟と」こほんとせきばらいをする。「あいつを追いかけますか？」

「この娘を引きずっていくわけにはいかねえだろうが」ジェイクは叫《さけ》び、髪をつかんでオードリーをゆさぶった。

「あなたがあっちを追いかけているあいだ、わたしがちゃんと見張《みは》っていますよ」フレッチは静《しず》かにいった。

「はっ！　そうだろうとも。だが、こいつはおれが監視《かんし》するし、おまえはおれといっしょにいるんだよ」残《のこ》りの五匹《ひき》のドブネズミにちらりと目をむける。「マッキーとピート。あの〝灰色《はいいろ》〟をつかまえてこい。生《い》け捕《ど》りにするんだぞ」

二匹のドブネズミは歓声《かんせい》をあげ、ピカディリーを追ってトンネルを突進《とっしん》していった。

「ここへ連《つ》れてもどれよ！」ジェイクは叫《さけ》んだ。それから、三匹《びき》の年寄《としよ》りに合図をした。「おい、じいさんたち、荷物《にもつ》をおろしな。あいつらがもどるまでここにいることになりそうだ」

年老いたドブネズミたちは、背中《せなか》にしょった袋《ふくろ》をおろしてすわりこみ、骨《ほね》をポキポキいわせながら袋の上にかがみこんだ。ジェイクはオードリーの髪《かみ》の毛をはなした。

「おれのほうが足が速いんだから、手を焼《や》かせるなよ」ジェイクは警告《けいこく》した。

オードリーはひりひりする頭をなでた。二度と逃《に》げだそうとは思わなかった。リボンがほどけてたれさがり、くしゃくしゃになっていた。手でそれをつかみ、ぴんとのばした。

オードリーがリボンを髪にむすびなおしていると、ジェイクが手をのばして、袋をひとつ引きよせた。袋の口をひらき、鼻づらをつっこんで、中身をあさりはじめる。

フレッチは退屈《たいくつ》しているようだった。「いつまでここにいるんです？」小石を足場から蹴《け》り落とし、下の水面にポチャンと落ちる音に耳をすました。

「やつらがもどってきて、おれが出発するというまでだ」ジェイクは袋に顔をつっこんだままいった。

フレッチはだらしなくすわりこんだ。「ここは寒いし、すきま風が耳もとでぴゅーぴゅー鳴ってるのに」ぶつぶつといって、しっぽを自分の体に巻《ま》きつける。

オードリーも寒《さむ》けをおぼえたが、ふるえたりしないようがんばった。下水道のなかには、まだ冬がぐずぐずと居《い》すわっていた。

ジェイクが袋《ふくろ》から顔をあげた。口のまわりがべたべたによごれていた。「そっちの袋に木がはいってる」もごもごというと、肉のかけらが口からとびだした。「予備《よび》のたいまつをもってきたんだ。それを使って焚《た》き火《び》にするがいい」

一匹《ぴき》のドブネズミが、袋をフレッチに差《さ》しだした。この休憩《きゅうけい》はありがたかった。ドブネズミたちは、ガツガツと食べるジェイクを熱心《ねっしん》に見つめて、肉のかけらがどこに落ちたかをおぼえておこうとしていた。

フレッチはたいまつを四本抜《ぬ》きだした。片方《かたほう》の端《はし》に、脂《あぶら》にひたしたぼろきれが巻いてある。さらに、石をふたつと、ふわふわした羊毛をとりだした。その石を打ちあわせて、火花で羊毛に火がつくのを待った。

ほどなく、下水道の足場にぱちぱちと炎《ほのお》が燃《も》えあがった。火明かりがオードリーのきゃしゃな体の上でおどり、毛皮の栗色《くりいろ》をきわだたせ、えりとすそのレースをゆたかな金色に染《そ》めた。ジェイクが袋から顔をあげて、片方《かたほう》だけの小さな目をオードリーにむかって炎のようにきらめかせた。

フレッチが両手をこすりあわせて炎にかざし、礼儀《れいぎ》正しくたずねた。「わたしたちのぶんはないんですか、ボス？」

ジェイクがひとかたまりの軟骨《なんこつ》をほうると、フレッチはすぐにとびつき、なめたり、しゃぶったり、バリバリかんだりして、あとかたもなく食べつくしてしまった。そして、唇《くちびる》をぺろりとなめた。

三匹《びき》の老《お》いたドブネズミたちが、みじめに顔を見あわせた。ジェイクはそれに気づいて、自分では食べる気にならない、なにかのかたまりを投げてやった。三匹はそれにとびかかり、ひと口でもかじろうと奪《うば》いあいをはじめた。ささやかなかたまりよりも、おたがいにかみつくほうが多いくらいだった。

「その袋《ふくろ》をよこせ」ジェイクは、最後《さいご》に残《のこ》った袋をフレッチからうけとって、二本の大きな酒びんをとりだした。片方《かたほう》のびんをあけて、濃《こ》い茶色《ちゃいろ》の液体《えきたい》をのどに流しこみ、げっぷをした。

「ピートとマッキーはなぜこんなに遅《おそ》いんだ？」ジェイクがふしぎそうにいった。

「あの〝灰色《はいいろ》〟がうまく逃《に》げまわっているのかもしれません」フレッチがこたえた。「まえのときもそうでしたから」

「だったらいいんだがな！　もしも〝灰色〟の毛皮をはいでいたりしたら、おれがあいつらの毛皮をはいでやる」それはただの脅《おど》しではなかった。ジェイクは以前《いぜん》にもドブネズミを食《く》ったことがあり、味も気に入っていたのだ。もういちど液体をガブガブ飲んでから、半分からになった酒びんをフレッチに投げてやった。フレッチはありがたくびんをうけとり、中身をゴクゴクと飲んだ。

年寄《としよ》りのドブネズミたちは、からになった酒びんのにおいをくんくんかいで、残《のこ》ったしずくをすこしでもなめようと首のところに舌《した》をつっこんだ。

ジェイクはもう一本の酒びんをあけて、オードリーに差《さ》しだした。「飲むかい、お嬢《じょう》さん」オードリーは首を横にふった。「体があったまるぞ。炎《ほのお》が血管《けっかん》を駆《か》けめぐる」

「けっこうよ」

「好《す》きにするさ。おれにはありがてえ」ジェイクは酒びんをぐいとかたむけ、「ふう！」とため息をついた。ぬれて泡《あわ》のついた口が、火明かりのなかでねっとりと輝《かがや》いた。「いい気分だ！」腹《はら》をポリポリとかいて、しげしげとオードリーをながめる。

オードリーは、この物騒《ぶっそう》なドブネズミがこわくなって、おどる光の輪《わ》の外へじりじりと動きはじめた。ジェイクが手で地面をばんと叩《たた》くと、オードリーはぴたりと止まった。

「そうあわてて帰ろうとするなよ」ジェイクは酒びんをフレッチにほうり、ずいと身を乗りだした。オレンジ色の火明かりが、その目のなかでゆらめいていた。

「飾《かざ》りはどうした？　おまえらネズミはみんなつけているのかと思ったが」ジェイクは、本来なら真鍮《しんちゅう》のおまもりがあるところへ手をのばした。

オードリーはびくりと身を引いた。「なくしたの」ことばがつかえた。「あなたにかみついたときに」

ジェイクはにやりと笑《わら》った。「ははあ、するとスキナーが見つけたのがそうなんだな？　おまえはどうなるんだ？」

「どういう意味？」

「べつの飾《かざ》りをもらうのか？　おれにもひとつ分けてくれねえかな」

「いいえ、ひとつしかもらえないの――わたしのはあれだけなの」オードリーはジェイクから目をそらした。おちつかない気分だった。

ジェイクがまたげっぷをした。

「なあ、おまえたちはだれを崇拝《すうはい》しているんだ――おれたちの陛下《へいか》か？」

オードリーはきっと顔をあげて、ジェイクの視線《しせん》をしっかりとうけとめた。「わたしたちが崇拝しているのはグリーンマウスよ」

ジェイクはクックッと笑い、あざけるようにいった。「グリーンマウス？　緑色のネズミなら何匹《びき》も見たことがあるぞ。というか、緑色のネズミの残骸《ざんがい》をな。だが、崇拝なんかしない。血《ち》の気《け》のひいたネズミの緑色の顔は、じきにどす黒く変《か》わるんだ」

オードリーは顔をそむけた。むだだ。こんな無知《むち》なドブネズミにはぜったいに理解《りかい》できない。

ジェイクがおだやかにいった。「おれがだれを崇拝しているかわかるか？」

「たぶん」

「どうだかな」

「あなたが崇拝《すうはい》しているのは、くさい暗闇《くらやみ》のなかにいるジュピターでしょ」

ジェイクがすっと目をほそめた。「ああ、そうだ。万物《ばんぶつ》の王だ」そのいいかたには奇妙《きみょう》な苦《にが》みがあった。フレッチが酒びんをおろして熱心《ねっしん》に耳をすましていた。

ジェイクはちらりとあたりを見まわして、目をふせようとしたフレッチの姿《すがた》をとらえた。「すぐ近くだな」ぼそりといって腰《こし》をあげ、オードリーも引きずるようにして立ちあがらせた。あいているほうの手で、焚《た》き火《び》から燃《も》えるたいまつを一本抜《ぬ》きだす。

「すぐもどる」ジェイクはフレッチにいった。「おまえはここに残《のこ》って、あいつらを待て」

フレッチは歯をくいしばり、目を冷《つめ》たく輝《かがや》かせた。そして、酒びんを三匹《びき》の年老《としお》いたドブネズミにあたえた。

ジェイクはオードリーを乱暴《らんぼう》にひっぱりながら、ピカディリーがやみくもに走り去った角をまがった。酒を飲みすぎたので足どりがふらふらしていた。

「おまえにほんものを見せてやる」ジェイクはもごもごといった。

トンネルのなかはじめじめしていて、壁《かべ》にかたまって生えるコケも、気味《きみ》の悪い、薄《うす》い色をしていた。ジェイクは、膜状《まくじょう》の大きなコケのかたまりに近づき、それをわきへよけた。そして、たいまつをまっすぐに突《つ》きだした。

コケのむこうには通路があり、急なくだりになっていた。ジェイクは、オードリーをその通路へ押《お》しやって、自分もあとにつづいた。

オードリーは通路をいちばん下まで這《は》いおりて、ジェイクを待った。どこへ、なんのために連《つ》れていかれるのか心配でたまらなかった。ジェイクにふたたび手をつかまれると、さわられたところがむずむずした。

「もうすぐだ、かわいこちゃん」ジェイクはいった。

レンガの様子《ようす》が変《か》わっていた。下水道の本管《ほんかん》に使われているものより古くて大きい。いま歩いているのは、ずっとむかしからある場所なのだ。

壁《かべ》にいくつかのしるしがあらわれはじめた。はじめは意味のない落書きに見えたが、たいまつの明かりで見ると、絵だということがわかった。戦《たたか》いと殺戮《さつりく》を描《えが》いた素朴《そぼく》な絵画だ。

ふたりは大きな部屋《へや》にはいった。

ジェイクは手をはなし、オードリーには見えないなにかにむかって頭をさげた。

「おお、神々よ」ジェイクはうやうやしくいってから、さっとオードリーに顔をむけて、どなった。「ひざをつけ！」

オードリーがひざまずくと、ジェイクはいっとき黙《だま》りこんだ。

「そう」ジェイクはため息をついた。「おれたちのなかにも、ほんのわずかだが、まだおぼえているものが残《のこ》っている。おれの親父《おやじ》もそうだった――ひどいのんべえだったがな。親父がおれに教えてくれたんだ。自分がじいさんから教わったように」

オードリーはたずねるような目をむけた。

ジェイクはたいまつをふりかざし、部屋《へや》の奥《おく》の壁《かべ》までのしのしと歩いていった。そこには三つの祭壇《さいだん》があり、古いおそなえ物の朽《く》ちはてた残骸《ざんがい》におおわれていた。ならんだ祭壇の上には、ドブネズミの原始的《げんしてき》な画風《がふう》で、三つの姿《すがた》が描《えが》かれていた。

ジェイクは最初《さいしょ》の絵に近づいた。かがみこんだ、頭のないドブネズミ。その足もとにはたくさんの頭がころがっている。

「ずっとむかし、陛下《へいか》があらわれるまえには」ジェイクは熱《ねつ》にうかされたような目をかっと見ひらいていた。「三匹《びき》の神がいたのだ！　いまの王のような生きている神ではなく、ほんとうの意味での神だ。ドブネズミの三匹の神々は、いまではすっかり忘《わす》れられ、おれのようにひたむきな一部のものがおぼえているにすぎない。おれたちはときどきここへやってきて、できるかぎりの礼拝《れいはい》をおこなう。王がいなくなるまでは安全とはいえねえからな。たしかに、おれは王の命令《めいれい》にはおとなしくしたがっているが、それは自分の首を守るためだ」

「あれはだれなの？」オードリーはたずねた。「どうして頭がないの？」

「あれはバコーン――狡猾《こうかつ》な神だ。好《す》きなときに好きな頭を選《えら》んで身につける、変装《へんそう》の名手《めいしゅ》だ。大嘘《おおうそ》つきでもある」

ジェイクは二番めの祭壇へ移動《いどう》した。上にかかげられた絵は、歯の首飾《くびかざ》りをかけた女のドブネズミのもので、ひたいには第三の目が描かれていた。左右の耳にはふさ飾《かざ》りがついている。

「こちらはマブ――眠《ねむ》りの来訪者《らいほうしゃ》だ。夢《ゆめ》のなかにあらわれて、ドブネズミたちを戦争《せんそう》へと駆《か》りたてる。暗黒の神だな。虐殺《ぎゃくさつ》が大好《だいす》きなのさ」ジェイクはゲラゲラと激《はげ》しく笑《わら》った。

ジェイクは最後《さいご》の祭壇《さいだん》に近づいた。オードリーは、たいまつの光のなかにあらわれた絵を見て、息をのんだ。それは見たこともないほど邪悪《じゃあく》な姿《すがた》だった。ひたいから大きな角《つの》を生やしたドブネズミで、ふさふさした赤い髪《かみ》をたてがみのように身にまとっている。しっぽはふたまたになっていて、足もとには血まみれのがいこつがたくさん横たわっていた。

「ホブ神《しん》だ」ジェイクがささやいた。「戦争《せんそう》をもたらす神だ」オードリーに顔をむける。「これらがドブネズミの真《しん》の神々だ――戦《たたか》いや虐殺がおれたちの望《のぞ》みなんだ。きたない坑道《こうどう》で穴《あな》を掘《ほ》ることなんかじゃない」

「だれがそんなことをさせているの？」

「くされ陛下《へいか》どのさ。あのふたつの目が、おれたちみんなをにらみつけている。赤と黄色の目でな。あいつはおれたちの正当な王じゃねえ。みんなあいつをおそれているってだけだ。だが、いつまでつづくかな。おおぜいの仲間たちが、王のよごれ仕事に不満《ふまん》をもらしている。おれたちは作業員《さぎょういん》じゃねえ――ナイフを血でよごしてえんだ」

オードリーはあとずさりした。このおそろしい部屋《へや》から早く出なければ。

ジェイクは、ホブ神の祭壇にたいまつを置《お》き、目に邪悪《じゃあく》な輝《かがや》きをたたえてオードリーに近づいてきた。そのとき、オードリーのうしろで声がした。

「こういうことか！」フレッチが床《ゆか》にぺっとつばを吐《は》いた。「このけがれた異教徒《いきょうと》め」

「出ていけ！」ジェイクが怒《いか》りをあらわにして命じた。

「そうはいかない。あんたをこの仕事に送りだしたが、おれは王の命《めい》令《れい》であんたを見張《みは》っていたんだ！　陛下《へいか》は——万物《ばんぶつ》の王は——あんたをこのけがらわしいゴミ捨《す》て場《ば》のことをなにもかもご存《ぞん》じだ。ただ、ほかの連中《れんちゅう》を先導《せんどう》しているのがあんたなのかどうかをたしかめたかったのさ。そうそう、みんなもう死んでいるはずだよ——あの世へいって王につかえてもらうために」

ジェイクはフレッチをにらみつけた。いまにも爆発《ばくはつ》しそうな顔で、鼻づらには汗《あせ》がふきだしていた。

「なんてひどいところだ」フレッチはせせら笑《わら》った。「つまらないガラクタばかりだ！」

激《はげ》しい叫《さけ》び声とともに、ジェイクは歯をむいてフレッチにとびかかった。

これを予期していたフレッチは、たくみに身をかわし、逆《ぎゃく》にジェイクの上にのしかかった。

ふたりはうなり声をあげておたがいにかみついた。毛がごそっと抜《ぬ》け落ち、爪《つめ》が血のすじを引いた。

オードリーはふたりのそばからとびのいた。じりじりと神殿《しんでん》の外へむかいながらも、壮絶《そうぜつ》なドブネズミたちの戦《たたか》いから目をはなさなかった。いったいどちらが勝つのだろう。

フレッチがジェイクの首をつかんでのど笛《ぶえ》をくいやぶろうとしたが、ジェイクは身をくねらせてしっぽで敵《てき》をはねのけた。フレッチはホブ神《しん》の祭壇《さいだん》へ走り、燃《も》えるたいまつをとりあげると、それを片目《かため》のドブネズミのまえでふりかざした。

「もう片方《かたほう》の目もつぶしてやる」フレッチはあざけった。「盲目《もうもく》のジェイクじいさんは、糞《ふん》を食《く》いながらさまよい歩くことになるんだ。モーガンのあとを継《つ》ぐのはおれだ」

ふたりは油断《ゆだん》なくおたがいのまわりをめぐったが、やがてジェイクがしかけた。頭をさげて突進《とっしん》し、フレッチの腹《はら》に頭突《ずつ》きをくらわせた。たいまつが落ちて、フレッチはバコーンの祭壇《さいだん》にうしろむきにつっこんだ。炎《ほのお》で天井《てんじょう》に映《うつ》しだされたふたりの影《かげ》が、奇怪《きかい》なレスリングをくりひろげた。

ジェイクは、頭でフレッチを石の祭壇に押《お》しつけ、肺《はい》の空気をぜんぶ押しだしてやった。フレッチが息をしようともがいているうちに、ジェイクはたいまつをさっとつかみあげ、敵《てき》の体に深深と突き立てた。

オードリーはきびすをかえし、通路を走りだした。ジェイクの勝ち誇《ほこ》った声が聞こえた。

「もう息はできまい、フレッチ。ホブ神《しん》のためにきさまを〝血まみれの骨《ほね》〟にしているひまはないから、今回はバコーン神にそなえてやる!」

ジェイクはフレッチの頭をもぎとり、血しぶきが祭壇にふりそそいだ。

オードリーは、急なのぼりを全力で駆《か》けあがった。蹴《け》とばされた石がころころと落下していく。入口までもどると、しめったコケを横へ押しやり、深く息をついた。心臓《しんぞう》がどきどきしていた。ドブネズミたちって、みんな気がふれているんだわ。

「ジェイクとお楽しみだったのか、お嬢《じょう》さん?」

そのしゃがれた声に、オードリーはびっくりしてきゃっと悲鳴をあげた。あの邪悪《じゃあく》な神殿《しんでん》から逃《に》げだすことしか考えていなかったのだ。いま、オードリーのまえでは、やぶにらみのマッキーが目をぎょろつかせていた。

「フレッチも下にいるのか？」

オードリーは黙《だま》って首を横にふった。

「フレッチは死んだわ」なんとか声が出た。このことを知ったら、マッキーはどんな反応《はんのう》をするだろう。「ジェイクが殺《ころ》したの……」

マッキーはうなずいた。「そうなるだろうと思ってたぜ。ふん、ピートとの賭《か》けはおれの勝ちだな。やっぱりジェイクがトップに立つんだ」オードリーの背後《はいご》にある、コケに隠《かく》れた入口に目をむける。「いまは下であいつを始末《しまつ》しているんだな？」ぺろりと唇《くちびる》をなめてから、オードリーをじっと見つめた。「こっちは退屈《たいくつ》していたんだ。まったくうんざりだぜ。あの〝灰色《はいいろ》〟にも逃げられちまったしな――ちくしょう」

オードリーはほっとため息をついた。ピカディリーはぶじなのだ。

「ふん、おまえたちはいつでも仲よしこよしだな。来い」マッキーはオードリーの腕《うで》をひっぱってトンネルを歩きだした。

焚《た》き火《び》の勢《いきお》いは弱まっていた。三匹《びき》の年老《としお》いたドブネズミたちは、最後《さいご》の酒びんも飲みほしていた。ひとりはぐうぐう寝《ね》ていたが、ほかのふたりはケタケタとばかみたいに笑《わら》っていた。むっつりピートは、焚き火のそばでしゃがみこみ、その真っ赤な深みをむっつりとにらんでいた。

マッキーは、オードリーを連《つ》れてその輪《わ》に加《くわ》わった。途中《とちゅう》で、じゃまな年寄《としよ》りのドブネズミを蹴《け》りとばした。

「ちっちゃなお嬢《じょう》さんが楽しませてくれるってよ」マッキーはゲラゲラ笑《わら》って、オードリーを焚《た》き火《び》のまえに押《お》しやった。

「歌をうたえ！」ピートが命じた。

「できないわ」オードリーはいった。

「頼《たの》んでいるんじゃねえぞ」マッキーがどら声でいった。

いまではオードリーも、ドブネズミのそういう目つきがなにを意味するかわかっていた。そこで、知っている歌を急いで思いだそうとしてみた。ひとつも思いだせない。両手を胸《むね》に押しあて、必死《ひっし》になって記憶《きおく》をさぐった。オルドノウズ氏《し》が、だらしない若《わか》いネズミたちを起こすために、大きな音をたてて教室の壁《かべ》を叩《たた》いていたことを思いだした。そういえば、オルドノウズ氏の授業《じゅぎょう》をうけていたとき、好《す》きだった歌がひとつあった。オルドノウズ氏が自分で書いたものだ。悲しい歌で、家族によって幼《おさな》いときから婚約《こんやく》させられたふたりの若いネズミの物語だった。男の子のネズミは心から女の子を愛《あい》しているが、女の子はその愛にこたえることができます、ある日、ハンサムなよそ者といっしょに駆《か》けおちしてしまうのだ。

オードリーはうたいはじめた。ためらいがちに、おずおずと、歌詞《かし》をはっきり思いだせるように目をとじて。だんだん自信《じしん》が出てくると、オードリーの小さな声は、陰気《いんき》な場所に高く美しく響《ひび》きわたった。
　ふたりの年老《としお》いたドブネズミは、ばかみたいに笑《わら》いあうのをやめて耳をかたむけ、眠《ねむ》っている
もうひとりは、そのいやしい生涯《しょうがい》ではじめて楽しい夢《ゆめ》を見ていた。やぶにらみのマッキーはすわ
ったまま体をゆらし、むっつりピートはあやうく顔をほころばせそうになった。
　歌はつづき、ドブネズミたちはリズムにあわせて床《ゆか》を叩《たた》きはじめた。オードリーはうたいつづ
けた。うたえばうたうほどしあわせな気持ちになれた。楽しかったころの幅木《はばき》村にもどった自分
を想像《そうぞう》した。もめごとはみんなとうさんがかたづけてくれたあのころに。
　マッキーの叩《たた》きかたが速くなり、ピートがそれにつづいた。テンポがあがった。
　オードリーはふたりについていこうとした。魔法《まほう》が歌にあたえたほのかな魅力《みりょく》は、もはや消え
ていた。オードリーは目を大きく見ひらき、ことばを吐《は》きだそうとあがいた。
　ドブネズミたちが手を叩きはじめた。爪《つめ》がぎこちなく打ちあわされた。オードリーは、目に涙《なみだ》
をうかべながら、むなしくうたいつづけた。
　マッキーがにやりと笑《わら》って、さっと立ちあがった。オードリーの両手をつかみ、ぐるぐるとふ
りまわした。オードリーは、はじめは下水へほうりこまれるのかと思ったが、そのみにくいドブ
ネズミがダンスをしているのだと気づいてショックをうけた。マッキーは、ほかのドブネズミた
ちの手拍子《てびょうし》にあわせて、どすどすと重々しくステップを踏《ふ》んだ。オードリーはすばやく動きまわ
って、相手の大きな足に踏みつぶされないようにしなければならなかった。マッキーがぴょんぴ

ょん跳《は》ねると、その背後《はいご》でしっぽがぶざまにゆれた。

「交替《こうたい》だ」むっつりピートが熱心《ねっしん》に声をかけた。

「悪いな、ピート——つぎはおれの番だ」暗がりのなかで声がした。

マッキーがダンスをやめた。

オードリーは声のほうに顔をむけて、心臓《しんぞう》が止まりかけた。片目《かため》のジェイクが、まるい火明かりのなかへ踏《ふ》みこんできた。全身にフレッチの血をあびた姿《すがた》は、悪夢《あくむ》が生みだした毒々《どくどく》しい怪物《かいぶつ》のようだった。にやりと笑《わら》うと、口は真っ赤にぬれていた。ジェイクはオードリーの手をつかんだ。血でべたべたした手にさわられて、オードリーは悲鳴をあげ、芽《め》ぶいたばかりの葉っぱのようにぶるぶるとふるえだした。

「手拍子《てびょうし》をつづけろ」ジェイクがピートにいった。

リズムがはじまった。

ジェイクは、オードリーをくるくるとまわしながら、輪《わ》を描《えが》くようにおどりつづけた。

「もっと速く！」ジェイクがどなった。

オードリーは、せいいっぱい頭をうしろへのけぞらせていた。ジェイクの体からは新しい血のにおいがした。血のこびりついた毛皮は、ぬれて黒ずんだまだら模様《もよう》になっていた。フレッチを食べてきたのだと思うと、気持ちが悪くなった。

「もっと速く！」

いまやふたりはとんでもないスピードで回転していた。オードリーは両足がほとんど地面についていなかった。頭がぼんやりして、ひどいめまいもしているのに、吐《は》き気《け》をこらえながら、ぐるぐるとまわりつづけた。

ジェイクに両手をしっかりと握《にぎ》られたまま、ジェイクはさらに回転をあげた。体が宙《ちゅう》にうきあがった。体がだらんとのびて空中を飛《と》んでいるみたいになった。ここで手をはなされたら、下水道の反対側《はんたいがわ》の壁《かべ》にぶつかってばらばらになってしまうだろう。

悲鳴をあげることもできなかった。すべてが、炎《ほのお》と血がごたまぜになったかすみと化《か》していた。

「そいつをはなしな！」

いきなりジェイクが回転をやめたために、オードリーは隅《すみ》へごろごろところがり、レンガにひじをぶつけた。

ジェイクは、声のしたほうをさっとふりかえった。

「首をつっこむな、ばあさん」ジェイクは歯をむいてうなった。

マダム・アキクユが、年寄《としよ》りドブネズミたちの頭をぴしゃりと叩《たた》きながら、ずいと踏《ふ》みだしてきた。

「その子ネズミをはなせといったんだよ」アキクユはひややかにいった。

「おれに指図《さしず》するんじゃねえよ、ばあさん。行　商《ぎょうしょう》と占《うらな》いにもどるんだな――おまえにはそいつがお似合《にあ》いだ」

アキクユは冷静《れいせい》にジェイクを見つめた。「人気者のジェイクも、もうだめだね。いまのうちに消えるがいい」

ジェイクは血まみれの爪《つめ》をあげて、ひらひらとふってみせた。「はらわたを引きずりだしてやるぜ、うすぎたないあばずれ」そして、とびかかった。

マダム・アキクユは、すばやく袋《ふくろ》のなかに手をのばし、相手の目に灰《はい》を投げつけた。ジェイクは、いっとき目が見えなくなり、怒声《どせい》をあげてあとずさりした。

「こっちへ来な、子ネズミ」アキクユはオードリーを手まねきした。「こいつをかえしてやるよ」といって、ふたつの小さな銀の鈴《すず》を差《さ》しあげた。はじめて会ったときに、占《うらな》いの代金としてオードリーから奪《うば》ったものだ。

オードリーは、よろこびを胸《むね》に占い師《し》のもとへ走り、鈴をうけとった。

「なにをぼんやりしてる。ピート、マッキー、そのばばあを引き裂《さ》いてやれ」

あっけにとられてながめていたふたりが、じりじりと前進してきた。

「やめたほうがいいよ！」マダム・アキクユがいうと、ドブネズミたちは不安な顔になった。アキクユはまた袋のなかをさぐって、こんどはひと握《にぎ》りの薬草をとりだし、それを焚《た》き火《び》のなかへ投げこんだ。

焚き火がパチパチとにぎやかな音をたてた。白く輝《かがや》く火花がジュ―ッとわきあがったかと思うと、炎《ほのお》が高々とたちのぼって天井《てんじょう》を焦《こ》がした。

マッキーとピートは、目のまえにそびえる炎《ほのお》の柱を、おびえた目で見つめた。

「こいつは魔女《まじょ》だ」むっつりピートがつぶやいた。

「あたしはジュピター王のお気に入りなんだよ」マダム・アキクユは誇《ほこ》らしげにいった。

「見ろ！」マッキーが、猛《たけ》り狂《くる》う炎の柱を指さした。その中心にふたつの円があらわれ、まわりの炎よりも明るく輝《かがや》きはじめた。

「お慈悲《じひ》を！」ピートが叫《さけ》んだ。年寄《としよ》りドブネズミたちは、べったりと床《ゆか》に這《は》いつくばった。

そのふたつの円はジュピターの目だった。

「聞け」やわらかく深みのある声が、炎のなかから呼《よ》びかけてきた。「アキクユは、わしがおまえたちにあたえた簡単《かんたん》な仕事をかたづけてくれた。おまえたちは期待にそむき、わしをおおいに失望《しつぼう》させた」その声にはおそろしいとげがあった。

「おれたちのせいじゃありません」マッキーが泣《な》き声でいった。「ジェイクです——あいつが休《きゅう》憩《けい》しようって」

燃《も》えさかる目がすっとほそくなった。「ジェイクはどこだ？」ジュピターは静《しず》かにたずねた。

片目《かため》のドブネズミはまえに進みでた。アキクユの魔法《まほう》にはおどろかされたが、自信《じしん》はもどってきていた。まだ残《のこ》っていたいまいましい灰《はい》を目からぬぐいとり、ふんぞりかえってアキクユのかたわらをとおりすぎた。そして、うやうやしくおじぎした。

「おお、慈悲ぶかき王よ」ジェイクはしゃべりだした。「おれが遅《おく》れたのは手下《てした》どもが無能《むのう》だったからです。この連中《れんちゅう》には、おれの信頼《しんらい》にこたえる能力《のうりょく》がありません。こいつらはおれに責任《せきにん》をなすりつけているんです。ほんとは、おれのせいなんかじゃありません」

ピートとマッキーが抗議《こうぎ》した。

「静《しず》まれ」ジュピターがいった。「ジェイクのいいぶんはわかった。すると、おまえのせいではないのだな。ひょっとして、フレッチのせいか」

「そうです。あのきたないゴミ野郎《やろう》です。責任はやつにあります」

「で、フレッチはいまどこに？」

「じつは、やむなく刺《さ》し殺《ころ》しました。やつは悪党《あくとう》でした——腐《くさ》りきっていました」

「ジェイク」ジュピターが口をはさんだ。「忘《わす》れているようだが、わしはみずからの領土《りょうど》で起きていることはすべて知っている。おまえは、真《しん》の王ではなく、にせの偶像《ぐうぞう》を崇拝《すうはい》している。おまえはわしを裏切《うらぎ》ったのだ」

ジェイクはがくりと両ひざをついた。「ちがいます、闇《やみ》の陛下《へいか》。あのけがらわしい神殿《しんでん》へおりていったのは、おれじゃなくてフレッチなんです。おれはやつを追いました——それで刺したんです。あなたのためにやったんです。やつがやっていることを、あなたがゆるすはずがないとわかっていたから——ほんとうです」

炎《ほのお》が赤くなり、ジュピターが吠《ほ》えた。「もうよい、ジェイク！ おまえにはがまんならん。わしはなにもかも見て、聞いたのだ。これより判決《はんけつ》をくだす」ふたつの目が、ぽかんと口をあけているほかの五匹のドブネズミをちらりと見た。「おまえたちは、坑道へ行って死ぬまでそこで働くがよい」

ドブネズミたちは、あわてふためいてぶつかりあいながら逃《に》げ去った。

ジェイクはごくりとつばをのんだ。こわくてたまらなかった。ジュピターの力をみくびっていたのだ。声もなく、運命《うんめい》のときを待つしかなかった。

ジュピターが静《しず》かに笑《わら》いだし、ジェイクはその声に寒《さむ》けをおぼえた。

「さあジェイク、おまえをどうしてくれようか？」ジュピターはいじわるくクックッと笑った。

「あなたの祭壇《さいだん》の奥《おく》でつかえることになるのですか？」

「おまえのような裏切《うらぎ》り者をつかえさせてどうしろというのだ、ジェイク？　いやいや、もっとずっとおもしろいことがある。おまえはいってみれば老兵《ろうへい》のようなものだ。老兵がなんといわれているか知っているか？」

「なんでしょう？」

「老兵は死なず、ただ消えゆくのみ」ジュピターはまた笑った。「さらばだ」

炎《ほのお》から火花がとびだし、ジェイクのしっぽの上に落ちた。ジェイクは叫《さけ》び、足でそこを踏《ふ》みつけたが、消すことはできなかった。火花はそのまましっぽを焼《や》きはじめた。まばゆい黄色の輪《わ》がゆっくりとひろがり、体のほうへじりじりと進みはじめた。

ジェイクは息を吹《ふ》きかけたり、踏みつけたりしたが、しっぽは断固《だんこ》としてくすぶりつづけた。

おそろしいことに、じりじりと燃《も》える輪《わ》がすぎたあとには灰《はい》しか残《のこ》っていなかった。

もとはしっぽの先端《せんたん》だった灰がぽとりと落ちて、床《ゆか》の上で粉々《こなごな》になっても、燃える輪はさらに前進をつづけた。

「それはじきにおまえの体に達《たっ》するのだ、ジェイク――最後《さいご》には頭までな。はっはっはっ」

オードリーは、マダム・アキクユのうしろに隠《かく》れていた。両手に顔をうずめても、毛皮の焼《や》けるつんとくるにおいは鼻まで届《とど》いた。

しっぽはすこしずつ燃えつきていった。ジェイクは、すがるような顔をマダム・アキクユにむけた。

「助けてくれ。あんたならなんとかできるはずだ」ジェイクは懇願《こんがん》した。

アキクユはうしろへさがった。「逃《に》げるチャンスはやったじゃないか。さんざん楽しんだツケがまわってきたんだよ」

「いやだ、やめろ！」ジェイクは絶叫《ぜっきょう》した。煙《けむり》をあげる輪はいまや体の近くまで迫《せま》り、しっぽは灰の山と化《か》して床《ゆか》の上にもりあがっていた。

「自分で消してやる！」ジェイクはわめきちらした。「ここから逃げて、下水へとびこめばいいんだ」ジェイクは走りだし、角を勢《いきお》いよくまがって、燃えるふたつの目からのがれた。

オードリーは手のすきまからそっとのぞいてみた。手遅《てお》れにならないうちにジェイクが火を消せたらいいのだが。

最後《さいご》の悲鳴がトンネルのなかに響《ひび》きわたり、ふっと消えた。間《ま》にあわなかったらしい。

オードリーにはジェイクをあわれんでいるひまはなかった。ジュピターがマダム・アキクユに話しかけた。

「ネズミの娘《むすめ》はそこにいるのか？」

「ええ、ここにいます。出ておいで、子ネズミ！」アキクユはオードリーをまえに押《お》しだした。

オードリーは恐怖《きょうふ》にふるえながら、炎《ほのお》のなかで輝《かがや》くふたつの目を見つめた。もはやどうやっても逃《に》げるすべはなかった。

「どこにいるのだ、アキクユ？」ジュピターがいらいらとたずねた。

「王よ、子ネズミはあなたのすぐまえにいます」

「嘘《うそ》だ」目はオードリーをさがしたが、焦点《しょうてん》があわない。

「嘘ではありません。ここにいます」

「娘のまわりに影《かげ》が集まっていて、見とおすことができない。防御《ぼうぎょ》の呪文《じゅもん》で守られているにちがいない」

アキクユは、オードリーの後頭部をぴしゃりと叩《たた》いた。「おかしなことをしないで、陛下《へいか》に姿《すがた》を見せるんだよ」

オードリーはとまどった。呪文などなにも知らないのに。

「ネズミも見た目ほどばかじゃないんだね」アキクユがいった。

「どこにいようとかまわん！」ジュピターは、姿《すがた》が見えないにもかかわらず、がみがみとオードリーに呼《よ》びかけた。「わしの力にかなうものはいない――長いあいだ待ちつづけて力を強めたのだ」目はぎらりと光り、あたりをさがしつづけたが、オードリーを隠《かく》す影《かげ》は分厚《ぶあつ》かった。

「アキクユ、そのネズミをわしのところへ連《つ》れてこい。この目はわしの本体ではない。じかに顔をあわせれば、どんな粗雑《そざつ》なおまもりを身にまとっていようが、それを打ち破《やぶ》り、なまいきな態《たい》度《ど》にふさわしいむくいをうけさせてやる」

「承知《しょうち》しました、陛下《へいか》」アキクユはおじぎをした。「そちらへ連れていくまで、けっしてヘマはいたしません」

「急ぐのだぞ」目がとじて、炎《ほのお》がふっと消えた。

マダム・アキクユはオードリーに目をむけた。「どんな魔《ま》法《ほう》を使っているんだい？」

オードリーは首を横にふった。「なにも使ってないわ、嘘《うそ》じゃない。なにがどうなっているのかさっぱりわからないの」

「ふーん」アキクユは考えこんだ。「けどね、子ネズミ、なにをしたってジュピターからは身を守れやしないよ。ドブネズミの神からは逃《に》げられない。まだ若《わか》いのに気《き》の毒《どく》なこったね」焚《た》き火《び》の燃《も》えさしを、足場から下水へ蹴《け》落《お》とす。「いっしょに来な。さてさて、あんたの行く手にはなにが待っているんだろうねえ？」

オードリーは想像《そうぞう》したくもなかった。おとなしく占《うらな》い師《し》のあとについて角をまがった。

そこには灰《はい》が点々《てんてん》と残《のこ》っていた。

アキクユはおかまいなしにそこをつっきった。灰色《はいいろ》のほこりが巻《ま》きあがった。「ほんとに悪い子だよ、ジェイク」と舌打《したう》ちをする。

オードリーは鼻をつまんで口をおおい、灰を吸《す》いこまないようにした。そのまま跡《あと》をたどっていくと、灰はふいにとぎれた。最後《さいご》の悲しいかたまりの上には、眼帯《がんたい》がのっていた。

身の毛のよだつ置《お》きみやげだった。マダム・アキクユは、そこをまたぎこしてから、足を止め、ふりかえって眼帯をとりあげた。「ひょっとしたら」ぼそりとつぶやく。「なにかに使えるかもしれないね！」そして、眼帯を袋《ふくろ》にほうりこんだ。

「遅《おく》れるんじゃないよ、子ネズミ」アキクユはオードリーに呼《よ》びかけた。「それほど遠くはないから」

12　ハチミツ入りホットミルク

グウェン・ブラウンはどすんと腰《こし》をおろし、頭をたれた。涙《なみだ》が音もなくひざの上に落ちた。アーサーはかあさんをなぐさめようとした。

「オードリーのそばをはなれないでといったのに」グウェンは悲しげにいった。

「わかってるよ、かあさん。でも、ずっとオードリーを見張《みは》っているわけにもいかないし」

グウェンは顔をあげて、戸口のむこうにあるアーサーとオードリーの寝室《しんしつ》へ目をむけた。からっぽのベッドを見て、唇《くちびる》がふるえた。「わたしの家族はどうなってしまうの？」アーサーの手をしっかりと握《にぎ》る。「オードリーはほんとに鉄格子《てつごうし》の奥《おく》へ行ったの？」

「ほかには考えられないよ」

ミセス・ブラウンは鼻をすすり、赤くなった目をこすった。「なんておそろしい。オズワルドとピカディリーも行ったんですって？」

「うん、あとトウィットも」アーサーのまるまるとした顔はすっかりおちこんでいた。

「どうすればいいの？　アラベル・チターになんていえばいいの？」ミセス・ブラウンは必死《ひっし》になって思いをめぐらした。「こんな話を聞いたらひどくとり乱《みだ》してしまうわ。オズワルドは繊細《せんさい》な子なのよ。湿気《しっけ》で体をこわすにきまってるわ」

「ミセス・チターがどう思おうとかまわないさ」アーサーは鼻を鳴らした。「なんでもかんでも大騒《おおさわ》ぎするんだから。オズワルドには、苦しいときでも自分で乗りきれるやつになってほしいと思うよ」

「そうね――ああ、ほんとにおそろしい！　かわいそうなオズワルド！　暗くてきたない下水道にいるなんて。なにかにとりつかれたのかしら？　でも、少なくともピカディリーがいっしょなのよね。うちのオードリーはひとりぼっちなのよ！」ミセス・ブラウンはまたしゃくりあげた。

アーサーは、かあさんのまえにひざをつき、その目をまっすぐのぞきこんだ。

「どうすればいいのかな？　なんなら、ぼくが下水道へさがしにいってもいいけど」

ミセス・ブラウンは耳をかさなかった。息子《むすこ》をしっかりと抱《だ》きしめて行かせまいとした。「だめよ。あなたまでいなくなってしまう。帰ってこられるものなら、オードリーはちゃんと帰ってくるはず。あなたがやみくもに追いかけてもなんにもならないわ。いまはグリーンマウスを信《しん》じるしかないのよ」

アーサーは、思いとはうらはらな明るい声で、冗談《じょうだん》めかしていった。「もしもオードリーをつかまえているなら、ドブネズミたちは用心しないとたいへんだ」

ミセス・ブラウンは、手で息子《むすこ》の頭をくしゃくしゃとなでて、やさしくいった。「さあ、アーサー。疲《つか》れているでしょ。ベッドにはいらないと。あなたはとても勇敢《ゆうかん》ね。コウモリたちに会いにいくなんてすごいわ。とにかくすこし眠《ねむ》りなさい。眠らなくちゃ体がもたないわ」

「かあさんはどうするの？」

ミセス・ブラウンは弱々しい笑《え》みをうかべた。「わたしもすぐに寝《ね》るわ。それほど長く目をあけていられそうにないから」

アーサーは、かあさんのひたいにキスをして、しぶしぶ自分の部屋《へや》にもどった。今夜、かあさんは眠れないだろう。またひどく心を痛《いた》めることになってしまった……そろそろ限界《げんかい》が近づいているはずだ。

上掛《うわが》けの下にはいる気になれず、アーサーはベッドのへりに腰《こし》かけた。なにかできることがあればいいのだが。どうして友だちがみんな消え失《う》せてしまったんだろう？　鉄格子《てつごうし》が命を得《え》て、みんなをさらったのではないかという気がしてきた。いまでは、あの鉄格子そのものがおそろしかった。おとなたちが、鉄格子や、その奥《おく》にある謎《なぞ》の地下世界にまつわる奇抜《きばつ》でおっかない物語をしゃべりだすと、いつもばかにしていたのに。地下室でトウィットといっしょにいたときに体験《たいけん》した、あのできごとだけでも、そういう物語はでっちあげではないのだとよくわかった。

あの鉄格子は、なにか得体《えたい》の知れないかたちで生きているのではないだろうか。ジュピターがあれに命と思考《しこう》を吹《ふ》きこんだのか？　なんともいえない。ほんの数日まえなら、こんな考えは笑《わら》い飛《と》ばしていただろうが、いまはそうはいかなかった。

アーサーは、目をぱちぱちさせて、眠《ねむ》たそうに頭をふった。こらえていたあくびが出て、しばらくすると、ベッドに横たわって静《しず》かにいびきをかきはじめた。

グウェン・ブラウンは、せっせと夕食のあとしまつをしていた。食器《しょっき》を洗《あら》ってふいてから、とっくにかたづいている部屋《へや》をさらにかたづけた。することがなくなると、腰《こし》をおろし、なんとか眠るまいとがんばった。

幅木《はばき》村の外でノックの音がして、はっと目をさました。いつの間《ま》にかうとうとしていたのだ。ネズミ穴《あな》へむかったが、カーテンをあけるのはためらわれた。おそろしい知らせが待っているかもしれない。悪い知らせは夜の翼《つばさ》にのってくるというではないか。ミセス・ブラウンは、深呼吸《しんこきゅう》をしてからカーテンを引きあけた。

そこにいたのはトウィットで、となりには剣《けん》を手にしたトマス・トライトンが立っていた。ふたりは、ブラックヒースからもどる途中《とちゅう》でカティー・サーク号に立ち寄《よ》り、そこで船乗りネズミが古い武器《ぶき》をもちだしたのだった。

「すいません、ミセス・ブラウン」トウィットがせかせかといった。「アーサーに会いたいんだけど」

「あら、トウィット」グウェンはそれ以外《いがい》にことばを思いつかなかった。毛の帽子《ぼうし》をかぶって首にスカーフを巻《ま》いている見知らぬネズミに、たずねるような目をむける。

「あ、ごめんなさい」トウィットは口ごもった。「礼儀《れいぎ》知らずだったね。こちらはトマス・トライトン。船乗りネズミなんだ」最後《さいご》のことばはすこし気取っていた。

トマスはおじぎをして、さっと帽子《ぼうし》をとった。白い髪《かみ》を波立つ海のようにゆらし、低《ひく》い声で語りかけた。「奥《おく》さん、この若《わか》いのとおれは、おたくの息子《むすこ》さんとすこし話をしたくてうかがったのです。もちろん、さしつかえなければですが」

「さしつかえはあるわ」ミセス・ブラウンは気をとりなおしてこたえた。「トウィット、あなたどこへ消えていたの？　悪いけど、アーサーはもう寝《ね》てるから、起こしたくないのよ」

「そいつは残念《ざんねん》ですな、奥さん」トマスはまたおじぎをした。「ぶしつけな態度《たいど》に見えたのなら申《もう》し訳《わけ》ない。ただ、今夜はいろいろと妙《みょう》なものを見たんで、玄関先《げんかんさき》で乞食《こじき》みたいに突《つ》っ立っているのはいささかつらいんですが」

「あら！」ミセス・ブラウンは、ふたりをなかへまねき入れなければとうろたえ、あわてていった。「どうぞどうぞ。ごめんなさい――心配ごとが多すぎてうっかりしていたわ」

ミセス・ブラウンは、来客を椅子《いす》にすわらせて、ハチミツ入りミルクを温《あたた》めた。「とにかく情《じょう》報《ほう》がほしいのよ」といって、湯気《ゆげ》の立つ鉢《はち》をそれぞれに手わたした。

トマスはミルクのにおいをかぎ、これでは上等《じょうとう》なラム酒《しゅ》ほど体が温まりそうにないなと考えた。

「さてと」ミセス・ブラウンは腰《こし》をおろした。「どんな用件《ようけん》なのか説明《せつめい》してくれるまでは、アーサーを起こすつもりはありませんからね。それとね、トウィット、もういちどきくけど、あなたはいままでどこにいたの？　オードリーの姿《すがた》を見た？」

「失礼《しつれい》、奥《おく》さん」トマスが礼儀《れいぎ》正しく口をはさんだ。「この若《わか》いのとおれは、この悪《あ》しき夜にとんでもなく風変《ふうが》わりなものを見たんですが、どれもこれもまるで意味がわからんのです。息子《むすこ》さんのアーサーなら、いろいろと説明《せつめい》してくれるんじゃないかと思いましてね」

「でも、どうしてアーサーが？」

「コウモリたちと話をしたからです。連中《れんちゅう》がいったことはなにか意味があるはずなんです。この若いのはコウモリたちのことばはあまり聞きとれなかったから、アーサーにコウモリたちがしゃべったことを一語ずつ正確《せいかく》に教えてもらえば、その意味を理解《りかい》できるんじゃないかと思いましてね」トマスは愛想《あいそ》よくミセス・ブラウンを見つめた。白いまゆ毛の下では、目がきらきらと輝《かがや》いていた。

「トライトンさん、申《もう》し訳《わけ》ないんだけど、うちの息子は疲《つか》れきっているの。少しは休ませてやりたいし、わたしには、コウモリの謎《なぞ》めいたことばなんかより、もっと心配しなければならないだいじなことがあるの。娘《むすめ》が行方《ゆくえ》不明なのよ」ミセス・ブラウンは不安に両手をもみあわせた。

「それはそれは……しかし奥さん、このふたつの問題はつながっていると思いませんか？　もとをただせば、そこには、毒《どく》をばらまく悪性《あくせい》の腫瘍《しゅよう》があるわけで、これ以上《いじょう》の害《がい》をなすまえにそいつを切りとらなければならない。どちらの心配ごとも急《きゅう》を要《よう》するんです」トマスがまゆをひそめ、いかめしい表情《ひょうじょう》をしたので、ミセス・ブラウンはびっくりした。「おれのことばを軽く見ないでください、奥《おく》さん。おれの勘《かん》はぜったいにはずれません。まえに自分の勘を無視《むし》したときには、ひどく後悔《こうかい》するはめになった」暗い、つらそうな声だった。「今夜のうちに行動を起こさなかったら、きっと不幸なできごとが起きて、おれたちみんなが後悔することになります」

トマスは、懇願《こんがん》するような目つきでミセス・ブラウンをじっと見つめた。

なんて心をかき乱《みだ》すネズミかしら、とミセス・ブラウンは思った。信用《しんよう》できる相手だとは思ったが、どうしてそんなおおごとになるのかよくわからなかった。

「トウィット」ミセス・ブラウンは野ネズミに顔をむけた。「アーサーを起こしてきてくれるかしら？」

トウィットはすぐにテーブルをはなれて、アーサーの部屋《へや》へ駆《か》けこんだ。

アーサーは横むきに寝《ね》て、鼻づらを腕《うで》の上にのせていた。しっぽはベッドからたれさがり、眠《ねむ》っていてもピクピクピクとふるえていた。

トウィットはそっとつついて、ささやいた。「アーサー！　起きて！」目をさまさないので、もうすこし荒《あら》っぽくゆさぶった。

アーサーはゆっくりと身をよじり、あくびをして、もごもごといった。「あっちへ行け！」

「頼《たの》むよ、アーサー、トウィットだよ」

「うん？」アーサーはそろそろと片目《かため》をあけて、焦点《しょうてん》があうのを待った。「やあ、トウィット」

小声でつぶやく。「どこへ行ってたんだ？　さがしてたんだぞ」

「もどってきたよ」トウィットには、アーサーがちゃんと起きているのかどうかわからなかった。

「そのとおり！」アーサーはまたあくびをして、夢見《ゆめみ》ごこちでごろりと反対《はんたい》むきになり、トウィットから顔をそむけた。

トウィットはむっつりと腕《うで》を組んだ。「さあ、アーサー、起きるんだ」

ベッドに横たわるふとったネズミは、いびきをかいていた。トウィットは苦笑《くしょう》して、友だちの鼻の付け根《つね》をぎゅっとつまんだ。

アーサーは悲鳴をあげてさっと体を起こした。

「だれだ？　なにがあった？　ここはどこ？」アーサーはこぶしをふりまわしていたが、やがておちつきをとりもどした。

「さあ立って、アーサー」トウィットは声をあげて笑《わら》った。「お客さんがきみと話をしたがっているから」

アーサーはぽかんと口をあけてから、大声でいった。「トウィット！　どこからわいて出たんだ？　いったいどこにいたんだよ？　屋根裏《やねうら》からもどってきたあと、上から下までさがしまわったんだぞ」

「もっと上をさがすべきだったね」トウィットはにやりとした。

「オードリーもいっしょなのか？」

「いや。オズワルドもいないし、ピカディリーもいない」

「じゃあ、おまえはどこへ行ってたんだ？」

「ああ」トウィットは目を輝《かがや》かせて、謎《なぞ》めいた返事をした。「ちょっと訪問《ほうもん》をね」

アーサーは目をこすり、ポリポリと頭をかいた。「いったいなにをたくらんでるんだ？」

トウィットはくすくす笑《わら》ってアーサーの手を握《にぎ》り、ベッドからひっぱりだした。「おいらが連《つ》れてきたネズミを見にきてよ」

アーサーは立ちあがり、のびをした。トウィットは部屋《へや》から駆《か》けだし、アーサーは途方《とほう》に暮《く》れたままそのあとを追った。

トマス・トライトンは、温《あたた》かいミルクを飲みほし、ごわごわしたひげをなでて水気をふきとっていた。アーサーはものもいわずに船乗りネズミを見つめた。

「アーサー」ミセス・ブラウンがいった。「こちらはトウィットのお友だち。トマス・トライトンよ」

「船乗りネズミなんだ」トウィットがつけくわえた。

「調子はどうかね、若《わか》いの？」トマスが大きな声でいった。ふさふさした白いまゆ毛の下で、目がきらきらと輝いていた。

「元気です、ありがとう」アーサーはこたえて、がっしりしたネズミを疑《うたが》いの目でながめた。

「ああ、そのようだな」アーサーの腹《はら》をちらりと見て、トマスはにやりと笑った。「さて、すわってくれ。きみを食べたりはしないから」

アーサーはかあさんに目で問《と》いかけた。ミセス・ブラウンはうなずいた。アーサーはのろのろとテーブルに近づき、腰《こし》をおろした。

「ようし！」トマスは顔をぐっと突《つ》きだし、しばらくアーサーを見つめた。「若《わか》いの、きみはコウモリたちに会いに行ったそうだな」

アーサーはうなずいた。「行ったよ」

「じつは、コウモリたちがきみになんといったかをぜひ知りたいんだ。今夜はたくさんの悪いものを目にしたから、そろそろこたえを知りたい。おれの古ぼけた頭のなかでいくつもの質問《しつもん》がうずまいていて、めまいがしそうだ」

アーサーは、コウモリたちがいったことを残《のこ》らず思いだそうとした。「なにをいいたいのかよくわからなかった。ばかげたなぞなぞとか、そんなのばっかりで」

「できるだけのことはしてみて」ミセス・ブラウンが息子《むすこ》の手をぎゅっと握《にぎ》った。

トマスは、丸椅子《まるいす》の上でせいいっぱい背《せ》をそらせて、やさしくいった。「あわてることはない。ただし、コウモリたちのことばどおりにな」

アーサーは目をとじて集中した。折《お》れた垂木《たるき》の上にいたコウモリたちと、その不可解《ふかかい》なことばに思いをめぐらした。

「みんなオードリーにまつわることだった」アーサーはつかえながらいった。「オードリーのことばかりいっていた。名前を出したわけじゃないけど、説明《せつめい》でわかった。『真鍮《しんちゅう》をなくしたネズミ』とか、そんなふうに」

「きみの妹だね？」

アーサーはうなずいた。「コウモリたちは、オードリーが人形をつくったとか、銀を身につけるとかいってた。そんなことがあるわけないのに」

「おいらがオードリーにあげた鈴《すず》は銀だよ」トウィットが口をはさんだ。

「でも、あいつは人形なんかいちども つくったことがない」アーサーは反論《はんろん》した。「だからさ、まるっきり意味をなさないんだよ」

「たしかに」トマスがいった。「なんのつながりも見えないな。コウモリたちはジュピターのことはなにもいわなかったのか？」

はっきりジュピターと口にされて、ミセス・ブラウンは息をのんだ。アーサーは考えこんだ。

「下に住んでいる悪鬼《あっき》のことはいってた。それがそうなのかな？」

「そいつについてどんなことをいった？」

「用心しろといわれた。でも、オードリーはとくに注意するべきだって——ほんとうの危険《きけん》にさらされているのはあいつだから。『命をおびやかすものは三つある』といってた」アーサーは記憶《きおく》をさぐった。「『どのようにしてやつを打ち負かす？　深い水、燃《も》える炎《ほのお》、知られざる道』どういう意味かな？」

トマスはまゆをひそめた。どうも気に入らなかった。「炎《ほのお》と水はおあえつらえむきの死にかただ――ジュピターを焼《や》いて、その死骸《しがい》を海へ投げこむのか？」指でとんとんとテーブルを叩《たた》く。「どうしていますぐ行動を起こさなければいけないような気がするんだろう？」立ちあがって、いらいらと歩きまわり、力強い両手を打ちあわせながら考えこんだ。

アーサーはかあさんに目をむけた。ミセス・ブラウンは肩《かた》をすくめた。トウィットが口をひらこうとしたとき、悲鳴と泣《な》き声のたつまきのように、ミセス・チターがとびこんできた。

「グウェン！　あたしのオズワルドがまだ帰ってこないの。あの子を見かけなかった？　アーサー、あなたなら知ってるでしょ」ミセス・チターは、トウィットがいることに気づき、どなりつけた。「あの子はどこなの？　どうしてあなたがここにいるの？　あなただってベッドにはいっているはずでしょ。あたしのオズワルドはどこ？　いったいあの子になにをしたの？　自分のいとこなのに」

「奥《おく》さん！」

その奇妙《きみょう》な、断固《だんこ》とした声に、ミセス・チターはわめきちらすのをやめた。部屋《へや》にとびこんできたときにはトマス・トライトンに気づかなかったのだ。いまようやく、見知らぬネズミに思いいたり、すぐにミセス・ブラウンに目をむけて、まゆをひょいとあげた。

「ごめんなさい、ほんとに。なにかのじゃまをしてしまったみたいね」

ミセス・ブラウンはため息をつき、静《しず》かにいった。「すわって、アラベル」

ミセス・チターはすわった。唇《くちびる》をすぼめて、見知らぬネズミを見つめている。

「こちらはトマス・トライトン。トウィットのお友だちなの」

「そんなことでしょうよ！」

「奥《おく》さん」トマスが堅苦《かたくる》しくおじぎをしたが、ミセス・チターはそっぽをむいて、またもやトウィットにくってかかった。

「オズワルドはどこなの？　知っているくせに教えないのね。あんなに親切にしてあげたじゃない。あなたのおかあさんのせいではずかしい思いをさせられても、あたしの家にむかえいれてあげたのよ。そのおかえしにこんなことをするなんて」

トウィットはぽかんと口をあけていた。ミセス・チターは、興奮《こうふん》しすぎて話を聞く耳をもたず、ひたすらわめきつづけた。

「**奥さん！**」トマスが大声でいって、こぶしをテーブルに叩《たた》きつけると、鉢《はち》がぜんぶ空中にとびあがった。ミセス・チターもいっしょにとびあがった。

ミセス・チターは船乗りネズミに顔をむけて、こんどはそちらをどなりつけようとした。

トマスは手をあげてそれを制《せい》した。「もうたくさんだ。もっと深刻《しんこく》な差《さ》し迫《せま》った問題があるというのに、いかれためんどりみたいにギャーギャーわめくのはやめてくれ」

ミセス・チターは怒《いか》り狂《くる》ったが、アーサーはこっそり笑《え》みをうかべた。

「ちょいと愛想《あいそ》が悪かったとしたら申《もう》し訳《わけ》ない」トマスがいった。「だが、時間がないんだ。おたくの息子《むすこ》さんは下水道にいるはずだ」

ミセス・チターは息をのんだ。

「息子さんはとても勇敢《ゆうかん》だし、おそらくぶじだろう——とりあえずは。こちらの立派《りっぱ》なレディの娘《むすめ》さんも、やはり下水道にいる。いまごろふたりはいっしょにいるのかもしれない。問題は、おれたちがこれからどうすればいいのかということだ」

はじめて、ミセス・チターはことばを失《うしな》った。オズワルドが下水道にいるとは思ってもみなかったので、突然《とつぜん》のことに口もきけないほどおどろいてしまったのだ。鉄格子《てつごうし》の奥《おく》の、真っ暗な悪夢《あくむ》の世界にいるかわいそうな息子のことを思ったとたん、目に涙《なみだ》があふれだした。「ああ、そんな」やっとのことで叫《さけ》び、ふたたび泣《な》きだした。

グウェンが、すすり泣くミセス・チターの体に腕《うで》をまわし、その銀色の髪《かみ》をなでた。

「さあさあ」グウェンはなだめた。「おちついて、アラベル」

トマスがせきばらいをした。ミセス・チターの態度《たいど》にあっけにとられ、自分がそもそも海へ出た理由のひとつを思いだしていた。ヒステリーの女たちの相手をするのはどうにも苦手《にがて》だったのだ。まえへ進みでて、ぶっきらぼうに声をかける。「アーサー、ここに、おれといっしょに下水道へおりてくれそうなネズミはどれくらいいる？」

アーサーはちょっと考えたが、返事をしたのはミセス・チターだった。

「いるわけないわよ、ばかね。ここのネズミはあなたみたいに気がふれてないの。鉄格子を抜《ぬ》けていってもいいなんていうものは、ひとりもいないわ」

トマスはミセス・チターをひややかに見つめた。「だが、あなたの息子《むすこ》さんは、まさにその鉄《てっ》格子《ごうし》を抜《ぬ》けていったんだ。なんでそんなふうに気がふれてしまったのかな？」

ミセス・チターはすぐさま口をひらいたが、なにもいうことを思いつかなかった。

「残念《ざんねん》だけどアラベルのいうとおりよ」ミセス・ブラウンが悲しげにいった。「わたしたちはみんな、こわくて鉄格子のそばに近寄《ちかよ》れないの。こどものときに、地下室にはいるだけでもすごく危《あぶ》ないと聞かされてるから。あそこには力があるのよ、五感をまどわせる魔力《まりょく》が。頭がおかしくなって、自分がどこにいるのか考える間《ま》もなく、下水道にまよいこんでしまうの」

「それで皮をはがれるのよ」ミセス・チターが物知り顔でつけくわえた。

トマスは白いひげをひくつかせた。「いっしょに来てくれるやつがだれかいるはずだ」ため息をつき、剣《けん》で床《ゆか》をとんとんと叩《たた》く。

「おいらは行くよ」トウィットが元気よくいった。「鉄格子はおっかないけど、もういちど下水道探検《たんけん》にいくのはぜんぜんかまわない」野ネズミは、トマスのことを尊敬《そんけい》し、信頼《しんらい》するようになっていたので、どこだろうとついていくつもりだった。

「おまえさんのことは勘定《かんじょう》に入れてあるさ」トマスは声をあげて笑《わら》い、野ネズミの背中《せなか》を力をこめて叩いた。

アーサーはちらりとかあさんを見た。ミセス・ブラウンは、おびえたような目を息子にむけたが、アーサーが口をひらくより先に、灰色《はいいろ》の嵐《あらし》が部屋《へや》にとびこんできた。

「待った！　待った！」嵐は叫《さけ》んだ。

ピカディリーは必死《ひっし》で走ってきた。やぶにらみのマッキーとむっつりピートの追跡をかわして、鉄格子まで全力でのぼった。さびた穴《あな》を走りぬけて、地下室の床《ゆか》をつっきった。階段《かいだん》をぴょんぴょんとのぼり、やっと幅木村《はばき》へ駆《か》けこんだのだ。

ほかのネズミたちはびっくりしたが、ピカディリーが息をととのえるのを待った。ミセス・ブラウンがまたハチミツ入りミルクを温《あたた》めると、ピカディリーはありがたくそれを飲んだ。

「オズワルドが」ピカディリーはあえぎながらいった。

ミセス・チターが、テーブルをつかんで体を支《ささ》えながら立ちあがり、またすわりこんだ。

グウェンが町ネズミを椅子《いす》にすわらせた。「オズワルドがどうしたの？」

「つかまったんだ――あんなのうまくいきっこない、きっと見つかって、それで――」

「さあさあ、若《わか》いの」トマスが口をはさんだ。「だれがオズワルドをつかまえて、なにがうまくいかないんだね？」

ピカディリーは説明《せつめい》しようとした。「ドブネズミがつかまえたんだ！」

ミセス・チターが泣《な》きだした。「ああ、あたしのかわいい子が――あたしのかわいそうなオズワルドが、ドブネズミに食べられたのね」

トマスが、どうしようもないという顔でミセス・チターを見た。

ピカディリーは首を横にふった。「いや、皮をはがれてはいなかった――おれと別《わか》れたときにはまだ」

トマスがすっと目をほそめた。

「えらく妙《みょう》な話だな。ドブネズミはなんでも食べる。やつらにとって、若《わか》くてやわらかいネズミほどのごちそうはないはずだが」

ピカディリーは、ミセス・チターがなげく声にじゃまされながら、苦労《くろう》して話をつづけた。

「でも、ほんとなんだ！　つまり、ドブネズミたちはあいつがネズミだと気づかなかった――仲間だと思いこんで、ものすごくでかい坑道《こうどう》へ穴掘《あなほ》りをさせるために連《つ》れていった。うまくいくわけがない――遅《おそ》かれ早かればれるにきまってる。そうなったら、あいつはどうするつもりだ？」

ピカディリーは不安な顔で、まずトマスを、ついでアーサーを見た。

「ふむ、そいつはなかなかおもしろい話だ」トマスがいった。「オズワルドがその坑道で見聞きしたことを、ぜひ知りたいものだな。きみはもういちど下へおりる気はあるかな？」

沈《しず》んだ、たどたどしい口調《くちょう》で、ピカディリーはゆっくりとこたえた。「オズワルドを救《すく》えるんだったら、もういちどおりるよ」

「おおぜいを救うことになるかもしれん」トマスは暗い声でつぶやいた。

話をろくに聞いていなかったミセス・チターが、いきなり叫《さけ》んだ。「ああ、あたしのかわいい子を助けて」銀色の髪《かみ》をふりみだし、両手でトマスの胸《むね》を叩《たた》く。「ああ、オズワルド。あの子を助けて、だれか！」

　船乗りネズミは体をふりほどき、とり乱《みだ》した母親をミセス・ブラウンに引き渡《わた》した。

　トウィットは首を横にふった。ときどき、自分のかあさんとミセス・チターが姉妹だとは信《しん》じられなくなる。期待の目でトマスを見あげた。計画をねっている顔だ。船乗りネズミは、なにかを心に決めたようだった。

　トマスが、片手《かたて》で剣《けん》をつかみ、もう片方の手をピカディリーの肩《かた》に置《お》いた。そして、おごそかに町ネズミを見つめた。「勇気《ゆうき》があるな、若《わか》いの。きみの年では見るべきではないさまざまな悪《あく》を目にしたのに、それでもまた下水道にはいろうとしている。もういちどだけ、友だちを救《すく》うために。おれたちでオズワルドを見つけよう――でなければ、かたきを討《う》とう。若い娘《むすめ》のほうも同じだ」

「娘？」ピカディリーはわけがわからず、一同を見まわした。そしてようやく、オードリーの姿《すがた》がないことに気づいた。「オードリーも下水道へおりたのか？」

　ミセス・ブラウンがうなずいた。

　トウィットはさっと立ちあがり、わくわくしながらたずねた。「いつ出発するの、トマス？」

「いますぐ出発するつもりだ。いっしょに来るつもりなら、身を守るものをなにか見つけたほうがいいな」

　アーサーはかあさんを見て、静《しず》かにいった。「ここに残《のこ》るわけにはいかない――友だちみんな

が こんな危険《きけん》にさらされているのに。おねがいだよ、かあさん、わかって」

ミセス・ブラウンは息子《むすこ》と目をあわせた。なにを考えているんだろう、とアーサーが思っていると、突然《とつぜん》、その頭がほんのかすかに動いた。ゆるしが出たのだ。それから、ミセス・ブラウンはきびすをかえし、自分の小さな部屋《へや》へ駆《か》けこんでいった。

トマスは、走り去るミセス・ブラウンを見送り、アーサーにむかっていった。「立派《りっぱ》なネズミだな、きみのかあさんは。だが、もう出発しなければ。時間をむだにはできない。それぞれ武器《ぶき》を見つけて、おれについてこい」

アーサーはあたりをさがしまわって、ずっしりした棒《ぼう》を二本見つけた。一本をピカディリーにわたし、もう一本で自分の手をぴしゃりと叩《たた》いてみた。

「よし、出かけるぞ」トマスは剣《けん》をふりかざし、広間へとむかった。

「ちょっと待って」一行のうしろから声がした。

四匹《ひき》はふりかえった。ミセス・ブラウンだった。感情《かんじょう》がそっくり抜《ぬ》きとられている——かたくて冷《つめ》たい大理石《だいりせき》の彫像《ちょうぞう》のようだ。目にゆらめいていたやさしい光も消えていた。戦場《せんじょう》にむかう兵士《へいし》のように決然《けつぜん》とした姿《すがた》だった。ピンク色の手には細身《ほそみ》の長い剣を握《にぎ》り、首には、自分のだけでなくアルバートのおまもりをかけている。

トマスが反対《はんたい》しようとしたが、ミセス・ブラウンはとりあわなかった。「わたしの家族はみんないなくなってしまったのよ、トライトンさん。もしアーサーまで出かけるというのなら、わたしにはなにも残《のこ》らないの。もう決心したんだから、あなただろうとだれだろうと、わたしを止めることはできないわ」

船乗りネズミは、思いとどまらせるのはむりだと悟《さと》り、ミセス・ブラウンが仲間に加《くわ》わることを認《みと》めたが、地下室にはいるまでずっとぶつぶつ不平《ふへい》をこぼしていた。

ミセス・チターは、一行《いっこう》が地下室のドアのむこうへ消えるのを見守った。自分はそばへ近寄《ちかよ》ったことさえなかったので、どうしてあんなおそろしいところへはいることができるのか、ふしぎでならなかった。息子《むすこ》の命が危険《きけん》にさらされているときでさえ、自分があの仲間にはいるのはむりだとわかっていた。ミセス・チターは自分を責《せ》めたりはしなかった。もともと勇敢《ゆうかん》なネズミではないのだ。こどもを守るためならとてつもない危険に立ちむかうという、母親ならではの強さはもちあわせていない。それを残念《ざんねん》に思わなくもなかったが、おもてには出さないようにした。いまさら変《か》われるわけがないのだ。

ひとりぼっちで、冷《つめ》たい月明かりさえ寄《よ》りそってはくれなかったが、ミセス・チターは幅木村《はばきむら》の外で腰《こし》をおろして待った。大きな涙《なみだ》のしずくが音もなくわきあがり、頬《ほお》をすべり落ちた。ミセス・チターは頭をたれて、祈《いの》りを捧《ささ》げた。

13　闇《やみ》の報酬《ほうしゅう》

フィンがオズワルドに、まがった古いスプーンをわたした。「ほら、ホワイティ、こいつを使って掘《ほ》るんだ」

ふたりは坑道《こうどう》にはいっていった。交代要員《よういん》は、坑道の壁《かべ》にある小さなドアからぞろぞろと流れこんだ。全員がはいったあとで、ドアに錠《じょう》がおろされた。坑道はものすごい長さで、うねうねとねじれながらすこしずつ上へむかっていた。燃《も》えるたいまつが壁にずらりと固定《こてい》され、ゆらめくオレンジ色の光で通路を照《て》らしている。いかにも作業場《さぎょうば》という雰囲気《ふんいき》だ。間《ま》にあわせのシャベル、とがったガラスのかけら、土がつまった袋《ふくろ》。何度も落盤《らくばん》があったらしく、天井《てんじょう》のあちこちがいいかげんな木の柱で支《ささ》えられていた。

空気はよどんでいて、汗《あせ》と血のいやなにおいがただよっていた。オズワルドは、がれきのなかにいくつかの死体がころがっているのを恐怖《きょうふ》の目で見つめた。どれも年老《としお》いた、しわくちゃのドブネズミたちで、もはや使い物にならないほどやせこけていた。通路から蹴《け》とばされて、土のなかに鼻づらをつっこんで横たわっている。オズワルドは、気《き》の毒《どく》でならなかったが、ドブネズミらしく感情《かんじょう》をおもてに出さないようにした。

フィンが、手のひらにぺっとつばを吐《は》いて両手をこすりあわせ、あざけるようにいった。「また重労働《じゅうろうどう》のはじまりだ。なのに、アオバエ一匹《ぴき》やしなえるだけの稼《かせ》ぎもねえ」

オズワルドは、ほかのドブネズミたちがそばをとおるときにいやな視線《しせん》をむけてくるので、目をあわせないようにした。忍《しの》び笑《わら》いもときどき聞こえた。

「調子はどうでえ、フィン！」一匹のドブネズミがおもしろがってたずねた。

「ほっとけ！」フィンはどなった。

「なんだそいつは？　白チョークかよ？」

オズワルドは目をぱちくりさせたが、なにもいわなかった。

「死にかけてるみてえだな」ドブネズミたちは、白いネズミを見て大声で笑った。オズワルドの心は深く傷《きず》ついた。

「よう、へなへなちゃん」

「頭のマフラーといっしょだな」

「なんてなまっちろい野郎《やろう》だ！」

オズワルドは、そうした侮辱《ぶじょく》やあざけりに歯をぎりっと鳴らしたが、ひとつひとつのことばが的《まと》を射《い》ていた。

「おかしな顔だな」

「かわいい目じゃん」

「気にするんじゃねえぞ！　あんなはなたれども」フィンがいった。「ただし、ああいうやつには目をつけられないほうがいい」

一匹《びき》の大柄《おおがら》なドブネズミが近づいてきた。体つきはたくましく、毛皮はつやのあるこげ茶色だった。

「口が……」オズワルドは、そのドブネズミの顔を見て、息をのんだ。

フィンがあわててシーッといった。「なにか仕事をしているようなふりをしろ。あいつに見られるまえに」

大柄なドブネズミはとおりすぎていった。大きな爪《つめ》は長くてするどく、太いしっぽが背後《はいご》でひゅんひゅんとゆれていた。だが、その顔は……

そいつはつねにおぞましい笑《え》みをうかべていて、残忍《ざんにん》な歯がぜんぶむきだしになっていた。そのおそろしい表情《ひょうじょう》を、自分では変《か》えることができないのだ。

「笑《わら》いっぱなしのスマイラーって呼《よ》ばれてるんだが、あいつの聞こえるところではいうなよ。穴《あな》掘《ほ》りの腕《うで》は一流だ。自分の爪を使って掘る。だから、現場《げんば》ではいつも最前列《さいぜんれつ》にいるんだ」

「でも、あの口はどうしたの？」オズワルドはぞっとしてたずねた。

フィンはひきつった笑《え》みをうかべた。「まだ若《わか》かったころ、やつはモーガンに嘘《うそ》をついて、あの切《き》り株野郎《かぶやろう》に唇《くちびる》を切りとられたんだ。だが、いまじゃモーガンのほうが後悔《こうかい》してるだろうな。スマイラーがあんなにでかくて強くなっちまったから。やつがそばをとおるときに、じろじろ見たりするんじゃねえぞ。あのコーンウォール出のとんま野郎もふるえあがってる。とにかくおとなしくして、よけいなもめごとを起こさねえことだ」

オズワルドは、どすどすと去っていくスマイラーのひろい背中《せなか》を見つめた。ドブネズミの世界は、きたないかげ口だらけの悪夢《あくむ》だ。そのどまんなかにいる自分が信《しん》じられない。この変装《へんそう》をいつまでつづけることができるだろう。あと何時間、あるいは何日、ドブネズミのふりをしていられるだろう。

銅鑼《どら》がとどろき、坑道《こうどう》のなかに響《ひび》きわたった。

「掘《ほ》りはじめるんだ、相棒《あいぼう》」フィンが、やせた肩《かた》に袋《ふくろ》をかついだ。「おれは掘りたての土をはこびだしてくる。またあとでな。頭はさげておけよ」フィンは歩み去った。

オズワルドはスプーンで地面をつついた。傷《きず》ひとつつかなかった。土がかたくて石だらけなのだ。スプーンを勢《いきお》いよく叩《たた》きつけてみたが、どうしても地中にはいらない。あたりを見まわしてみた。ほかの作業員《さぎょういん》たちはみんないそがしく働《はたら》き、土を掘り起こしている。ゆっくりした労働歌《ろうどうか》がはじまった。しばらくのあいだ、オズワルドはそのあまりにも陰気《いんき》な歌詞《かし》にのみこまれた。

背中がまがり、両腕《りょううで》がせっせと動き、歌声は毒《どく》の川のようにひとりひとりの心をからめとって流れていく。表面がざくざくと掘《ほ》り起こされて、石がどかされ、もつれた木の根はほぐされて切りとられた。

掘削現場《くっさくげんば》の最前列《さいぜんれつ》では、スマイラーがひざをつき、両手の爪《つめ》で大きな土のかたまりをえぐりとっていた。まるで機械《きかい》のようだ。どんなものもスマイラーの動きをさまたげることはなく、大きなレンガさえ小石のように掘りだされ、わきへ投げ捨《す》てられていく。

おおぜいの汗《あせ》だくのドブネズミのなかに、スキナーの姿《すがた》があった。皮はぎナイフで地面を深々とたがやしている。オズワルドは頭に手をやると、マフラーの下にあるオードリーのおまもりの感触《かんしょく》をたしかめ、こぼれ落ちたりしないことを祈《いの》った。スキナーに顔をおぼえられていなければいいのだが。スパイカーのような死にかたはしたくない。

「働《はたら》けよ、相棒《あいぼう》！」フィンが近づいてきた。背中《せなか》の袋《ふくろ》はいっぱいになり、重みで足もとがふらついていた。「そんなふうにだらだらしていたら、むちの痛《いた》みを味わうことになるぜ」

「その土はどこへはこぶの？」オズワルドはたずねた。

「水のなかへ捨てるんだ。坑道《こうどう》がはじまるところに、べつの入口がある。おれたちがとおってきたようなドアはねえんだが、そっちへ行ったところで外へは出られねえ。せまい足場があるだけで、そこらじゅうで水が渦《うず》を巻《ま》いてるし、こっそり逃《に》げようとしても、もっとおそろしいものが待ちかまえてる。まえに、何匹《びき》か逃げようとしたことがあるんだが、その後はだれもためしてねえ。そこにこの土を捨てるんだよ。水のなかへ。まあ、食《く》うわけにもいかねえだろ？」

どうやらフィンは自分の体験《たいけん》を語っているようだった。ドブネズミはむきを変《か》え、のろのろとトンネルを進んでいった。

オズワルドはスプーンでの作業《さぎょう》にもどり、水でいっぱいだという入口のことを考えた。ドブネズミたちがそろっておびえるほどおそろしいものとは、いったいなんだろう。オズワルドはスプーンを地面に叩《たた》きこんだ。小さめの石が動きそうだったので、そこに全力を集中した。

スプーンの端《はし》がやわらかい手にくいこんで、まめができ、血もにじんできたが、とうとう石を動かすことができた。石は地面からぽんと跳《は》ねて、鼻にぶつかった。オズワルドは鼻をこすってうめいた。あわれな鼻は、このところ痛《いた》いめにばかりあっていた。

しばらくして、フィンがもどってきた。からになった袋《ふくろ》を背後《はいご》にひらひらさせて、足早《あしばや》にオズワルドに近づいてきた。「そうだ、ホワイティ。なまけるんじゃねえぞ」

オズワルドは、フィンのことがよくわからなかった。信用《しんよう》していいのだろうか？　たしかに手助けをしてくれている――でも、どうして？　これまでに見たかぎりでは、ドブネズミはなにか見かえりがないかぎり仲間を助けたりはしない。フィンはなにが目的《もくてき》なんだろう。ひょっとしたら、たまたまこのあたりで唯一《ゆいいつ》の親切なドブネズミに出くわしたのに、オズワルドが疑《うたが》いすぎているのだろうか。いや、それはありそうもない。フィンにはどこか気味《きみ》の悪いところがある。あのとげのある声を聞くと、オズワルドはぞっとして、鳥肌《とりはだ》が立ってしまうのだ。やっぱり、まるで理解《りかい》できない。

オズワルドはスプーンを地面に突《つ》き立てた。

時間はのろのろとすぎていった。はてしない歌声もだらだらとつづき、何時間もたっても、まだ同じ歌がくりかえされていた。オズワルドはすぐに歌詞《かし》をおぼえたが、うたう気にはなれなかった。ドブネズミたちが歌のなかで死をこんなふうに賛美《さんび》していることに、ショックをうけていたのだ。殺《ころ》し、首しめ、腹裂《はらさ》き、あぶり焼《や》きなど、ありとあらゆる残虐行為《ざんぎゃくこうい》がうたわれていた。オズワルドはひどく疲《つか》れてきたが、作業《さぎょう》のペースが落ちることはなかった。

スマイラーは、あいかわらず最前列《さいぜんれつ》で黙々《もくもく》と爪《つめ》をふるっていた。オズワルドも、その体力にはおどろかずにいられなかった。オズワルド自身は、わずかな土をなんとか

掘《ほ》り起こして、それを誇《ほこ》らしげにながめていた。だが、ほかのドブネズミたちはまだまだ元気だった。掘りだされた土は、フィンのような年かさのドブネズミたちの手で袋《ふくろ》や缶《かん》につめられ、はこばれていく。

「かわいらしい山ができたな、ホワイティ」フィンがいった。「だが、もうちっと身を入れねえとな――それだけじゃ足りねえんだよ。じきにモーガンが作業《さぎょう》の進みぐあいを見にくる。それまでにもっとたくさん掘っておくほうがいい」

フィンが、またいっぱいになった袋をかついで立ち去ろうとしたとき、オズワルドは、ずっと気になっていた質問《しつもん》をしてみた。

「なんのために掘ってるの？」

フィンはカッカッと気味《きみ》悪く笑《わら》った。「ふん、うわさを聞いてねえのか、ホワイティ？　まあそうかもしれねえな。いろんなことをいうやつがいるから。おれはな、ジュピターが宝物《たからもの》かなにかをさがしているんだと踏《ふ》んでる。やつにとってはよっぽど値打《ねう》ちがあるものなんだろうな、これだけの手間《てま》をかけるんだから。掘りはじめてから何年もたってるが、間《ま》もなく目的《もくてき》のものが出てくるはずだといわれてる。それに、このむかつく坑道《こうどう》じゃ、天井《てんじょう》がくずれたりとかいろいろトラブルが起きてるから、そろそろ潮時《しおどき》だろう。あと一、二キロってとこか。それだけの価値《かち》があればいいんだがな」フィンはえっちらおっちら歩み去った。

オズワルドは自分の手にふれてみた。たこや水ぶくれがいっぱいでき、つぶれたところに土がはいりこんでひりひりする。もはや永遠《えいえん》に逃《に》げだせないような気がした。だれもがずっと持ち場にとどまっているので、ふらふら歩きだしたらまちがいなく見とがめられるはずだ。つぎの交替《こうたい》時間はいつなのだろう。オズワルドはひどく腹《はら》がへっていた。胃《い》がぐうぐうきゅうきゅうと音をたてている。時間が遅《おそ》いのもつらかった。外では夜明け近いはずだ。まえの晩《ばん》からずっと眠《ねむ》っていないので、ピンク色の目のまわりには黒ずんだくまができていた。ほこりが顔に吹《ふ》きつけてきて、毛皮にこびりついた。肌《はだ》がざらつき、体がよごれてべたべたした感じがする。ドブネズミたちはどうしてこんなのに耐《た》えられるのだろう。

ときどき、スキナーが仲間たちに文句《もんく》をいう声が聞こえた。ここでの作業《さぎょう》が不満《ふまん》らしく、ぶらぶらしたり獲物《えもの》を殺《ころ》したりといった自由がないことをなげいていた。

オズワルドは、ささやかな穴掘《あなほ》りを再開《さいかい》した。モーガンが作業《さぎょう》の視察《しさつ》にやってくると思うと不安だった。モーガンの秘密《ひみつ》の貯蔵庫《ちょぞうこ》でピカディリーといっしょに見つけた、ネズミの皮のことが思いだされた。

「そんな大きさじゃおまえの体も埋《う》められないぞ」フィンが背後《はいご》から声をかけてきた。「まだまだだな。モーガンが来るのが見えた——あまり機嫌《きげん》がよくないみたいだ」ウインクして、そのまま最前列《さいぜんれつ》のほうへ歩いていった。

オズワルドは地面を蹴《け》とばし、なぐりつけた。モーガンになにをいわれるかこわくてたまらなかった。ネズミだとばれて、その場で食《く》われてしまうかもしれない。フィンが袋《ふくろ》をぱんぱんにしてもどってきたときにも、たいして作業《さぎょう》は進《すす》んでいなかった。

「ぜんぜんだめだなあ、相棒《あいぼう》」ドブネズミは舌打《したう》ちし、オズワルドの努力《どりょく》のみじめな結果《けっか》をながめた。「モーガンにつるし首にされちまうぞ。おめえはきょう来たばかりだが、あいつにゃそんなことは関係《かんけい》ねえ。スマイラーが掘《ほ》りだした土を見てみろ。はこびだすのは六匹《ぴき》がかりで、それでもきついくらいだ」フィンの顔が、いたずらっぽくひくひくと動いた。「なあ、ホワイティ。おめえはきょうがはじめての作業だし、おれはクソみたいにやさしい心の持ち主《ぬし》だから、助けてやるよ」

ドブネズミは背中《せなか》の袋《ふくろ》をおろし、オズワルドが掘りだした小さな山の上に、その中身をざあっとあけた。

「ほれ、これならまあまあだろ。な、ホワイティ、最初《さいしょ》の交代までにはマブダチになれるといったじゃねえか」

「ありがとう」オズワルドはいった。

「いいってことよ、相棒《あいぼう》。ただ、あとでひとつふたつ、袋《ふくろ》をはこぶのを手伝《てつだ》ってくれたらありがてえけどな」

「もちろん」

「よっしゃ、それでこそマブダチってやつだ」だが、オズワルドはその顔にうかぶ笑《え》みが気に入らなかった。「切《き》り株《かぶ》しっぽのおでましだ。あとでな」

フィンはふたたびスマイラーのところへむかった。

しかめっつらのモーガンが、がみがみどなりながらトンネルを歩いてきた。「ぶらぶらしてるんじゃないぞ、このクズども！　地面をくすぐってどうする。もっときびきび働《はたら》くんだ」

ドブネズミたちは口もとをぬぐうふりをして口を隠《かく》し、しゅっとあざけりの音をたてた。

「さあ、ごくつぶしども！　真剣《しんけん》に仕事をやってみせろ。われらの王は、早くこの掘削《くっさく》を終わらせたがっているのだ」

「おれたちだってそうさ！」だれかが声をあげた。

モーガンは、声がしたほうを横目でにらんだ。スキナーが、なにも知らないという顔をしてみせていた。

「陛下《へいか》がこの掘削を終わらせたがっているのは、もっと重大なことに集中できるようにするためだ。それにはわれわれも加《くわ》わることになる。大きな報酬《ほうしゅう》もいただける。もはや遠い先のことではない。作業《さぎょう》は終わりに近づいている」

何度も聞かされた台詞《せりふ》だった。だれも心を動かされることはなかった。ドブネズミたちはうんざりしたようにあたりをながめていた。モーガンは舌《した》をちっと鳴らした。「さあ、たっぷり汗《あせ》をかいてみせろ！」

まだらのドブネズミは、切《き》り株《かぶ》のようなしっぽで地面をぱたぱたと叩《たた》いた。ここの連中《れんちゅう》と話をするのは日に日にむずかしくなってくる。作業に疲《つか》れてうんざりしているのだろうが、モーガンになにができる？　ジュピターがみずから命令《めいれい》するか、そのおそるべき力のほんのすこしでも見せてくれれば、こっちの手間《てま》もずいぶんへるはずだ。作業員《さぎょういん》たちはもはやモーガンの話に耳をかさない。片目《かため》のジェイクや、そこにいるスキナーのような連中《れんちゅう》を頼《たよ》りにしている。楽しみばかりもとめているやつらだ。いまにも反乱《はんらん》を起こすかもしれない。楽しみをあたえてやるか、さもなければ力でおさえつけるか。モーガンはため息をついた。今夜、ブラックヒースであったような儀式《ぎしき》をまのあたりにすれば、あんなにでかい口を叩《たた》くことはなくなるはずなのだが。

モーガンはむきを変《か》えて、オズワルドに目をとめた。オズワルドは、観察《かんさつ》されていることに気づいて、そわそわとスプーンをいじくった。モーガンはそちらに近づいた。

「新入《しんい》りか？」

モーガンは、オズワルドの横にもりあげられた土をしげしげとながめた。「悪くない――最初《さいしょ》の日にしては。おまえみたいのがもっとおおぜいいるといいんだが」スキナーに聞こえるように、大きな声でいう。「だが、こいつは妙《みょう》だな」もうすこし静《しず》かな声でつづける。「そこにもりあげられた土の量《りょう》と、おまえが掘《ほ》った穴《あな》の大きさとが釣《つ》りあわないようだ」

オズワルドはおちこんだ。こうなることは予想《よそう》しなかった。

「おお、モーガンさま」フィンがせかせかと近づいてきて、あいさつをした。「ホワイティはよくやっているでしょう？　さっきまでここにあった石ころだらけの山を、ぜひ見ていただきたかった。スマイラーは土をほったらかしにしてますが、このホワイティはすぐにかたづけるんです」

モーガンは、疑《うたが》いの目でフィンを見てから、オズワルドにいった。「用心するんだな、白いの。このフィンてやつはわるがしこいじじいなんだ。こんなに親切なのはおかしい」

だが、オズワルドはとっくにそのことを考えていた。

モーガンが立ち去ると、フィンは地面にぺっとつばを吐《は》いた。「ふん、あいつはもう先が長くねえ。そろそろジュピターには新しい副官《ふくかん》がつくころだ。これまで何度も変《か》わってきたし、これからだってまだ何度も変わるはずだ」オズワルドにむかってちらりと笑《え》みをうかべる。「もう行かねえと——また土を捨《す》てにな。だが、約束《やくそく》は忘《わす》れてねえよな、ホワイティ。あとでおれの袋《ふくろ》をいくつかはこぶのを手伝《てつだ》ってくれるんだろ？」

オズワルドはあいまいにうなずいた。

作業《さぎょう》はつづいた。外の世界では、星の光が薄《うす》れて、灰色《はいいろ》の朝がはじまろうとしていた。

オズワルドは手足が痛《いた》かった。いままで働《はたら》いたことなどなかったし、かあさんが、むりをしないよう気をつかってくれていたのだ。頭がずきずきして、汗《あせ》のしずくがマフラーの下から流れ落ちた。

スマイラーさえペースが落ちていた。大きな二本の腕《うで》の動きがゆっくりになり、背後《はいご》に土がつみあがるのにも時間がかかるようになった。そろそろつぎの作業員たちと交替《こうたい》する時間だった。

スキナーが、土の山の上にすわりこみ、大きくあくびをした。「うんざりする仕事だぜ。こんな坑道《こうどう》はくそくらえだ」

　ほかの数匹《ひき》の疲《つか》れたドブネズミたちも仲間入りした。それぞれの道具をほうりだし、むっつりと話をはじめた。なぜこんな穴掘《あなほ》りをしているのか、自分たちにどんな得《とく》があるのかを知りたがっているのだ。

　オズワルドは、ドブネズミたちの文句《もんく》に耳をすましながらも、作業《さぎょう》をつづけているふりをした。「いつも同じ質問《しつもん》だ」フィンが背後《はいご》で突然《とつぜん》いった。オズワルドは、このドブネズミの音もなく忍《しの》びよるくせが好《す》きではなかった。「どいつもこいつも、このゴミの山からなにかを手に入れようとしてやがる。期待しすぎなんだよ。こんなところじゃ、妙《みょう》なミミズかカブトムシでも見つけられれば運がいいほうだが、いまじゃそれも多くは残《のこ》っちゃいねえ」スキナーたちをしばらくながめてから、ビーズのような目を左から右へさっと動かした。「あいつら、交替《こうたい》時間が来るまでおしゃべりしてる気だ。図体《ずうたい》ばっかりでかい役立たずどもが。おれは背骨《せぼね》が折《お》れそうな思いをして、このでっかい袋《ふくろ》をかついでるってのに」

　フィンは苦しそうな顔をして、袋をどさりと地面に落とした。

「だめだ、もう一歩も動けない！」フィンはオズワルドにずるがしこい目をむけた。「あの約束《やくそく》をはたしてくれよ、ホワイティ。この袋をはこんでくれ。一回だけでいい」

　オズワルドは、重い袋を慎重《しんちょう》にもちあげた。肩《かた》にかついだら、あやうくひっくりかえりそうになった。

フィンはそれをながめて、どこか勝ち誇《ほこ》ったような笑《え》みを満面《まんめん》にうかべた。

「そうだ、ホワイティ！　おれとおまえ、もうマブダチだな。こっちだ」

ドブネズミはトンネルを歩きだし、オズワルドはゆっくりとそのあとを追った。

土を掘《ほ》ったりかき集めたりしているドブネズミたちのかたわらをとおりすぎ、背中《せなか》にかついだ袋《ふくろ》の重みで押《お》しつぶされそうになりながら、よろよろと歩きつづけた。フィンは、すぐまえを歩きながら、興奮《こうふん》した声でオズワルドをせきたて、はげました。熱心《ねっしん》になるあまり、足どりがだんだん速くなる。オズワルドはやむなくそれにあわせたが、ほとんどスキップになるとそうもいかなかった。

オズワルドは、これ以上《いじょう》はむりだと思った。できるだけ速く歩いてはいたが、両脚《りょうあし》はガクガクしていたし、袋の重みで背中が痛《いた》かった。

「きついか、ホワイティ？」ドブネズミが、片方《かたほう》の耳を楽しそうになでながらたずねた。「だったら、おれがいてよかったな。近道を知ってるんだ！　すぐそこの角をまがればいい。歩く距離《きょり》が半分ですむぞ」

角をまがると、中央《ちゅうおう》トンネルからのびるほそい通路があった。暗くてがらんとしている。オズワルドは、どうも気に入らなかったので、首を横にふった。

「いや」オズワルドは、フィンを警戒《けいかい》して、ぜいぜいといった。「だいじょうぶだと思う」

フィンは声をあげて笑《わら》った。「ばかいうなよ、ホワイティ。疲《つか》れきった顔をしてるぞ。マフラーで頭が暑《あつ》くなりすぎてるんだろう。おれがはずしてやるよ」

オズワルドはあせってせきこんだ。ほかのドブネズミたちも見ている。マフラーがなかったら、だれかにネズミだと気づかれてしまうだろう。

「わかった……いっしょにそっちへ行くよ」オズワルドは急いでいった。

フィンがにんまりと笑った。「だと思ったぜ。こっちだ――遠くないから」フィンはほそい通路にはいりこみ、オズワルドがあとを追った。

暗かった。壁《かべ》にはたいまつもなかったし、空気は冷《つめ》たくてむっとした。

フィンの声が通路にこだまして伝《つた》わってきた。だいぶ先にいるようだ。

「がんばれ、ホワイティ」

オズワルドはつばをごくりとのんだ。自分が小さなハエになって、暗闇《くらやみ》のなかでフィンが待ちかまえるクモの巣《す》にとびこんでいくような気分だった。心臓《しんぞう》をどきどきさせ、不安をいだきながら、とぼとぼと進みつづけた。

突然《とつぜん》、かたい壁《かべ》にぶつかった。行き止まりだ。パニックに襲《おそ》われ、やみくもにあたりを手さぐりした。

フィンはどこだ？　どうしてオズワルドを仲間たちから引きはなしたんだ？　壁に背《せ》をむけると、ふたつの白い光の点が近づいてきた。激《はげ》しい飢《う》えに輝《かがや》く、フィンの目だった。途中《とちゅう》でオズワルドをやりすごし、ここに追いつめたのだ。

「よう、ホワイティ！　おめえにはえらくがまんさせられたぜ。ああ、フィンは見かけほどバカじゃねえんだ。目がさめたときに、おめえの小さなネズミの耳が見えた。よだれが出たよ。コリコリしたネズミの耳――最高《さいこう》だぜ！　だが、あの連中《れんちゅう》がおめえをつかまえたら、あわれなフィンにはなにも手にはいらないから、じっと待ちつづけたんだ」

オズワルドは恐怖《きょうふ》に悲鳴をあげた。ふたつの白い円がさらに近づいてきた。フィンは頭が切れる。獲物《えもの》を仲間たちから引きはなして、だれにも声が聞こえないところへ連《つ》れこみ、それと同時に、あまり抵抗《ていこう》できないように疲《つか》れさせたのだ。

金属《きんぞく》が冷《つめ》たくきらめいた。フィンがナイフを抜《ぬ》いたのだ。手から手へひょいひょいともちかえられるたびに、刃《は》がきらりと光って、獲物をなぶりものにした。

「ああ、ゆるして！　助けて！」オズワルドは叫《さけ》び、手で顔をおおった。

「助けてやったじゃねえか、ホワイティ――おれのために な！」ドブネズミはおぞましい笑《わら》い声をあげた。「いちどにぜんぶ食《く》ったりはしねえ。がつがつしたくはねえからな。残《のこ》りはここに置《お》いておいて、腹《はら》がへったときにまたつまみにきてやるよ」

オズワルドは絶望《ぜつぼう》して、ちぢみあがった。

突然《とつぜん》、地面がゆれて、通路がびりびりとふるえた。

「またいまいましい落盤《らくばん》か」フィンがいった。「ま、おかげでやつらは、しばらくのあいだアリみたいに駆《か》けずりまわってるだろう。すてきな朝食をゆっくりと味わえるってわけだ。そのまえに、まず皮をはがないと……」

ふたつの円がすっとほそくなり、フィンがナイフを高々とふりかざして突進《とっしん》してきた。オズワルドが身をかわすと、フィンはかっとして毒《どく》づいた。「このむかつくネズミが」そして、もういちどナイフをふるった。だが、白ネズミはひょいとかがみ、ナイフは壁《かべ》にぶつかって火花をちらした。

フィンは、あいているほうの手をふりまわして、オズワルドをおさえつけようとした。オズワルドはちょこまかと走りまわり、ドブネズミをかわして逃《に》げようとした。だが、フィンはあまりにもずるがしこかった。

「よっしゃ！」手がオズワルドののどをつかみ、しっかりと壁《かべ》に押《お》しつけた。「目玉がポンととびだすまで、このままじわじわとしめあげてやろうか。じたばたするのはやめろ」

するどい爪《つめ》がオズワルドの首に深々とくいこんだが、おそろしさのあまり痛《いた》みは感じなかった。死にものぐるいでフィンのむこうずねを蹴《け》とばし、ナイフをもっているほうの腕《うで》にかみついた。

「あいたたたっ！」ドブネズミはびっくりして叫《さけ》んだ。ナイフが地面にかちゃんと落ちて、刃《は》を上にむけた状態《じょうたい》でふたつの石のあいだにはさまった。

「このウジ虫野郎《やろう》が――絞《し》め殺《ころ》してやる！」フィンは逆上《ぎゃくじょう》して両手をふりまわし、悪態《あくたい》をつきながら、あごをカチカチとかみあわせた。

オズワルドは、土砂《どしゃ》がいっぱいにつまった袋《ふくろ》につまずき、地面にばったりと倒《たお》れた。フィンがその上にとびのり、わき腹《ばら》をひっかいて三本の長い傷《きず》をつけた。オズワルドはうめき、ひじをフィンの腹に叩《たた》きこんだ。フィンは、歯のあいだからしゅっと息を吐《は》きだし、苦しそうにあえぎながらふらふらと立ちあがった。そのすきにオズワルドが思いきり突《つ》きとばすと、フィンはよろめき、袋《ふくろ》につまずいて、上むきになったナイフに倒《たお》れこんだ。ナイフがあばらをつらぬき、悲鳴があがった。フィンはしばらく苦しそうにもがいてから、静《しず》かになった。殺《ころ》してしまったのだ。

オズワルドは打ちひしがれた。こんなつもりはなかったのだ。いまはとにかく逃《に》げだしたかった。ひろがっていくどす黒い血だまりのなかにフィンを残《のこ》して、通路を駆《か》けもどった。

暗がりを抜《ぬ》けだし、ほそい通路を抜けだして、坑道《こうどう》にもどった。どこもかしこも混乱《こんらん》して大騒《おおさわ》ぎだった。ドブネズミたちがたいまつを手に走りまわっていた。落盤《らくばん》が起きたのは、ちょうどオズワルドが掘《ほ》っていたあたりだった。オズワルドは愕然《がくぜん》とした。フィンに誘《さそ》いだされたおかげで命を救《すく》われたのかもしれない。

「二十四《びき》が下敷《したじ》きだ！」ドブネズミたちが口々に叫《さけ》んでいた。

「だが、スキナーは生きてるぞ。まだ動いてる」

「こんなところでまた落盤《らくばん》を待つのはごめんだ」

「おれだっていやだ」

「危険《きけん》をおかす価値《かち》はないぜ。つぎはおれたちの番かもしれねえ」

坑道《こうどう》にいるすべてのドブネズミたちが叫び声をあげていた。だれもが心を決めていた――これ以上《いじょう》の作業《さぎょう》はごめんだ。

オズワルドはこっそりトンネルを進んでいった。こんな混乱《こんらん》のなかでは、だれも気づかないだろう。土砂《どしゃ》を捨《す》てるという水の張《は》られた入口をめざすことにした。最初《さいしょ》にはいってきたドアはまだ錠《じょう》がおりていたのだ。それに、あそこはドブネズミたちのねぐらに近すぎる。いざとなったら、反対側《はんたいがわ》まで泳ぐくらいのことはできるだろう。オズワルドは、ドブネズミたちがその入口のむこうにあるなにかをこわがっていたことを、すっかり忘《わす》れていた……

背後《はいご》では、ドブネズミたちが大声で叫び、ぞろぞろとトンネルを行進しはじめていた。オズワルドは、追いつかれないように、できるだけせっせと足をはこんだ。

必死《ひっし》で走ったけれど、坑道《こうどう》はひどく長かった。角を勢《いきお》いよくまがったとたん、モーガンともろにぶつかった。

オズワルドはすとんと尻《しり》もちをついた。コーンウォール出のドブネズミは、ひどくおそろしい顔をして、オズワルドを見おろした。「立て、軟弱者《なんじゃくもの》！」がみがみといって、いじわるくネズミを蹴《け》とばす。それから、トンネルの奥《おく》へ目をやって、ゆらゆらと近づいてくるたいまつの赤い輝《かがや》きを見つめた。「暴動《ぼうどう》か？　やつらはにぶい頭でそんなことを考えているのか？　ゆるさんぞ！きっと陛下《へいか》にひどいめにあわされるだろう――そのつもりでおられるはずだ」

オズワルドは、モーガンが奇妙《きみょう》なまるい物体《ぶったい》を入れた袋《ふくろ》をかついでいるのに気づいた。ドブネズミはなにやら考えこみながら、そのふくらみをぽんと叩《たた》いた。オズワルドは立ちあがり、じり

ないた。

「毛皮をなくしたくなければな！」モーガンがけわしい声でいった。「現場《げんば》へもどれ」

オズワルドはあわてて坑道《こうどう》を引き返した。モーガンはどこかおかしかった。邪悪《じゃあく》な力の影《かげ》につつまれて、まえよりも体まで大きく見えた。目は残忍《ざんにん》な槍《やり》となって、オズワルドを激《はげ》しくつらぬいた。

オズワルドは、百匹《びき》の怒《いか》れる暴徒《ぼうと》と、この邪悪なジュピターのしもべとのあいだにはさまれていた。それでも、たいまつを高くかかげて行進してくる、怒《いか》りに燃《も》えたドブネズミたちの相手をするほうがましなような気がした。

「なんだ？」あたふたと近づいてくるオズワルドを見て、ドブネズミたちが口々にいった。

「へなへなちゃんか」

「どこへ行ってたんだ、白いの？」

オズワルドは口ごもり、トンネルの先を指さして叫《さけ》んだ。「モーガンが来るよ！」

「ほう、そうか」

「ちょうどいいんじゃねえか？」

「まだら野郎《やろう》め、おれたちに会いにきてくれるとは、気がきくねえ」

「ばらばらにしてやるぜ」

「頭を切り落とすか」

巨大《きょだい》なスマイラーも暴徒《ぼうと》のなかにいて、いつもよりさらに笑《え》みをひろげていた。

「いいなああ」スマイラーは、独特《どくとく》のぎこちないしゃべりかたでのろのろといった。「おれはやつの舌《した》をひっこ抜《ぬ》いて食《く》ってやるんだああ」

「きっちりこらしめてやろうぜ。長いあいだ、やつはでかい顔をしてきて、おれたちはそれをがまんしてきた。だがもう終わりだ！　こんどはやつが痛《いた》いめを見る番だ！」

ドブネズミたちは、うずうずしながら黙《だま》って待った。オズワルドはじりじりとそのかたわらをとおりすぎた。いまばかりは、オズワルドがいることは忘《わす》れられていた。

モーガンが角をまがり、無言《むごん》の群衆《ぐんしゅう》のまえへのしのしと近づいてきた。

「どうした、働《はたら》かないのか？　まだ交替《こうたい》にはならないぞ。おまえたちの勤務《きんむ》時間だ」モーガンは群衆のまえを行ったり来たりして、脅《おど》すようにそれぞれの顔をにらみつけた。

オズワルドは、モーガンがすこしもこわがっていないことに気づいた。うしろのほうに隠《かく》れて、あのひょこひょこ動く小さくて邪悪《じゃあく》な目に見つからないようにした。

「おれたちはなにもしねえ」だれかが重々しい声でいった。

「ほう？　いっておくが、自分がだいじなら、おれのいうとおりにしたほうがいい。さもないとたいへんなことになるぞ」

ドブネズミたちはいっせいにゲラゲラと笑《わら》いだした。こんなにばかげた、効果《こうか》のない脅しは聞いたことがなかった。

ところが、モーガンはひるまなかった。冷静《れいせい》に、一歩も引くことなく、ばか笑《わら》いがおさまるのを待った。一匹《ぴき》、また一匹と、ドブネズミたちは黙《だま》りこんだ。スマイラーさえ声をあげて笑うのをやめた。いままでにない展開《てんかい》だった。モーガンは勇敢《ゆうかん》なネズミではないし、おろかでもないはずだ。どうしてあんなに自信《じしん》たっぷりなのだろう。

すっかり静《しず》かになると、モーガンが、耳をすまさなければ聞こえないほど静かな声でしゃべりだした。だれもがこのドブネズミに注目していた。

「おれを脅すとはいい度胸《どきょう》だ」モーガンはせせら笑った。「その腐《くさ》った頭から反乱《はんらん》などという考えを追いだし、悪夢《あくむ》が生みだした闇《やみ》の王のまえにひれふすがいい。陛下《へいか》にゆるしを請《こ》うのだ！　おれは王の右腕《みぎうで》であり、王のしもべだ。おれにむかって爪《つめ》をふりあげるのは、王に逆《さか》らうのと同じことだ。陛下は万物《ばんぶつ》の王だ——闇の門の奥《おく》で、なにも知らずにのんびり隠《かく》れていると思っているのか！　王の目はどこにでもある。ありとあらゆる場所で、すべてを見て、すべてを知っているのだ」

ドブネズミたちは不安そうに考えこんだ。モーガンは、異教徒《いきょうと》の群《む》れに語りかける高僧《こうそう》のように、群衆《ぐんしゅう》を押《お》し分けて進んだ。

「考えには気をつけるがいい！」モーガンはつづけた。「なぜなら、ジュピターがそれを読みとれば、おまえたちはあの祭壇《さいだん》のむこうへ送られて王につかえることになるのだ」

かすかなつぶやきが、ドブネズミたちのなかにさざ波のようにひろがった。もうすこしで説《と》きふせることができそうだった。

「持ち場にもどれ。そして、王がより偉大《いだい》な栄光《えいこう》を手にするための作業《さぎょう》に加《くわ》われることを、ありがたく思え」

「むかつく作業なんざ、くそくらえだ」しゃがれた声が叫《さけ》んだ。

モーガンは群衆《ぐんしゅう》のむこうへ目をやった。近づいてきたのはスキナーだった。ふらついているようだ。体じゅうあざだらけで、顔には切り傷《きず》があり、三カ所で折《お》れたしっぽをずるずると引きずっている。ドブネズミたちはそちらへ顔をむけて、スキナーのことばを待った。

「おれたちは落盤《らくばん》で生き埋《う》めになって死んでいる――なんのために？」スキナーは苦々《にがにが》しく吐《は》き捨《す》てた。「おれたちは汗水《あせみず》たらして働《はたら》いている――なんのために？」左右のこぶしで空中をなぐりつけると、数匹《ひき》のドブネズミがいっしょに声をあげはじめた。「なんのためか教えてやろう。あの祭壇《さいだん》の奥《おく》にこもって、ひげをピクピクさせながらおれたちを笑《わら》いものにしている、どこかのでぶ野郎《やろう》のためだ。おれたちは作業《さぎょう》でいそがしすぎて質問《しつもん》をするひまもない――『ジュピターってだれなんだ？』とか『どうして姿《すがた》を見せないんだ？』とか。なぜだか教えてやろう。ジュピターがペテン師《し》で、どこかのおいぼれじじいにすぎないからだ」

ドブネズミたちはうなずき、ふたたび不満《ふまん》の声をあげはじめた。やがて、だれもが怒《いか》りをこめてこぶしをふりまわしはじめた。

オズワルドは動く気になれなかった。地面にちぢこまり、このまま議論《ぎろん》がつづいたらたいへんなことになるだろうと考えていた。いまはスキナーが優位《ゆうい》に立っているが、モーガンはまだびっくりするような秘策《ひさく》を残《のこ》しているにちがいない。

モーガンは、群衆《ぐんしゅう》を不快《ふかい》そうにながめて、どなった。「このおろか者どもめ。おまえたちはジュピターの力をなにも知らないのだ」スキナーを指さす。「なかでも、きさまは最低《さいてい》のおろか者だ」袋《ふくろ》に手を入れて、マダム・アキクユの水晶玉《すいしょうだま》をとりだした。

これを見てドブネズミたちは大笑いしたが、水晶玉のなかに炎《ほのお》があらわれて、ふたつの目が真っ赤に輝《かがや》きはじめると、すぐに静《しず》まりかえった。

ジュピターの声が、愕然《がくぜん》としているドブネズミたちの頭上にとどろいた。

「**わしはおまえたちの王だ**」

ドブネズミたちは恐怖《きょうふ》でひれふした。ジュピターの激《はげ》しい怒《いか》りや、その力を目のあたりにしたことはいちどもなかったのだ。オズワルドは、恐怖《きょうふ》にぶるぶるとふるえながらひざまずいた。

「わしはおまえたちの王だ！」ジュピターはくりかえした。「これまでは、寛大《かんだい》に、なさけぶかくふるまってきたが、おまえたちはわしを怒《おこ》らせた。おまえたちすべてにおそるべき破滅《はめつ》をもたらしてやる」

モーガンが燃《も》える水晶玉を頭上にかかげると、なかからあふれる光がまばゆく輝《かがや》いた。

「わしがいなければ、おまえたちは、わしが来るまえのように、壁《かべ》にこびりついた汚物《おぶつ》をする暮《く》らしにもどるのだ。わしはおまえたちに血と殺《ころ》しへの渇望《かつぼう》という恵《めぐ》みをあたえてやった。それなのに、わしに刃向《はむ》かおうというのか」ジュピターは高《たか》らかに笑《わら》った。「首謀者《しゅぼうしゃ》がだれかはわかっている。わしの報復《ほうふく》を見るがよい」

スキナーがそわそわとあたりを見まわした。ジュピターにこれほどの力があるとは夢《ゆめ》にも思っていなかったのだ。

ふいに、水晶玉《すいしょうだま》のまわりに白い炎《ほのお》の輪《わ》があらわれ、死をもたらす強烈《きょうれつ》な流れとなって襲いかかった。

白い火炎《かえん》にのまれて、スキナーが絶叫《ぜっきょう》した。ドブネズミたちはおびえてあとずさりした。スキナーはパチパチと火花をまきちらし、苦しみに両腕《りょううで》をふりまわした。悲鳴は坑道《こうどう》全体にひろがり、スキナーが死んだあとも長いあいだこだまが残《のこ》った。炎がふっと消えて、煙《けむり》をあげる黒《くろ》焦《こ》げのがいくつが地面にくずれ落ちた。皮はぎナイフがその上に落下して、もろい炭《すみ》と化《か》した骨《ほね》を打ち砕《くだ》いた。

恐怖《きょうふ》のあえぎが群衆《ぐんしゅう》のなかにひろがった。

「さあ、わしがこれ以上《いじょう》の怒《いか》りをあらわにするまえに、さっさと作業《さぎょう》にもどるのだ。わしの怒《いか》りの炎をあおるようなことはするな」

ドブネズミたちはいっせいに立ちあがり、それぞれの持ち場へ駆《か》けもどっていった。

モーガンはクックッと笑《わら》った。ほしくてたまらなかった力をついに手に入れたのだ。モーガンの地位《ちい》に文句《もんく》をつけるものは二度とあらわれるまい。陛下《へいか》がこわくて、そんなことはできないはずだ。モーガンは、そのむかつく生涯《しょうがい》ではじめて、自分は安全だと感じることができた。

ドブネズミたちは大急ぎで作業《さぎょう》を進めた。落盤《らくばん》でくずれた岩石はすぐにかたづけられ、うずもれていた死体はわきへほうりだされた。スマイラーは勢《いきお》いをとりもどして壁《かべ》をガリガリとけずり、土《つち》くれをまわりにとびちらせた。

オズワルドはスプーンをとりあげて、せっせと掘《ほ》りはじめた。たったいま見たものを信《しん》じる気になれず、頭がくらくらしていた。どうやってもジュピターを倒《たお》せるはずがない。モーガンは見晴らしのきく場所にとどまり、作業をながめていた。手のなかにはまだ水晶玉《すいしょうだま》があり、ふたつの目もぎらぎらと輝《かがや》いていた。

「これをむだな作業だと思うな」ジュピターの声がとどろいた。「仕事が終われば、おまえたちみなに報酬《ほうしゅう》があたえられる。トンネルが完成したら、ブラックヒースの地下に眠《ねむ》る宝物《たからもの》は、永遠《えいえん》におまえたちのものとなるのだ」クックックッといやな笑《わら》い声をあげる。「モーガン、祭壇《さいだん》へもどれ。べつの問題が近づいてきている。心から楽しみつつ、叩《たた》きつぶしてやるとしよう」

水晶玉《すいしょうだま》が暗くなり、そのなかの炎《ほのお》も消えた。モーガンはレンガからとびおりて、坑道《こうどう》のなかを歩きはじめた。ドブネズミたちがうやうやしくおじぎをしたり敬礼《けいれい》したりするのがうれしかった。ついに生涯《しょうがい》の野望《やぼう》を実現《じつげん》して、モーガンはそのよろこびにどっぷりひたっていた。

オズワルドはとまどっていた。宝物についてのジュピターのことばを聞いて、なんだか不安になってきたのだが、その理由がわからなかった。もの思いにふけりながら、手を休めずに掘《ほ》りつづけた。心のどこかに疑念《ぎねん》がしつこくまとわりつき、はなれようとしなかった。オズワルドはぽりぽりと頭をかいて、考えこんだ。

スマイラーは壁《かべ》に打ちかかり、大きな爪《つめ》で大量《たいりょう》の土を掘《ほ》り起こしていた。そのとき、一本の爪がぽきんと折《お》れてはじけとんだ。スマイラーは悪態《あくたい》をつき、目のまえのでこぼこした土をしげしげとながめた。石をいくつかつまみあげ、土をすこしはらった。そして、あわてて手をひっこめた。「いてえよおお、ヒリヒリするよおお」皮膚《ひふ》を調べてみると、真っ赤にただれていた。

「土が燃《も》えてるよおおお！」スマイラーは叫《さけ》んだ。

数匹《ひき》のドブネズミが近づいて、スマイラーのやけどした手をのぞきこんでから、掘りだされた壁をじっと見つめた。

「妙《みょう》なにおいだな」一匹《ぴき》が鼻をひくつかせた。

「うげっ、鼻がひりひりする」べつの一匹が、空気をぐっと吸《す》いこんで悲鳴をあげ、鼻づらをごしごしこすった。

「道具をもってきて調べてみるか」ドブネズミたちは提案《ていあん》した。

オズワルドはその様子《ようす》をながめながら、頭をしぼっていた。こたえはそこにあるのに、どうしても見つけられない。土のなかにあって燃《も》えるもの……

もっと小さかったときのことを思い起こしてみた。オルドノウズ氏《し》が、オズワルドをふくめたクラスのこどもたちのまえに立っている。ずっと、ずっとまえにあった、なにかおそろしいできごとについて話している。ブラックヒースとかかわりのあるなにかだが、さて？

オズワルドは歯ぎしりをして、なんとか思いだそうとした。

いっぽう、ドブネズミたちのほうは、スプーンで土をけずりとって、大きな白い岩をあらわにしていた。見たことがないほど大きな岩だった。

「てこを使ってどけようぜ」そういって、ドブネズミたちは各自のスプーンを大きな岩の下に押《お》しこんだ。

その岩にはとてもおかしなところがあった。完全にまんまるで、表面には、奇妙《きみょう》な、波打つ線がしるされていた。

「せえの」ドブネズミたちが叫《さけ》び、いっせいにスプーンを押しさげた。びくともしない。

「もういっちょう！」岩はかすかにぐらついた。

突然《とつぜん》、オズワルドは思いだした。ブラックヒース――そうか！　遠い、遠いむかし、そこでひどい疫病《えきびょう》が発生した。黒死病《こくしびょう》だ。死体はブラックヒースの地下に埋《う》められ、おそろしい、燃《も》える生石灰《せいせっかい》でおおわれた。それがスマイラーの手をやけどさせたのだ。

「待って、待って」オズワルドはドブネズミたちにむかって叫《さけ》んだ。「たいへんなことが起きてるんだ――みんな死んじゃうよ――待って！」

「黙《だま》ってろよ、へなへなちゃん。いくぞ、てめえら」ドブネズミたちが叫んだ。最後《さいご》のひと押《お》しで、がくんと動きがあり、まわりの土がざあっとなだれ落ちると、大きな白い物体《ぶったい》がころがり出てきた。

それは、にたりと笑《わら》う人間の頭蓋骨《ずがいこつ》だった。

激《はげ》しいごろごろという音が坑道《こうどう》をゆるがし、壁《かべ》がくずれて、さらに多くの頭蓋骨や白くなった骨《ほね》がばらばらと落ちてきた。土ぼこりといっしょに、黄色い霧《きり》がわきあがった。

霧はもくもくと立ちのぼり、頭蓋骨の目の部分をうねうねと通過《つうか》し、ならんだ歯のすきまをすりぬけた。濃《こ》い霧のなかに、まぼろしのようなみにくい姿《すがた》があらわれた。

ジュピターの黒魔術《くろまじゅつ》によって命をあたえられた疫病《えきびょう》が、その邪悪《じゃあく》な姿をうごめかせていた。オズワルドは悲鳴をあげて逃《に》げだした。

はあはあとあえぎながら、オズワルドは坑道のなかを突進《とっしん》した。

スマイラーはあぜんとして骨《ほね》を見つめた。最初《さいしょ》の頭蓋骨《ずがいこつ》が、レンガの上でぐらつき、こちらにむかってかぶりをふるように左右にゆれていた。霧《きり》に目をむけると、そこには邪悪《じゃあく》な顔がかたちづくられていた。霧は、目をまるくしているスマイラーの両脚《りょうあし》をぐるりとめぐり、背後《はいご》にそっと忍《しの》びよった。うっすらとひろがる影《かげ》の海から、煙《けむり》のような二本の腕《うで》がのびて、透明《とうめい》な指がドブネズミの顔をつつみこんだ。スマイラーは悲鳴をあげて、化《ば》け物《もの》を引きはがそうとしたが、手は煙のなかをすりぬけるだけだった。幻影《げんえい》はするすると這《は》いのぼり、ついには、おさえきれない渇望《かつぼう》をたたえるにごった目が、スマイラーの目をのぞきこんだ。身動きひとつできなかった。黒死病《こくしびょう》の力に圧倒《あっとう》されて、地面に倒《たお》れこむと、悪鬼《あっき》が口のなかへ押《お》し入《い》ってきた。スマイラーは死ぬまえに、たくましいしっぽをもういちどだけばたつかせた。しっぽがあたった頭蓋骨《ずがいこつ》が、ごろごろと坑道《こうどう》のなかをころがりはじめた。

オズワルドは必死《ひっし》に走った。ドブネズミたちはみな、うろたえて顔をあげていた。ぶきみな霧《きり》は地面に沿《そ》ってゆっくりと這《は》いすすみ、あらゆるものをのみこみ、つつみこみ、角やくぼみの隅《すみ》隅《ずみ》まではいりこんでいく。

霧にふれられると、ドブネズミたちはあとずさりしたが、霧はしつこくまとわりつき、ふりはらうことはできなかった。やがて、ドブネズミたちは息をつまらせ、もがいたあげく、顔をどす黒くふくれあがらせて倒《たお》れた。霧は死体を乗り越《こ》えて流れつづけた。

頭蓋骨は壁《かべ》にぶつかりながらごろごろところがり、おろおろしているドブネズミをぺしゃんこにしながら進んでいった。

その音を聞いて、オズワルドはおびえながら背後《はいご》をふりかえった。頭蓋骨《ずがいこつ》が、おぞましい顔をぐるぐる回転させながら、距離《きょり》をちぢめてきていた。地面にぶつかるたびに、歯が欠《か》けたりつぶれたりしている。たいまつの下をとおりすぎたときには、ゆらめく光で、頭蓋骨がいじわるくウインクをしてみせたように見えた。

オズワルドはもっと速く走ろうとした。狡猾《こうかつ》な霧《きり》はすぐうしろにおり、そこから、海にうかぶ泡《あわ》のように疫病《えきびょう》の姿《すがた》がもりあがっていた。ふれられたドブネズミたちが、息をつまらせてつぎつぎと苦しげな悲鳴をあげた。これこそ、ジュピターが約束《やくそく》した永遠《えいえん》の報酬《ほうしゅう》なのだ。

坑道《こうどう》のもうひとつの入口が行く手に見えてきて、オズワルドを勇気《ゆうき》づけた。疲《つか》れがひどく、体力はつきかけていた。頭蓋骨《ずがいこつ》がごろごろと追いかけてくる音だけが、オズワルドを先へと進ませていた。フィンに連《つ》れこまれたほそい通路が、ぼんやりと視界《しかい》を流れすぎていった。黄色い霧《きり》はあそこにも流れこんで、ドブネズミの死体をのみこむだろう。

ガツン！

頭蓋骨が岩にぶつかってはねあがり、落ちたときにオズワルドのしっぽをかすめた。オズワルドはぐんと加速《かそく》した。

入口はもうすぐだった。オズワルドは最後《さいご》のひととびで坑道から抜《ぬ》けだした。ぶざまに着地して、じたばたと体勢《たいせい》をととのえた。

そこはせまい足場の上だった。下では水が激《はげ》しく波打っていた。ふりかえると、頭蓋骨《ずがいこつ》がまるで笑《わら》っているような顔で突進《とっしん》してきた。ドスンというとてつもない衝撃《しょうげき》に、足場がびりびりとふるえた。

頭蓋骨は入口にすっぽりとはまりこんでいた。まわりにはすきまも割《わ》れ目もまったくなかった。悪魔《あくま》のような霧も、とおりぬけてくることはできなかった。オズワルドは、ほっとして大きく息を吐《は》きだし、頭をたれた。もうだいじょうぶだ。

ちらりと上を見て、オズワルドは凍《こお》りついた。この大きな部屋《へや》のむかい側《がわ》の壁《かべ》に、ジュピターの祭壇《さいだん》があった。

14　闇《やみ》の門

強烈《きょうれつ》な熱風《ねっぷう》が、デットフォードの下水道で吹《ふ》き荒《あ》れはじめた。風は、使われなくなって久《ひさ》しい通路を吹き抜《ぬ》け、たれさがる雑草《ざっそう》を打ちのめした。

オードリーは、マダム・アキクユのうしろをせかせかと歩いていた。乾燥《かんそう》した暖《あたた》かい空気のせいで、息をするのがつらかった。

「暑《あつ》すぎるわ」オードリーはあえいだ。リボンはしめって、首のまわりにだらんとたれていた。かたわらの下水道の壁《かべ》にさわり、びっくりして身を引いた。「レンガが熱《あつ》い！」オードリーは叫《さけ》んだ。「なにが起きているの？」

マダム・アキクユは、ふりかえることなく、わかったふうな口調《くちょう》でいった。「あのかたが成長しているんだよ、子ネズミ。炎《ほのお》の爪《つめ》をのばしている。闇《やみ》の王子が、準備《じゅんび》をととのえているんだ」

オードリーはこわかった。手のひらがじっとりしてきて、レースのえりのふちをそわそわとかんだ。いったいどうなるのかしら？　ジュピターが待っていると思うと、自分がとても小さくなったような気がした。ここから出る方法《ほうほう》はなさそうだ。逃《に》げることはできない――なにかが、オードリーの小さくてきゃしゃな両足を、ジュピターのところへみちびいている。こうしてジュピターと会うことは、ずっとまえから、それこそオードリーが生まれるまえから決まっていたかのようだ。いまのオードリーは、あらかじめ決められた役割《やくわり》をこなしているにすぎなかった。

下水道の足場がだんだん熱《あつ》くなってきた。オードリーは、やけどをしないようにぴょんぴょん跳《は》ねなければならず、しっぽにつけた鈴《すず》がジャンジャン激《はげ》しく鳴った。マダム・アキクユは、温度の上昇《じょうしょう》に気づいてもいないようだった。オードリーは、ドブネズミの大きな足をちらりと見た。皮がガチガチで、全体がたこにおおわれている。熱《ねつ》があれをとおして伝《つた》わるまでにはだいぶかかりそうだ。

祭壇《さいだん》の部屋《へや》に近づくにつれて、ますます息苦しくなってきた。ジュピターが火の息を吐《は》くという伝説《でんせつ》はほんとうらしい。凶暴《きょうぼう》なドラゴンみたいに炎《ほのお》をふきだすにちがいない。

下水道を流れる水さえ湯気《ゆげ》をあげはじめていた。湯気は熱い空気のなかへうねうねと立ちのぼり、トンネルの天井《てんじょう》あたりに集まっていた。レンガのなかの湿気《しっけ》がシューシューと音をたて、壁《かべ》のコケはしなびていた。しばらくすると、マダム・アキクユもショールをゆるめて、それで顔をふきはじめた。

「アキクユがとても若《わか》かったころみたいだね」マダム・アキクユがいった。「さあ、子ネズミ、もうすぐだよ」

占《うらな》い師《し》が小さなアーチをくぐった。オードリーがついていくと、そこはせまくるしい控《ひか》えの間《ま》だった。よごれていて、においもひどかった。片隅《かたすみ》に古いわらの山がつんであるところを見ると、だれかがときどきそこで眠《ねむ》るらしい。マダム・アキクユの水晶玉《すいしょうだま》もそこにあり、魔法《まほう》の卵《たまご》かなにかのように、わらのなかにおさまっていた。

「切《き》り株《かぶ》しっぽの寝床《ねどこ》だよ」アキクユがいった。「あのまだらのドブネズミはいつでも陛下《へいか》のそばにいるんだ。けど、いつまでつづくかねえ？　アキクユには疑問《ぎもん》だよ」

占い師は水晶玉に近づき、それを自分の袋《ふくろ》にほうりこんだ。それから、ぐっと背《せ》すじをのばし、えらそうに胸《むね》をふくらませた。

「あたしは陛下に信頼《しんらい》されているんだ。闇《やみ》の秘《ひ》密《みつ》を教えてもらうかわりに、あんたを陛下のところへ送り届《とど》ける。これで取り引き成立さ。あたしは闇の知《ち》識《しき》を得《え》るにふさわしいネズミなんだ」

マダム・アキクユは、みずからのものとなる力のことを考えて、ちらりと笑《え》みをうかべた。やがて夢《む》想《そう》からさめると、あわれみにも似《に》た目つきでオードリーを見おろした。

「ああ、かわいそうな子ネズミ」ほうっとため息をついて、真っ黒な目をしばたたく。「なんだってまた、こんなたいへんなできごとに巻《ま》きこまれたんだい？」

オードリーは、ドブネズミの態度《たいど》が急に変《か》わったことに気づいて、慎重《しんちょう》にいった。「わたしを逃《に》がしてくれない？　まだ手遅《ておく》れじゃないわ」

マダム・アキクユは悲しそうに首をふった。「だめだよ、子ネズミ。もう手遅れなんだ。こいつは一方通行で、あともどりはぜったいにゆるされない」虚空《こくう》をじっと見つめる。「アキクユはぜったいに引き返せない――そうさ」ひとり言《ごと》のように静《しず》かにささやく。「道はもうできていて、そこを歩くしかない。アキクユはそれを知っている。生まれてこのかた、いろいろなことをしてきた。悪いこともたくさんした。もどる道はとざされている。ものごとはなるようにしかならないんだ。自分でなにもかも決められるわけじゃない。できることをせいいっぱいやるしかないんだ」

オードリーは用心ぶかく口をはさんだ。「それが最悪《さいあく》のことでも」

「わかったようなことをいうんじゃないよ」ドブネズミはぴしゃりといった。小さなネズミのまんまるな目に見つめられて、いらいらしていた。「アキクユのことをなんにも知らないくせに。あんたは居心地《いごこち》のいい住《す》みかでママといっしょに暮《く》らしてるんだろう。ドブネズミの暮らしについてなにを知ってるってんだい？　あたしたちは、あんたらネズミとはぜんぜんちがうんだよ」

オードリーは首を横にふった。「そんなにちがうとは思わないけど」

占《うらな》い師《し》はうろたえてあとずさりした。「アキクユはめったにいないドブネズミなんだ。どんなやつとも似《に》ていない。あんたみたいなちっぽけな子ネズミには、アキクユがなにを考えているかわかりゃしないよ」ことばがとぎれ、アキクユの思いは遠い過去《かこ》へとさまよった。やさしい笑顔《えがお》をもとめてはじめておずおずと足を踏《ふ》みだしたときに、冷《つめ》たいあざけりにむかえられ、そのむちで打たれるような痛《いた》みによって心がゆがんでしまったのだ。

「もしも、家とか、そういったおちつける場所を手に入れられるとしたらどう？」オードリーはつづけた。

アキクユは口をつぐみ、考えこんだ。そんなことを夢《ゆめ》に見たのはずっとまえのことだ。いつだって、自分にはけっして縁《えん》のないぜいたくに思えたものだ。だが、このネズミのことばによって、忘《わす》れていたはずの古い夢が呼《よ》び起こされ、気持ちよく心を満《み》たした。いまでも手が届《とど》かないものなのだろうか？　自分の悪行《あくぎょう》をすっかり悔《く》いあらため、野心《やしん》を捨《す》て去ることはできないのか？新《あら》たな生活という種《たね》が、アキクユの心の奥深《おくふか》くに埋《う》めこまれた。どこか安全で平和な場所を見つけることさえできたら。ゆっくりとうなずくと、その考えが心のなかで輝《かがや》いた——悪意《あくい》に満《み》ちた暗い世界に射《さ》しこむひとすじの光のように。

「子ネズミ」アキクユはせかせかといった。「あんたとあたしで——逃《に》げるんだよ。暗い場所をはなれて、身を隠《かく》して、夏の日射しのなかでしあわせになるんだ」

マダム・アキクユは、興奮《こうふん》してさっとオードリーの手をつかみ、はにかんだような笑《え》みをうかべた。心が軽くなり、長年にわたる苦しみやみじめさが両肩《りょうかた》からすとんと落ちたようだった。見た目まで若《わか》がえっていた。そうだ、こんな暮《く》らしはぜんぶ捨ててやる。いまわしい過去《かこ》はかすかな記憶《きおく》となり、よろこびでかき消されてしまうだろう。アキクユをゆるしてくれる仲間もあらわれるだろう。友だちができるのだ――不安や悩《なや》みを話し、迷《まよ》いを打ち明けて、ともにすばらしいときをすごせる友だちが。マダム・アキクユには、これまでひとりも友だちがいなかった。若《わか》いときには求婚者《きゅうこんしゃ》がたくさんいたが、入江《いりえ》のそばで一夜をすごすのがせいぜいで、長つづきはしなかった。友だちはずっとほしかった。闇《やみ》の力を手に入れたところで、友だちのかわりにはならない。これは決断《けつだん》をくだす最後《さいご》のチャンスなのだ。

影《かげ》が落ちた。

モーガンが小さなアーチの下に立ち、手をこすりあわせていた。マダム・アキクユの身がこわばり、目のなかの熱烈《ねつれつ》な希望《きぼう》が消えた。

「娘《むすめ》を見つけたんだな、ばあさん」モーガンはどなるようにいって、オードリーをしげしげと見つめた。「どこがそんなに特別《とくべつ》なんだ？　ここからじゃよく見えねえな」

マダム・アキクユは肩《かた》をすぼめた。突然《とつぜん》、まえにも増《ま》して、年老《としお》い、くたびれた姿《すがた》に変《か》わってしまった。もはやあともどりはできないと悟《さと》ったのだ。アキクユはしゃがれ声でいった。「このネズミは特別なんだ。爪《つめ》をひっこめな」

アキクユはみじめな顔でオードリーを見た。「すてきな夢《ゆめ》だったよ、子ネズミ。だけどね、引き返すわけにはいかないんだ。アキクユは自分の道を進むしかない。どんなにいやだろうと、その先になにがあろうと。あたしはあんたを届《とど》けなけりゃいけない」

「早くしろ、ばあさん！」モーガンがうなり、控《ひか》えの間《ま》からアキクユを押《お》しだした。「陛下《へいか》が待ってる。しかも機嫌《きげん》が悪い。坑道《こうどう》がくずれたし、なにかまずいことが起こってるんだ」

占《うらな》い師《し》は、身のすくむような目つきでモーガンをにらんでから、ゆっくりとオードリーをジュピターの祭壇《さいだん》へみちびいていった。

「ふん！」コーンウォール出のドブネズミは吐《は》き捨《す》てた。「いかれたばばあだぜ」


オズワルドは足場の上で、ぶるぶるふるえながら袋《ふくろ》の下にうずくまっていた。むかいの壁《かべ》のずっと高いところに祭壇がある。熱気《ねっき》と疲《つか》れでいまにも気を失《うしな》いそうだったが、こわくてそこから動く気にはなれなかった。袋にあいている穴《あな》をとおして、ジュピターの祭壇がはっきりと見えていた。ロウソクは燃《も》えつづけていたが、その白い炎《ほのお》のむこうは真っ暗だった。ドブネズミの王はオズワルドがいることに気づいているのだろうか。あの頭蓋骨《ずがいこつ》が坑道《こうどう》の入口にはまったあとは、なにも起きていなかった。ジュピターもさっきの騒《さわ》ぎには気づいているはずではないか？

視界《しかい》の隅《すみ》でなにかが動いた。オズワルドはうろたえて息をのんだ。あれはオードリーだ。みにくいドブネズミの女がとなりにいる。祭壇の近くでなにをしているんだろう？

オズワルドは思わず立ちあがって、体を隠《かく》していた袋をはねとばし、オードリーにむかって大声で呼《よ》びかけた。

マダム・アキクユはオードリーをせきたてながら、小声でいった。「すぐにすむよう祈《いの》るんだよ、子ネズミ」

祭壇《さいだん》のレンガは焼《や》けるように熱《あつ》く、下では水がぶくぶくとわきかえっていた。

オードリーは闇《やみ》の門のことしか考えていなかった。こんなに深い闇は、こんなにはてしない暗黒は、想像《そうぞう》すらしたことがなかった。もっともおそろしい夜の深淵《しんえん》が、その真っ黒な空間にとじこめられていた。

なんとなく聞きおぼえのある小さな声が、下のほうから聞こえてきた。だが、そのときのオードリーは、ジュピターが住みかのまわりに張《は》りめぐらした呪文《じゅもん》にとらわれていて、返事をすることができなかった。

マダム・アキクユが、ロウソクからしたたり落ちたやわらかくて温《あたた》かいロウをまたぎ、オードリーは、茫然《ぼうぜん》としたままそのあとを追った。

ふたりは暗いアーチ路のまえに立ち、不吉《ふきつ》な暗黒をのぞきこんだ。

「崇高《すうこう》なる陛下《へいか》」占《うらな》い師《し》は呼《よ》びかけた。「お約束《やくそく》のものを届《とど》けにまいりました」

暗闇《くらやみ》のずっと奥《おく》から、ジュピターが近づいてくるごろごろという音が響《ひび》きわたった。ふたつの赤い点が遠くでぼうっとゆらめき、こちらへむかって前進してくる。

オードリーは体の力が抜《ぬ》けて、めまいをおぼえた。ふらふらとあとずさって、祭壇《さいだん》のへりから墜落《ついらく》しかけたところで、マダム・アキクユがさっと腕《うで》をのばしてつかまえてくれた。

「感謝《かんしゃ》するぞ、マダム・アキクユ」ジュピターの深みのあるやわらかな声が、暗闇のなかからとどろいた。「こんなネズミが、わしの遠大《えんだい》な計画をくつがえし、わしを踏《ふ》みつぶすというのか」冷《つめ》たい笑《わら》い声が響《ひび》きわたった。

「水晶玉《すいしょうだま》で見たとおりであれば」占《うらな》い師《し》は深くおじぎした。

「いまはおまえの姿《すがた》が見えるぞ、ネズミよ」声があざけった。「わしの王国のまんなかでは、どんな力もわしにはかなわない。おまえのようなとるに足りない生き物が、よくもわしに立ちむかおうという気になったものだ」声は、オードリーのあつかましさにいらだち、わなわなとふるえた。

オードリーはけんか腰《ごし》で頭をつんとそらした。ここで這《は》いつくばってジュピターを満足《まんぞく》させてやるつもりはなかった。

「わたしはオードリー・ブラウン」誇《ほこ》らしげに叫《さけ》んだ。「呪文《じゅもん》や黒魔術《くろまじゅつ》のことはなにも知らないわ。わたしはグリーンマウスに守られているのよ！　あなたがなにをしようと、わたしのことはグリーンマウスがうけいれてくれるんだから」

ジュピターは声をあげて笑った。「アキクユ、わしらだけにして、じゃまがはいらないようにしろ。ブラウンのお嬢《じょう》さんをグリーンマウスのもとへ送りだしたら呼ぶから」

占い師はまたおじぎをして、ちらりとオードリーに目をむけた。それから、やましそうに目をふせて、せかせかと控《ひか》えの間《ま》へもどっていった。

オードリーは、ひとりきりでドブネズミの王とむきあった。

「おまえにはいらいらさせられるな、お嬢《じょう》さん――おまえにも、わしの計画をじゃましようとするあの白いおろか者にも。あいつの始末《しまつ》はいずれつけるとして、まずは、ロウソクのこちら側《がわ》へ来てわしにつかえるのだ」

「いやよ！」

「そうするしかないのだ」ジュピターは低《ひく》くいった。「わしの意志《いし》はおまえの意志なのだから。こちらへ来い、命令《めいれい》だ」

オードリーは、自分の両足が勝手に動きだすのを、恐怖《きょうふ》の目で見つめた。オードリーはぎくしゃくと闇《やみ》の門に近づき、ジュピターはクックックッとほくそ笑《え》んだ。

オードリーにむかって叫《さけ》びつづけたために、オズワルドはのどがかれてしまった。顔のまえで両手を握《にぎ》りあわせて、ひざをつき、すすり泣《な》いた。オードリーが破滅《はめつ》へむかっているのに、救《すく》ってあげる力がないのだ。ジュピターのあざけるような笑《わら》い声が、部屋《へや》のなかにおぞましく響《ひび》きわたった。オズワルドは苦《にが》い涙《なみだ》を流しつづけた。

「オズワルド！」近くで弱々しい声がささやいた。

「オズワルド！」声は静《しず》かにくりかえしたが、こんどは、ずっと遠くから呼《よ》びかけているように聞こえた。

ジュピターがなにかたくらんでいるのかとおびえながら、白ネズミは両手のすきまからそっとのぞき見た。

立ちのぼる湯気《ゆげ》と、ゆらめくかげろうのなかに、ぼんやりとひとつのかたちがうかびあがった。それは、淡《あわ》い緑色にうっすらと輝《かがや》いていた。ほんのかすかではあったが、グリーンマウスの姿《すがた》が見えた。

幻影《げんえい》はふいにぼやけて、消えそうになった。ジュピターの王国のまんなかでは、グリーンマウスの力はとても弱いのだった。

「真鍮《しんちゅう》のおまもりだ、オズワルド」幽霊《ゆうれい》のような姿は呼《よ》びかけてきた。「いま、オードリーはそれを必要《ひつよう》としている」

しゅーっと立ちのぼった蒸気《じょうき》がその姿をのみこみ、緑色の光は消えた。グリーンマウスは部屋《へや》から追いはらわれてしまったのだ。

オズワルドは、頭に巻《ま》いたマフラーを急いではずし、それを投石器《とうせきき》がわりにして、おまもりを頭の上でぐるぐるまわして勢《いきお》いをつけてから、ぶんとほうり投げた。

真鍮のおまもりはきらりと輝き、金色の炎《ほのお》の車輪《しゃりん》のように回転しながら飛《と》んでいった。そして、チャリンという大きな音をたてて、オードリーのすぐうしろに落下した。

じりじりと進んでいた両足が動きを止め、オードリーは頭をぶるっとふって邪悪《じゃあく》な呪文《じゅもん》からのがれた。

「いやよ！」オードリーは暗闇《くらやみ》にむかって叫《さけ》んだ。「こっちへ出てきて、自分でわたしをつかまえなさいよ、このふたつ頭の怪物《かいぶつ》！」

ジュピターは怒《いか》りといらだちに、雷鳴《らいめい》のような叫《さけ》び声をあげた。「よくもそんなことを！　わしはジュピターだぞ！　万物《ばんぶつ》の闇《やみ》の王だ。偉大《いだい》なるもの、邪悪《じゃあく》なるもの、殺戮《さつりく》の神だ。おまえは何者だ？　ちっぽけなネズミだ。軽蔑《けいべつ》にもあたいしない。いいとも、出ていってやろう。よろこんでおまえをばらばらに引き裂《さ》いてやる」その力強い声に、部屋《へや》全体が地震《じしん》のようにゆれ、割《わ》れたモルタルがばらばらと落下した。

「ジュピターの偉大なる姿《すがた》を見て、死ぬがよい！」

オードリーはよろよろとあとずさった。邪悪な怪物が、はじめてその住《す》みかから出てこようとしていた。オードリーは恐怖《きょうふ》の叫びをあげた。

下の足場ではオズワルドが、暗闇《くらやみ》からあらわれた大きな長い爪《つめ》を目にしていた。ショウガ色のぼさぼさの毛皮におおわれた巨大《きょだい》な手がそのあとにつづいた。

角《つの》の生えたような影《かげ》がオードリーの上に落ちたかと思うと、ジュピターの大きな頭が門の外へ出てきた。オズワルドはあんぐりと口をあけ、むきだしの恐怖に声のない悲鳴をあげた。

ジュピターが這《は》いだしてきた。

ロウソクの光が怪物を照《て》らしたとき、オズワルドはようやく声をとりもどし、おびえた泣《な》き声が部屋のなかに響《ひび》きわたった。

いろいろなうわさも、いろいろな伝説《でんせつ》も、いろいろな怪談《かいだん》も、すべてまちがっていた。けれども、現実《げんじつ》の闇《やみ》の神は、それよりはるかにおそろしいものだった。ジュピターにはふたつの頭はなかった。巨大《きょだい》な頭はひとつしかなかったが、それだけでまさに悪夢《あくむ》だった。

偉大《いだい》なる魔王《まおう》は、怪物《かいぶつ》のようなネコだったのだ！

ジュピターは、でっぷりとふくらんだ体を押《お》しこむようにして、なんとかアーチ路を抜《ぬ》けようとした。おぞましい顔はぶきみないぼにおおわれ、ショウガ色の毛皮のいたるところに毒々《どくどく》しいおできが突《つ》きだしていた。顔のまんなかにはずんぐりした紫《むらさき》色の鼻、ひらいた口の下には、ぶよぶよしたぜい肉がだらんとたれさがっている。ゆっくりと、ジュピターはまるい背中《せなか》をアーチの下へ押《お》しこんだ。

オードリーはぎりぎりまで後退《こうたい》し、両腕《りょううで》をばたばたふりまわして祭壇《さいだん》のへりであぶなっかしくバランスをとった。そのとき、両足がなにか冷《つめ》たいものにふれた。見おろすと、輝《かがや》く真鍮《しんちゅう》のおまもりがころがっていた。オードリーはそれをさっととりあげて、しっかりと握《にぎ》りしめた。

ジュピターは、鉄のような爪《つめ》をレンガにくいこませて、体をまえへ引きずりだした。

「そうとも」ジュピターはほくそえんだ。「長いあいだずっと、わしはしもべたちから身を隠《かく》して横たわっていた。考えてもみろ――ドブネズミたちがネコを神として崇拝《すうはい》していたのだ！」

オードリーは顔をおおって、ジュピターのおそるべき口から吐《は》きだされる悪臭《あくしゅう》を避《さ》けようとした。そのとき、ジュピターが頭をさげた。

ぱっくりひらいた口がおりてきて、赤い色が押しよせてきた。オードリーは思わず両腕をあげた――手におまもりを握《にぎ》ったまま。

ネコよけのおまもりがぱっと閃光《せんこう》をはなち、祭壇《さいだん》の部屋《へや》のなかで、緑色の標識灯《ひょうしきとう》のように輝《かがや》きはじめた。

ジュピターはぐらりと後退《こうたい》した。緑色の光で目を焼《や》かれ、なにも見えなくなった。大きな頭をふって、ジュピターは吠《ほ》えた。手をさっと突《つ》きだしてオードリーをつかまえようとした。

どこからともなく、小さな毛皮のかたまりが、祭壇《さいだん》にいるネズミめがけて落下してきた。それは、オードリーをジュピターの手が届《とど》かないようにひっさらい、空中へ飛《と》びだした。コウモリのオルフェオにしっかりとつかまれて、オードリーは高く舞《ま》いあがった。その手のなかでは、まだ真鍮《しんちゅう》のおまもりが明るく輝いていた。

ジュピターは門から体をすっかり引きだして、せまい足場をつかんだ。顔をしかめ、大きく息を吸《す》いこんだ。すると突然《とつぜん》、その口からひとすじの炎《ほのお》が吐《は》きだされた。うわさも、少なくともひとつはほんとうだったらしい。

オルフェオは炎をかわそうと急降下《きゅうこうか》したが、片方《かたほう》の耳が焦《こ》げてしまった。

「よう！　ネコのじいさん！」オルフェオは叫《さけ》んだ。「はずれたぞ――もういちどやってみろ」

オードリーは、祭壇《さいだん》の上でぶざまにうずくまっている巨大《きょだい》な獣《けもの》を見つめた。と、べつのあるものが目にはいった。剣《けん》を手にした小さな影《かげ》が、きっぱりした足どりで、でっぷりふとった怪物《かいぶつ》へと近づいていく。またもや炎の一撃《いちげき》が壁《かべ》を焦がしたが、オルフェオはくるくると上昇《じょうしょう》してそれをかわした。

そのとき、ジュピターが、なにかにわき腹《ばら》をつつかれてシュッと怒《いか》りの声をあげた。トマス・トライトンが、こわい顔で祭壇《さいだん》の部屋《へや》へ押《お》し入《い》っていた。ピカディリーが、最初《さいしょ》にここへ来たときにアルバート・ブラウンとおった、ほそい通路を見つけたのだ。そして、一行《いっこう》が決意を胸《むね》に通路を抜《ぬ》けたとたん、目のまえでとんでもない光景《こうけい》がくりひろげられていたというわけだ。いま、トマスは、小さなするどい剣《けん》で、怪物《かいぶつ》のようなネコを刺《さ》したり叩《たた》いたりしていた。ジュピターの皮膚《ひふ》は頑丈《がんじょう》で、そんな攻撃《こうげき》くらいでは傷《きず》もつかなかったが、つつくだけでも怒《おこ》らせることはできた。

肥満《ひまん》した怪物のしっぽが、危険《きけん》なほど近くでびゅんびゅん動いてた。

グウェン・ブラウンは、細身《ほそみ》の長い剣をふりかざして通路から駆《か》けだし、それをジュピターの体に深々と突《つ》き刺した。

「もどって！」トマスがグウェンに命じた。

アーサーが母親を引きもどした。ピカディリーとふたりがかりでなければ、とてもおさえられなかった。

皮の翼《つばさ》がばさばさいう音に、一行ははっとした。エルドリッチがみなの背後《はいご》におりたち、トウィットにちらりと笑《わら》いかけてから、そばをかすめるようにして部屋《へや》のなかへ飛《と》びだしていった。

そして、翼でジュピターの顔をぴしゃりと叩きながら、ショウガ色の太いしっぽを必死《ひっし》になって

かわしているトマスに呼《よ》びかけた。

「おーい、船乗り！　手をあげろ」エルドリッチは急降下《きゅうこうか》してトマスをつかんだ。ふたりはそのまま空中へ舞《ま》いあがって、ジュピターの頭のまわりをぐるぐるめぐり、船乗りネズミが怒《いか》れるネコに剣《けん》をたくみに突《つ》き立てた。

そのあいだに、オードリーをぶらさげたオルフェオが祭壇《さいだん》に舞《ま》いおりた。オードリーはかあさんの腕《うで》のなかへ駆《か》けこんだ。

控《ひか》えの間《ま》から、いったいなんの騒《さわ》ぎかと、モーガンとマダム・アキクユがあらわれた。アキクユは、祭壇の上で暴《あば》れている化《ば》けネコを見て絶叫《ぜっきょう》した。これが偉大《いだい》なる王だったのか。すべての希望《きぼう》と未来がネコの手のなかにあったとは。体がおさえようもなくふるえだし、占い師《うらなし》はわけのわからないことを口走りはじめた。

モーガンは混乱《こんらん》していた。巨大《きょだい》な生き物のそばへ駆け寄《よ》り、それを見あげて、ビーズのような目をおどろきにぱちぱちさせた。

「陛下《へいか》！」モーガンは叫《さけ》んだ。「あなたなのですか、闇《やみ》の王よ？」

モーガンは、だまされ、裏切《うらぎ》られたような気がした。すぐにジュピターのこたえがあった。しっぽが木の幹《みき》のようにモーガンの上にふりおろされた。モーガンは悲鳴をあげて足場にしがみついたが、ショウガ色のかたまりで腹《はら》をなぐられてごろごろところがり、絶壁《ぜっぺき》のへりからとびだした。そのまま下へ下へと落ちていき、助けてくれと叫びながら、水面にぶつかり、波立つ水のなかへのみこまれていった。

マダム・アキクユはもはや限界《げんかい》だった。目のまえでくりひろげられるおそろしい光景《こうけい》に耐《た》えられず、心がぷつんと切れてしまった。口をつぐみ、両腕《りょううで》を激《はげ》しくふりまわしながら、部屋《へや》の外へ駆《か》けだしていった。

トウィットは足場の上に駆けだし、ジュピターの悪意《あくい》に満《み》ちた顔のまえをひらひらと舞《ま》うトマスとエルドリッチに声援《せいえん》を送った。トマスが脈打《みゃくう》つおできのひとつを切り裂《さ》くと、どろりとした黄色い毒《どく》がふきだした。

「これでどうだ、ネコめ!」トマスはあざけった。

ジュピターは怒《いか》りでわれを忘《わす》れ、トマスに襲《おそ》いかかったが、勢《いきお》いがつきすぎて祭壇《さいだん》のへりでよろめいた。大きな腹《はら》がずるりとへりを越《こ》え、体全体がそれにひっぱられた。ジュピターは足場からすべり落ちた。

トウィットは歓声《かんせい》をあげて、舞いおりてきたエルドリッチにいった。「やっつけたぞ」

「あわてるな」トマスがへりから下をのぞいた。「見ろ」

ジュピターは、落下しながらも太い両腕をのばし、力強い爪《つめ》を壁《かべ》に突《つ》き立てた。爪はガリガリと壁面《へきめん》をけずり、水門の鎖《くさり》にひっかかった。

いっとき、ジュピターはあぜんとして黙《だま》りこんだまま、そこにぶらさがっていた。だが、すこしずつ力がもどってくると、鎖をしっかりとつかみなおした。そして、勝ち誇《ほこ》った笑《え》みをうかべて絶壁《ぜっぺき》をのぼりはじめた。

ジュピターは、爪《つめ》をレンガに突《つ》き立てて足がかりにし、じりじりとのぼってきた。ネコの全体重がかかった鎖がカチャカチャと音をたてて、ゆっくりと動きだした。支《ささ》えになっているさびついた金輪《かなわ》のなかを鎖《くさり》がすべり落ち、すこしずつ水門がひらきはじめた。

水門が大きくひらくと、水が部屋《へや》のなかにどっとなだれこんできた。水面があがりはじめた。

祭壇《さいだん》の上のネズミたちはジュピターを見おろした。

「のぼってくるわ！」ミセス・ブラウンが叫《さけ》んだ。

トウィットは、ピカディリーとアーサーから棒《ぼう》をつかみとり、投げつけた。棒をはねとばして、ジュピターは高《たか》らかに笑《わら》った。そして、ぐっと息を吸《す》いこんだ。

「さがって！」オードリーが警告《けいこく》したとたん、炎《ほのお》がネズミたちめがけてふきあがってきた。炎は祭壇のレンガを焼《や》き焦《こ》がして襲《おそ》いかかった。ネズミたちはあわてて門のわきにあるロウソクのうしろへ逃《に》げこんだ。

逆巻《さかま》く水面のすぐ上で、あわれっぽい泣《な》き声があがった。

「見て！」トウィットが叫び、むかい側《がわ》の壁《かべ》の下のほうを指さした。「オズワルドだ！　おぼれちゃうよ！」

水位《すいい》はどんどんあがっていた。すぐに、オズワルドは胸《むね》まで水につかってしまった。

「あいつは泳げないんだ」ピカディリーが不安な声でいった。

オルフェオが空中へ飛《と》びだし、水位《すいい》がオズワルドの耳まで達《たっ》したときに、ひらひらとその上に舞《ま》いおりた。

「両腕《りょううで》をあげろ、白いの」オルフェオは叫《さけ》んだ。

オズワルドはいわれたとおりにして、ずぶぬれの姿《すがた》で祭壇《さいだん》の上まではこばれた。

ふたつのショウガ色の耳が足場のへりのむこうにあらわれ、ジュピターの巨大《きょだい》な頭がそのあとにつづいた。ジュピターは、あつかましくも自分に刃向《はむ》かってきたちっぽけなネズミたちを、とりわけ小娘《こむすめ》のネズミをあざ笑《わら》った。オードリーは襲《おそ》いくる危機《きき》をものともせず、あいかわらず挑《ちょう》戦的《せんてき》にジュピターをにらみつけていた。ジュピターは、口の端《はし》から煙《けむり》を立ちのぼらせて、祭壇にいるネズミたちに炎《ほのお》を吹《ふ》きかけた。

オードリーは、たったひとりでおそるべきネコの王に立ちむかった。「もうおまえなんかこわくないわ」ひややかな声だった。「死ぬまえにわたしは、もっているすべての力と、グリーンマウスへのすべての信頼《しんらい》をこめておまえを呪《のろ》ってやる。この忌《い》まわしい怪物《かいぶつ》め。わたしの骨《ほね》でのどをつまらせるがいいわ！」

ジュピターはにやりと笑い、のどをごろごろと鳴らしはじめた。ピンク色の舌《した》がすべりだし、口の端をぺろりとなめた。

オードリーは、ネコの口から流れだす息を顔に感じた。大きな歯のあいだでバキバキとかみくだかれるときの痛《いた》みが、ぱっと頭のなかにうかんだ。最後《さいご》の力をふりしぼって、オードリーは叫んだ。「とうさんのかたき！」そして、真鍮《しんちゅう》のおまもりをジュピターめがけて投げつけた。

一瞬《いっしゅん》、おまもりは空中でくるくるまわりながらきらめいた。それから、大きなみにくい頭にぶつかって、ぱっと緑色の炎《ほのお》をひらめかせた。エメラルド色の星がちらばって、全員の目をくらませた。部屋《へや》全体が青緑色に染《そ》まり、炎がジュピターの毛皮をとらえた。ジュピターは苦痛《くつう》に悲鳴をあげた。

緑色の炎が巨大《きょだい》な顔をなめた。ジュピターは下あごのたれた頭をふって、火を消そうとした。大きな両腕《りょううで》をのばして顔をかきむしりながら、ゆっくりと、うしろへ倒《たお》れはじめた。

まさかというように激《はげ》しくわめきながら、ジュピターは落下した。こんどは壁《かべ》が遠すぎてしがみつくことはできなかった。なにもない空中で身をよじり、毛皮を焼《や》く火に苦しみながら、すさまじい音をたてて水面に激突《げきとつ》した。大量《たいりょう》の水しぶきが天井《てんじょう》まではねあがった。

「見ろ！」ピカディリーがいった。

ジュピターはまだ死んでいなかった。その怪物《かいぶつ》のような頭に緑色の炎をかぶったまま、逆巻《さかま》く水のなかで必死《ひっし》にもがいていた。波が祭壇《さいだん》まで押《お》しよせて、あやうくオードリーをさらっていきそうになった。ピカディリーがオードリーをつかんで引きよせたとたん、水がふたりの上にざばっとふりそそいだ。

ジュピターは苦しみながらもゆっくりと側壁《そくへき》に近づいていく。

「壁までたどり着きそうだ」ピカディリーが騒音《そうおん》のなかで声をはりあげた。

「ああ、なんとかして」ミセス・ブラウンが必死《ひっし》に叫《さけ》んだ。その手のなかには、アルバートのおまもりが握《にぎ》られていた。

ジュピターが水中からたくましい腕《うで》をのばして、壁《かべ》につかまった。

「わしを打ち負かすことはできんぞ」ジュピターは金切《かなき》り声で叫び、レンガのすきまに爪《つめ》をくいこませた。

だが、水の奥深《おくふか》くで、なにかべつのものがうごめいていた。いくつものかすかな青い光が、もがいている怪物《かいぶつ》のまわりにあらわれはじめた。光の群《む》れは波の下でゆらめき、着実《ちゃくじつ》にその輝《かがや》きを増《ま》していった。

オードリーは目をこすった。「あれはなに？」だが、仲間たちをふりむいてみると、だれにもその光は見えていないようだった。

「やめろ！」ジュピターがふいに叫んだ。「そんなばかな！」そして、ゆっくりと水中へ沈《しず》みはじめた。

オードリーは、目のまえの光景《こうけい》に、茫然《ぼうぜん》と立ちすくんでいた。いくつもの青い腕が深みからのびてきて、小さな手がショウガ色の毛皮をつかんだ。ジュピターがなぶり殺《ころ》してむさぼり食《く》ったすべてのネズミたちが、あの世からもどってきて手をのばしているのだ。死の力によって、ネズミたちはジュピターを引きずりおろした。

おどろきとパニックをあらわにして、ジュピターは巨大《きょだい》なしっぽを激《はげ》しくふり動かした。ニャアニャアとしゃがれた鳴き声をあげ、口のなかへ流れこんできた水でせきこんだ。

「沈《しず》んでいくぞ」ピカディリーが期待をこめていった。

「おぼれてる。やつはおぼれてる」アーサーが叫《さけ》んだ。

トウィットはおおよろこびでトマスのまわりをおどりまわった。オズワルドはくしゃみをしてため息をついた。これで何週間かひどい風邪《かぜ》で寝《ね》こむことになるだろう。みじめな気分で、マフラーをぎゅっとしぼった。

祭壇《さいだん》にいるネズミたちを見あげていたジュピターは、自分が手にかけた獲物《えもの》たちとの闘《たたか》いにやぶれた。体が沈《しず》み、水が頭の上をとざした。巨大《きょだい》な肺《はい》から吐《は》きだされた大きな泡《あわ》が、水面までのぼってきてぱちんとはじけた。身の毛のよだつ光景《こうけい》だったが、オードリーは目をそらすことができなかった。ジュピターが死んだことをたしかめなければ。

やがて、泡はあがってこなくなった。ジュピターの姿《すがた》も消えた。その巨体《きょたい》は、深い水の底《そこ》へゆっくりと沈んでいった。

トマスがトウィットの肩《かた》に手を置《お》いた。「やつは下水のもくずとなったわけだ！　これで世界もちっとはましな場所になるな。黒い汚物《おぶつ》が洗《あら》い流されて」

アーサーとピカディリーは握手《あくしゅ》をして、しあわせいっぱいに笑《わら》いあった。もう危険《きけん》はなくなったのだ。ミセス・ブラウンはオードリーをしっかりと抱《だ》きしめた。

オルフェオとエルドリッチが、祭壇《さいだん》の上に優雅《ゆうが》におり立った。

「怪物《かいぶつ》は深く沈《しず》んだ」エルドリッチがいった。

「その手下《てした》や邪悪《じゃあく》な計画もいっしょに。もはや疫病《えきびょう》が坑道《こうどう》の外へひろがることはない」オルフェオがいった。

「みごとな仕事ぶりだったな、船乗り」エルドリッチは祝福《しゅくふく》しながらも、オルフェオと奇妙《きみょう》な視線《しせん》をかわしていた。

「家に帰りましょう」ミセス・ブラウンが、娘《むすめ》にむかってやさしくいった。

「ああ、このむかつく穴《あな》をはなれないとな」トマスが同意した。「光と空気と川のにおいがあるところへもどるんだ！」

「外では芽《め》がふくらんでいるよ」トウィットは、早く野原へもどりたくてしかたがなかった。

オードリーだけは、静《しず》かになった暗い下水を見おろしていた。青い光がひとつ、ゆらゆらと水面へのぼってきた。光のかたちがあきらかになると、オードリーははっと息をのんだ。波の下から、アルバート・ブラウンの顔が笑《わら》いかけていた。父と娘のあいだに、たくさんのことばがかわされた。やがて、なにかに呼《よ》ばれたかのように、ゆらめく幻影《げんえい》は愛情《あいじょう》に満《み》ちた目をふせ、消えた。

「ああ、かあさん」オードリーはあえぐようにいって、ミセス・ブラウンの腕《うで》にすがりついた。

「どうかしたの？」ミセス・ブラウンはやさしくたずねた。

オードリーはへりのむこうを見つめて、目をとじた。涙《なみだ》がぽろぽろと流れた。それから、かあさんのおだやかな茶色の目をのぞきこみ、かすれた泣《な》き声をもらした。「とうさんは……死んだのね」

「ええ、そうよ」ミセス・ブラウンはため息をついた。娘《むすめ》がようやく現実《げんじつ》をうけいれてくれて、ほっとしていた。母は娘をぎゅっと抱《だ》きしめた。オードリーは泣《な》きじゃくり、それにあわせてふたりの体がふるえた。

トマスがオズワルドの肩《かた》に腕《うで》をまわした。白ネズミはすっかり疲《つか》れきっていた。

「体をあっためるのにちょうどいいものを知ってるぞ」船乗りネズミは声をあげて笑《わら》い、トウィットに目くばせした。野ネズミは、ミセス・チターになんていわれるだろうと考えて、くすくす笑った。ピカディリーが仲間に加《くわ》わり、一行《いっこう》は祭壇《さいだん》の部屋《へや》をはなれた。

アーサーは妹に近づいた。

「ふう、いろいろたいへんだったな。これだけ大騒《おおさわ》ぎしたのに、おまえはやっぱり真鍮《しんちゅう》のおまもりをとりもどせなかったわけだ。アルジーに話しても、とても信《しん》じてもらえないよ」

オードリーはため息をついて、ちらりと祭壇の部屋をふりかえった。目はひりひりしていたが、エルドリッチとオルフェオが身を寄《よ》せあい、妙《みょう》な目つきでこちらを見ているのはわかった。いまはとにかく、幅《はば》木《き》村へ帰りたいだけだった。

「さようなら。ありがとう」トウィットがコウモリたちに手をふった。

オルフェオは、キツネのような頭を翼《つばさ》のうしろにひっこめて、暗い声でいった。「夏が来るまではな……」

闇《やみ》の世界のネズミたち――訳者《やくしゃ》あとがきにかえて

寝室《しんしつ》で横になっているとき、どこからともなくカサカサと聞こえてくる足音。地下鉄のホームに立っているとき、ふっと視界《しかい》のすみをかけぬけていく小さな影《かげ》。ペット以外《いがい》の動物はとても暮《く》らせないように見える都会でも、道路の側溝《そっこう》のなかとか、古い建物《たてもの》の天井裏《てんじょううら》とかいった、わたしたち人間の目につかない暗がりのなかで、ひっそりと自分たちの世界をつくりあげている生き物がいます。

それが、この物語で大活躍《だいかつやく》するネズミたちです。

ネズミを主役にした作品《さくひん》は、これまでにもたくさん書かれてきました。弱い立場にある小さなものが、一致団結《いっちだんけつ》してなにかをやりとげるというのが、冒険小説《ぼうけんしょうせつ》やファンタジイの題材《だいざい》としてはうってつけなのかもしれません。とりわけ有名なのは、斎藤惇夫の『冒険者たち――ガンバと15ひきの仲間』でしょう。勇敢《ゆうかん》なネズミのガンバが仲間と力をあわせて強大なイタチを倒《たお》すこの物語は、〈ガンバの冒険《ぼうけん》〉という題名でテレビアニメにもなりました。こちらも原作に負けず劣《おと》らずの名作で、ガンバの「しっぽを立てろ！」というかけ声はいまも忘《わす》れられません。

古今東西《ここんとうざい》の名作ぞろいのネズミ冒険ファンタジイに、新しく仲間入りをしたのが、いまあなたが手にしている〈デットフォードのネズミたち〉三部作です。

舞台《ぶたい》となるイギリスのデットフォードは、ロンドン南東部の、テムズ川沿《ぞ》いに位置《いち》する地区で、かつては造船《ぞうせん》や海運の中心地として栄《さか》えましたが、いまはすっかりさびれてしまい、ヴィクトリア朝《ちょう》時代から残《のこ》る建物《たてもの》がむかしのなごりをとどめているだけです。そのデットフォードの、打ち捨《う》てられた一軒《けん》の古い屋敷《やしき》に、物語の主役となるネズミたちが住みついています。広間の幅木《はばき》、つまり床《ゆか》のすぐ上の壁《かべ》にずらりとネズミ穴《あな》をあけて、そこを〈幅木村〉と名付《なづ》け、古いしきたりを守りながら暮《く》らしています。

ふとっちょアーサーは、食べることと寝《ね》ることがなにより大好《だいす》き。

その妹のオードリーは、おしゃれ好きで、ちょっとわがままな女の子。

のっぽのオズワルドは、体力はないけれど、すぐれた第六感のもちぬし。

野原で育ったトウィットは、のんきな性格《せいかく》で、楽器《がっき》の演奏《えんそう》も得意《とくい》。

町からやってきたピカディリーは、態度《たいど》はなまいきだけど、情《じょう》に厚《あつ》い。

だれもかれも、なみはずれた力があるわけではなく、ものすごく頭がいいわけでもなく、まして魔法《まほう》を使えるわけでもありません。いろいろな悩《なや》みをかかえながら、ちょっとした冒険《ぼうけん》を夢《ゆめ》見て日日をすごしている、ごくふつうの若者《わかもの》たちです。

そんなネズミたちの平和な暮《く》らしをおびやかしているのが、暗い下水道に住みつき、ネズミたちの皮をはいで食べるのを楽しみにしている、残虐《ざんぎゃく》なドブネズミたちです。しかも、そのドブネズミたちを闇《やみ》の奥《おく》で支配《しはい》する魔王《まおう》ジュピターは、ふたつの頭をもち口から炎《ほのお》を吹《ふ》く怪物《かいぶつ》だといわれていて、すべてのネズミたちの恐怖《きょうふ》の的《まと》になっています。

物語は、アーサーたちのとうさんが、下水道に迷《まよ》いこんでジュピターにとらえられる、衝撃的《しょうげきてき》な場面からはじまります。オードリーは、帰ってこないとうさんをさがしに、たったひとりで下水道へとむかいます。兄のアーサーや仲間たちもこれに加《くわ》わり、そこに、わけのわからない予言《よげん》を口にするコウモリたちや、ジュピターの魔力を手に入れようとする占《うらな》い師《し》のドブネズミがからんで、事態《じたい》はどんどんややこしくなっていきます。やがてあきらかになるジュピターのおそるべき闇の計画……。はたして、オードリーたちは、ドブネズミの襲撃《しゅうげき》をかわし、暗黒の世界を脱出《だっしゅつ》して、ジュピターのたくらみをくいとめることができるのでしょうか？　たいせつな仲間たちのために。愛《あい》する家族のために。

作者のロビン・ジャーヴィスは、一九六三年五月八日にイギリスのリバプールで生まれ、ウォリントンで育ちました。こどものときから本は大好《だいす》きでしたが、夢《ゆめ》は作家になることではなく、美術《びじゅつ》で身を立てることだったそうです。学校でグラフィックデザインの勉強をしたあと、テレビ番組や広告《こうこく》用のキャラクターをデザインする会社に就職《しゅうしょく》。それはそれで楽しい仕事だったようですが、ひまなときに描《か》きためたネズミの絵を出版社《しゅっぱんしゃ》に送ったところ、編集者《へんしゅうしゃ》から、この絵に物語をつけてみないかといわれ、作家への道がひらけることになりました。

二十五歳《さい》のときに執筆《しっぴつ》をはじめた〈デットフォードのネズミたち〉シリーズは、本国イギリスだけではなく各国で大ヒット。第一作にあたる本書《ほんしょ》『闇《やみ》の入口』は、一九八九年度のスマーティーズ賞（読者のこどもたちが審査員《しんさいん》をつとめる、イギリスの有名な児童文学賞《じどうぶんがくしょう》）で、惜《お》しくも次点《じてん》になりました。

なお、作者のウェブサイト（http://www.robinjarvis.com/）には、このシリーズのくわしい紹介《しょうかい》があり、登場するネズミたちのイラストや、真鍮《しんちゅう》のおまもりの画像《がぞう》などをたくさん見ることができます。もともとは絵描きをめざしていただけあって、作者のイラストの腕前《うでまえ》はなかなかのもの。ながめているだけでも楽しいサイトですから、いちどのぞいてみることをおすすめします。

『闇の入口』のラストは、未来を知ることができるコウモリたちの謎《なぞ》めいたことばで締《し》めくくられます。じつは、物語はまだ終わっていません。ここから先は、舞台《ぶたい》もひろがって、デットフォードのネズミたちには、もっともっと大きな危機《きき》が襲《おそ》いかかってきます。オードリーやアーサーたちのさらなる活躍《かつやく》については、つづいて刊行《かんこう》される『水晶《すいしょう》の牢獄《ろうごく》』『最後《さいご》の決戦《けっせん》』でえがかれますので、どうぞお楽しみに。

二〇〇四年七月

早川書房の児童書〈ハリネズミの本箱〉

デットフォードのネズミたち　①闇《やみ》の入口《いりぐち》

二〇〇四年八月 二十 日　初版印刷
二〇〇四年八月三十一日　初版発行

著　者　ロビン・ジャーヴィス
訳　者　内田《うちだ》昌之《まさゆき》
発行者　早川　浩
発行所　株式会社早川書房
東京都千代田区神田多町二ー二
電話　〇三‐三二五二‐三一一一（大代表）
振替　〇〇一六〇‐三‐四七七九九
http://www.hayakawa-online.co.jp
印刷所　株式会社精興社
製本所　大口製本印刷株式会社

乱丁・落丁本は小社制作部宛お送り下さい。
送料小社負担にてお取りかえいたします。

Printed and bound in Japan
ISBN4-15-250025-5　C8097

早川書房の児童書〈ハリネズミの本箱〉

ルビーの谷

シャロン・クリーチ
赤尾秀子訳
46判上製

ルビーの谷にあるたいせつなもの

ダラスとフロリダはふたごの孤児《こじ》。心ない大人《おとな》たちのせいでひねくれてしまっている。夏休みの間、美しいルビーの谷に住む老夫婦《ろうふうふ》に引き取られるが、問題を起こしてばかりで……ユーモアと感動がつまったカーネギー賞受賞作